Alex Steiner

Fünf Tanten und ein *Halleluja*

Roman

Piper München Zürich

Mehr über unsere Autoren und Bücher:
www.piper.de

FSC
www.fsc.org
MIX
Papier aus verantwortungsvollen Quellen
FSC® C014496

Originalausgabe
September 2012

Umschlaggestaltung: Cornelia Niere, München
Umschlagabbildung: Kordula Röckenhaus, grafik-kontor
Satz: Kösel, Krugzell
Gesetzt aus der Bembo
Papier: Munken Print von Arctic Paper Munkedals AB, Schweden
Druck und Bindung: GGP Media GmbH, Pößneck
Printed in Germany ISBN 978-3-492-27429-6

1 Kapitel

Hausflur. Nacht. WOLFGANG steht im Mantel vor einer Wohnungstür. Er zögert, dann klopft er. GREGOR öffnet.

GREGOR (überrascht): Bist du das, Vater? Bist du tatsächlich nach all den Jahren wiedergekommen? Noch eine Enttäuschung würde ich nicht ertragen.

WOLFGANG: Ich bin es. Ich bin gekommen, um mich meiner Verantwortung zu stellen. Ich will nicht mehr nur in der Vergangenheit leben.

GREGOR: Dann warst du das gestern an Mutters Grab? Der Fremde, der die Rosen abgelegt hat?

WOLFGANG: Ja, das war ich. Ich möchte Frieden schließen. Was damals war, ist endgültig vorbei.

Immer wieder ließ Toni die Szene in seinen Gedanken ablaufen und bemerkte gar nicht, wie er seine Rolle plötzlich laut mitzusprechen begann: »Aber wir haben dich alle für tot gehalten. Seit dem Flugzeugabsturz damals. Es hieß, keiner hätte überlebt.«

Der entsetzte Gesichtsausdruck einer Rentnerin, die ihm auf dem Bürgersteig entgegenkam, ließ ihn verstummen. Sie schien zu überlegen, wie groß die Gefahr sei, die von diesem offenbar Geistesgestörten ausging. Eilig ging Toni weiter.

Er beherrschte den Text. Diesmal würde er keinen Blackout haben, ganz sicher nicht. Er brauchte diese Rolle unbedingt. Eine Dreitagesrolle in der bekannten Telenovela »Herzen in Aufruhr«. Nicht gerade der Traum eines aufstrebenden Jungschauspielers. Aber er musste der Wahrheit ins Gesicht sehen: Seit über zwei Monaten war er nicht einmal mehr bei einem Casting gewesen.

Sein letztes Engagement lag schon über ein halbes Jahr zurück. Da hatte er in einem Werbeclip für eine Versicherung einen jugendlichen Rebellen gespielt, der sich danach sehnt, eine Haftpflichtversicherung abzuschließen, weil man ja nie weiß, was einem im Leben so alles passieren kann. Noch nie hatte er eine Figur verkörpert, die so weit weg von dem war, wovon er eigentlich träumte: vom Theater, wo er am liebsten die Rolle des König Lear gespielt hätte.

Dieser Werbeclip war der vorläufige Tiefpunkt seiner Karriere gewesen, aber wenigstens ein gut bezahlter, und darauf kam es im Moment an. Gut bezahlt wäre auch die Rolle in »Herzen in Aufruhr«. Seine Agentin hatte ihm dieses Casting vermittelt. Viktoria Glück, die Grande Dame der C-Schauspieler, eine strenge und hochgewachsene Frau, die aussah wie eine pensionierte Ballettlehrerin.

»Die suchen genau dich!«, hatte sie gerufen. »Die Rolle ist dir so gut wie sicher!«

Sie hatte eine Stimme wie ein Reibeisen. Vierzig Jahre Kettenrauchen, das hinterließ eben Spuren. Wenn sie anrief, brauchte sie nicht einmal ihren Namen zu sagen. Sie musste nur kurz Luft holen, und Toni wusste schon, wer am anderen Ende war.

»Sie haben dich im Werbeclip für die Adjur-Versicherung gesehen. Sie sagen, genau so jemanden suchen sie.«

»Einen jugendlichen Spießer, der sich als Rebell verkleidet?«

»Also bitte. Das habe ich jetzt überhört.« Kurzes Abhusten. »Sie wollen einfach dich. Frederik Hohenfeld war ganz begeistert von dir. Er hat bei der Rollenbesetzung natürlich ein Mitspracherecht.«

Frederik Hohenfeld war der Star von »Herzen in Aufruhr«, ein selbstgefälliger und narzisstischer Fünfzigjähriger, der regelmäßig den Schwulenklubs der Stadt seine Aufwartung machte und sich dabei mit siebzehnjährigen blonden Jünglingen umgab.

»Du meinst, ich soll mit ihm flirten?«

»Höre ich da etwa einen Unterton? Frederik Hohenfeld ist ein sehr netter Mann. Du sollst ja nicht mit ihm ins Bett gehen. Nur ein bisschen nett sein.«

Toni hatte geschwiegen.

»Was ist?«, hatte sie nachgefragt. »Willst du die Rolle oder nicht?«

An der Tordurchfahrt klebte ein Zettel mit der Aufschrift »Casting – Herzen in Aufruhr« und einem Pfeil in Richtung Innenhof. Hier sah alles ziemlich heruntergekommen aus: beschmierte Mauern und umgekippte Mülltonnen, in denen bereits die Ratten gewühlt hatten. Die Leute vom Casting hatten sich wohl gedacht: Hauptsache, wir sind im hippen Prenzlauer Berg, der Rest ist nicht so wichtig. Und billig musste es natürlich sein. Eine Parterrewohnung im Hinterhof mit zwei Zimmern war angemietet worden, eins fürs Casting und ein weiteres, das als Warteraum diente.

Ein extrem cooler Praktikant tauchte auf, mit Nerdbrille, gestutztem Bart und angesagten Klamotten. Er würdigte Toni nicht eines Blickes, so cool war er. Aber wer wollte ihm das übel nehmen, schließlich arbeitete er beim Casting, und etwas Trendigeres gab es ja kaum.

Toni ging in den Nebenraum, wo die anderen Schauspieler warteten, die eingeladen waren. Dafür, dass er die Rolle quasi sicher hatte, gab es erstaunlich viele Bewerber. Acht Leute saßen dort, und nur der Himmel wusste, wie viele heute Vormittag schon vorgesprochen hatten. Alle begrüßten ihn freundlich, einer machte einen Witz. Man tat so, als ob man sich gegenseitig Glück wünschte. Dabei wollte jeder natürlich die Rolle für sich haben.

Er setzte sich neben einen Typen, der ein silbernes Rüschenhemd trug. Der Angstschweiß stand ihm im Gesicht, dunkle Flecken breiteten sich auf dem glänzenden Stoff aus. »Zieh dich an wie der Junge von nebenan«, hatte seine Agentin ihm geraten, »glaub mir, ich kenn die Leute. Sonst hast du gleich verloren.«

Der Typ schenkte ihm ein gequältes Lächeln. »Ich bin der Nächste. Ich hab echt Schiss.«

Toni betrachtete das Rüschenhemd und überlegte, was er sagen sollte. »Das wird schon klappen«, meinte er dann. »Ich wünsch dir Glück.«

Von nebenan war Gelächter zu hören. Offenbar herrschte dort gute Stimmung. Die Wartenden blickten sich verunsichert an. Wer immer da drin gerade vorsprach, für ihn schien es gut zu laufen.

Die Tür flog auf, und ein bekanntes Gesicht erschien: Richy Erdmann. Toni traf ihn bei fast jedem Casting, zu dem er eingeladen wurde. Richy war ein ähnlicher Typ wie er – jung und blond – und wurde ständig für dieselben Rollen gecastet. Beim letzten Mal war Richy sauer auf Toni gewesen, weil der diesen blöden Versicherungsspot gekriegt hatte. Aber davon war jetzt nichts mehr zu spüren. Dafür war sein Vorsprechen wohl zu gut gelaufen.

»Hey, Toni. Du auch hier?«

»Witzig, was? So trifft man sich. Wie war's bei dir?«

»Keine Ahnung. Weiß man ja nie.« Sein affektiertes Lächeln strafte ihn Lügen. »Aber die sind echt ganz nett, die Leute. Brauchst keine Angst zu haben.«

»Gut zu wissen. Na dann.«

»Genau. Viel Glück.«

Der Typ im Rüschenhemd nahm seine Tasche vom Boden. Jetzt war er dran. Der eine Henkel rutschte ihm aus der Hand, und es klirrte leise. Toni konnte einen Blick ins Innere der Tasche erhaschen: ein paar Kaffeetassen mit Fotodruck lagen da, auf die der Typ sein grinsendes Gesicht hatte drucken lassen. Zweifelsfrei als Geschenk für die Leute vom Casting, frei nach dem Motto: Aufmerksamkeit erregen um jeden Preis.

Toni überlegte, ob er ihm schnell den guten Rat geben sollte, die Tassen lieber in der Tasche zu lassen. Aber mit seinem Rüschenhemd hatte er eh keine Chance auf die Rolle, Kaffeetassen hin oder her.

»Toni? Toni Müller ist da?« Die hohe und durchdringende Stimme von Frederik Hohenfeld drang von nebenan herein. »Er soll reinkommen! Die anderen interessieren uns nicht. Holt ihn rein.«

Der Praktikant erschien und ließ seinen abfälligen Blick über die Wartenden wandern.

»Toni Müller?«

»Das bin ich.«

Das Rüschenhemd blieb stehen und blickte Toni an, als hätte der ihn mit einem Kinnhaken aus dem Ring geschlagen. Langsam ließ er sich wieder aufs Sofa sinken. Die Kaffeetassen klirrten in der Tasche.

»Tut mir leid«, sagte Toni. »Aber du kommst ja auch gleich dran. Jetzt halt nach mir.« Dann ging er nach nebenan.

An einem Pult saßen zwei Leute von der Produktion, eine verbiesterte und offenbar alkoholkranke Frau, die aussah, als warte sie nur auf eine Gelegenheit, herumzuschreien und allen ins Gesicht zu springen. Und daneben ein blasiert wirkender Mittvierziger, der eine modische Jogginghose und ein T-Shirt mit einem Comicaufdruck trug, als wäre er gerade siebzehn geworden. Dann tauchte Frederik Hohenfeld auf. Er sah genauso aus wie in der Serie, nur ein bisschen kleiner.

Er und Toni standen sich gegenüber. Schon nach dem Bruchteil einer Sekunde war klar: Sie konnten sich nicht ausstehen.

»*Du* bist Toni Müller?«

Toni lächelte. »Ja. Danke für die Einladung.«

»In dem Werbeclip siehst du aber ganz anders aus.«

Wie denn?, hätte er am liebsten gefragt. Dümmlicher?

»Jünger. Irgendwie jünger.«

»Ich bin vierundzwanzig. Das war doch bekannt, oder?«

Doch Hohenfeld hörte gar nicht mehr zu. Mit gekräuselten Lippen wandte er sich ab und machte sich an der Kaffeemaschine zu schaffen.

Die verbiesterte Frau fixierte ihn mit zusammengekniffenen Augen. Toni machte sich bereits auf eine Beleidigung ihrerseits gefasst, aber dann sagte sie: »Mir gefällt Ihr Aussehen. Es passt zu der Rolle.«

Sie wandte sich an Hohenfeld und fuhr ihn an: »Was ist? Können wir anfangen? Oder brauchen Monsieur noch ein bisschen?«

»Nein, nein. Ist ja schon gut.«

Hohenfeld verdrehte die Augen, stellte seine Kaffeetasse wieder weg und kam lustlos auf Toni zu. Betrachtete ihn von oben bis unten und seufzte.

»Also gut. Ich bin so weit. Meinetwegen kann's losgehen.«

Toni konzentrierte sich. Du kannst den Text, du hast jedes Wort auswendig gelernt. Keine Angst. Entspann dich. Er blendete alles aus, die schäbige Wohnung, die Leute von der Produktion. Sogar Hohenfeld verschwand. Er war jetzt sein Vater, der ihm zum ersten Mal seit langer Zeit gegenüberstand.

»Bist du das, Vater? Bist du tatsächlich nach all den Jahren wiedergekommen? Noch eine Enttäuschung würde ich nicht ertragen.«

»Ich bin es. Ich bin gekommen …«

Hohenfeld brach ab. Er stieß einen theatralischen Seufzer aus. Dann wandte er sich an die verbiesterte Frau.

»Ich kann mit dem nicht spielen.«

»Stell dich nicht so an, Frederik.« Ihre Stimme duldete keinen Widerspruch. »Wir gehen die Szene durch, und dann sehen wir weiter.«

»Aber so funktioniert das nicht. Ich spiel das toll, das hast du ja gesehen. Aber der hat mich aus dem Konzept gebracht. Wenn der mir den letzten Satz sagt, muss der mich angucken. Sonst kann ich nicht sagen, was ich danach sagen muss.«

Das Gesicht der Verbiesterten sah jetzt aus wie ein zusammengeknülltes Blatt Papier. Sie pfiff aus der Nase. Toni trat einen Schritt zurück. Doch wenn er glaubte, sie würde jetzt explodieren, irrte er sich.

»Sie haben gehört, was Sie tun müssen«, sagte sie lediglich zu Toni. »Also noch mal von vorne.«

Hohenfeld zögerte, doch dann fügte er sich. Toni dachte an seine Agentin. Er konnte sich schon vorstellen, welchen Rat sie ihm geben würde. Also lächelte er Hohenfeld an, so freundlich, wie er nur konnte.

»Tut mir leid, war meine Schuld.«

»Schon gut, Junge. Das kann jedem mal passieren.«

»Ich werd Sie jetzt ansehen. Vielleicht hatte ich mich einfach noch nicht richtig in die Rolle reingefunden.«

»Ja, vielleicht. Versuchen wir's noch mal.«

Toni hatte es geschafft. Hohenfeld gab ihm noch eine Chance.

Er konzentrierte sich. Blendete alles aus. Er befand sich wieder in seiner Wohnung, und sein verschollener Vater stand plötzlich vor der Tür. Es ging los.

»Bist du das, Vater? Bist du tatsächlich nach all den Jahren wiedergekommen?« Toni stockte. »Ähm …«

Der Text war weg. Blackout. Er hatte keine Ahnung mehr, wie's weiterging. Als hätte einer die Festplatte gelöscht.

Sofort lief er knallrot an, er konnte nichts dagegen unternehmen.

»Konzentrieren Sie sich«, kam es von der Verbiesterten. »Kommen Sie schon. Noch mal.«

Aber es war zu spät. In seinem Kopf hörte er nichts als das Rauschen des Meeres.

»Bist du das, Vater? Hast du … nein … bist du … auch nicht … ähm … Scheiße.«

»Ich hab's ja gleich gesagt«, rief Hohenfeld. »Mit dem geht das nicht.«

Die Verbiesterte fixierte Toni, in ihrem Blick war nur noch Ernüchterung. Ihm wurde klar, sie hatte ihn für die Rolle gewollt. Unbedingt.

»Also gut. Machen wir mit dem Nächsten weiter.«

Mit einem Leiern in der Stimme fuhr sie fort: »Danke, dass Sie gekommen sind. Rufen Sie bitte nicht an. Wir melden uns bei Ihnen. Auf Wiedersehen.«

Toni ging langsam hinaus, vorbei an den Wartenden, die an seinem Gesicht abzulesen versuchten, wie es bei ihm gelaufen war, und vorbei an dem Praktikanten, der überprüfte, ob seine Schnürsenkel ausreichend lässig gebunden wirkten.

Draußen auf der Straße atmete er die warme Sommerluft

ein. Am liebsten hätte er sich verkrochen. Irgendwo in ein dunkles Loch. Sich zum Sterben zurückgezogen.

Aber leider war das nicht möglich. Er sah auf die Uhr. Ihm blieb noch eine halbe Stunde, bis seine Tanten in Berlin ankamen. Die fünf älteren Schwestern seines Vaters, die sich unverhofft zum Besuch angemeldet hatten. Sie würden am Bahnhof Zoo ankommen und erwarteten, dass Toni sie dort empfing.

Und zwar pünktlich.

»Wir kommen nach Berlin! Alle fünf!«, hatte Tante Ebba am Telefon gerufen. »Ist das nicht eine Überraschung?«

Die Überraschung war so groß gewesen, dass Toni sich erst einmal vor Schreck verschluckt und eine ganze Weile nur gehustet hatte.

»Tja, und wo wir schon mal da sind«, hatte Tante Ebba dann gesagt, »wollen wir natürlich sehen, wie du so lebst. Das ist doch längst überfällig, dass wir dich mal in Berlin besuchen.«

»Ihr ... wann denn?«

»In zwei Wochen. Wir machen eine Busreise mit unserer Landfrauengruppe. Leider nur für drei Tage. Aber es ist eine gute Gelegenheit, sich wiederzusehen. Findest du nicht?«

»Ich ... ja, natürlich, Tante Ebba. Ähm ... natürlich.«

Als Nächstes hatte er bei Silke angerufen, der Tochter von Tante Claire. Sie war die Einzige in der Familie, mit der er offen reden konnte.

»Jetzt stell dich nicht so an«, hatte sie gesagt. »Drei Tage, das wirst du schon noch überleben.«

»Aber die wollen in meine Wohnung!«

»Nur zum Kaffeetrinken. Mein Gott, du tust ja so, als würden sie bei dir einziehen wollen. Die haben ein ganz straffes

Programm bei den Landfrauen. Stadtrundfahrt, Varieté, Bundestag und was weiß ich noch alles. Die wollen dich nur zum Kaffeetrinken sehen. Und am letzten Abend möchten sie mit dir ins Restaurant. Zwei kurze Termine. Meine Güte, das ist doch wirklich nicht zu viel verlangt.«

War es ja eigentlich auch nicht.

Gäbe es da nicht ein paar Geheimnisse, die Toni lieber für sich behalten wollte. Seine Tanten glaubten beispielsweise, er hätte ein festes Engagement an einem kleinen Berliner Theater. Von dem Kneipenjob und seinen vergeblichen Bemühungen, eine ernst zu nehmende Rolle zu bekommen, wussten sie nichts. Außerdem würden sie gern seine Freundin kennenlernen, wo sie schon mal da waren. Dass diese Freundin männlich war, Micha hieß, in einem Übersetzungsbüro arbeitete und früher einmal Fußballer bei Eintracht Wetzlar gewesen war, auch das wollte er lieber für sich behalten.

Und überhaupt: Toni war mit achtzehn aus Papenburg fortgezogen. An die Zeit davor dachte er nicht gern zurück. Er war in Berlin, und nirgendwo sonst gehörte er hin. Der Besuch seiner Tanten erinnerte ihn nur daran, wie schrecklich sein früheres Leben gewesen war.

Die Straßenbahn überholte ihn. Ein weiterer Blick auf die Uhr, und er rannte los. Wenn er die hier verpasste, würde er es nicht mehr schaffen. Die Türen öffneten sich, Menschen bevölkerten den Bürgersteig, das Signal ertönte, und noch bevor sich die Türen endgültig geschlossen hatten, setzte er zum Sprung an, warf sich im letzten Moment in den Spalt und krallte sich drinnen an einer Haltestange fest.

Wieder erklang das Signal, die Türen öffneten sich, der Fahrer schrie wütend herum, ein paar Leute schimpften herum, die Menge schob sich in Wellenbewegungen vor und zurück. Aber er hatte es geschafft. Die Bahn fuhr los, und er war drin. Er ignorierte die vorwurfsvollen Blicke, kramte sein Handy hervor und schaltete es ein.

Er musste unbedingt Lutz anrufen, seinen Mitbewohner, der ihm hoch und heilig geschworen hatte, die Wohnung zu putzen, bevor die Tanten eintrafen. Toni war heute Morgen nicht mehr in der Lage gewesen zu putzen, er hatte sich mental aufs Casting vorbereitet. Und als er gegangen war, herrschte immer noch der übliche Saustall.

Am anderen Ende das endlose Freizeichen, irgendwann sprang Lutz' Mailbox an. Ein monotoner Stimmengleichklang: »Wir sind die Borg. Nachrichten nach dem Pfeifton.« Dann ein Piepen. Er beendete die Verbindung und versuchte es erneut. Aber Lutz ging nicht ran.

»Verdammt«, murmelte Toni.

Als Nächstes versuchte er es bei Kayla, seiner Nachbarin von gegenüber. Sie würde sicher rübergehen und nach dem Rechten sehen. Toni wäre es zwar lieber gewesen, Kayla aus der ganzen Sache herauszuhalten, aber es ging wohl nicht anders. Sie war die uneheliche Tochter eines amerikanischen GIs und einer Neuköllner Wirtin, und sie hatte von beiden Seiten nur die Extreme abgekommen: von ihrer Mutter die wüste Dominanz einer Bierhallen-Tresenkraft und von ihrem Vater das martialische Auftreten eines Rambos. Man wusste nie, wann sie für den nächsten spektakulären Auftritt sorgte, und deshalb hätte Toni ihr den Besuch seiner Tanten lieber verschwiegen. Aber jetzt war es nicht mehr zu ändern.

Kayla war sofort am Apparat.

»Hey, Toni. Wie war dein Casting?«

»Ach, ganz gut, glaub ich.«

»Du hast also den Text vergessen?«

»Nein. Ich sag doch, es war gut.« War Kayla ein Lügendetektor, oder was? Er atmete tief durch. »Hör zu, ich habe ein Problem. Kannst du mal kurz zu Lutz rübergehen und nachsehen, wie er mit dem Putzen vorankommt?«

»Ich war eben drüben. Er hat sich hingelegt.«

»Wie meinst du das, hingelegt?«

»Na, er hat wohl das Klofenster geputzt und wollte sich ein bisschen ausruhen.«

Ein ungutes Gefühl beschlich ihn.

»Und wie sah der Rest der Wohnung aus?«

»Wie immer, würde ich sagen. Wieso?«

Toni hatte es geahnt: Er konnte Lutz nicht trauen.

»Meine Tanten sind unterwegs!« Seine Stimme wurde hell und gepresst. »In einer guten Stunde kommen sie zu uns. Zum Kaffeetrinken.«

Die Straßenbahn hielt am Alexanderplatz. Im letzten Moment drängelte er sich raus, kämpfte sich mithilfe seiner Ellbogen zur S-Bahn hoch und sprang in den wartenden Zug.

»Das ist heute?«, fragte Kayla. »Sieh mal einer an. Da hast du ja ein schönes Geheimnis draus gemacht. Wir sollten das wohl nicht mitkriegen.«

»Kayla. Ich weiß, das ist eine sehr große Bitte, aber könntest du rübergehen und ein bisschen sauber machen?« Bevor sie protestieren konnte, schob er hinterher: »Wenigstens die Küche? Bitte. Es ist so schon alles schlimm genug mit meinen Tanten. Die dürfen auf gar keinen Fall in unseren Saustall. Bitte. Ich stehe tief in deiner Schuld.«

Kayla hasste Putzen, das wusste er. Aber etwas anderes war ihm ebenso klar: Was Kayla machte, das machte sie richtig. Egal, ob es sich um Autoreparaturen, Parkettverlegen oder eben ums Putzen handelte. Nach ihrer Generalreinigung würde er seine Küche nicht mehr wiedererkennen vor lauter Sauberkeit.

»Also gut.« Ein Lächeln in ihrer Stimme. »Aber nur, wenn du im Gegenzug die nächsten fünf Wochen lang meine Wohnung putzt. Und zwar gründlich. Ich werde dich kontrollieren.«

»Was soll das denn für eine Rechnung sein? Einmal Putzen gegen fünfmal Putzen?«

»Das ist die Entschädigung dafür, dass ich die Gesichter deiner Tanten nicht sehe, wenn die in eurem Dreckloch stehen.«

»Ach, Kayla, komm schon, bitte.«

»Jetzt sind es schon fünfmal Putzen und einmal Bettwäsche bügeln. Du solltest besser zuschlagen, sonst erhöht sich der Einsatz.«

Sie hatte ihn in der Hand. Ihm blieb keine Wahl.

»Du weißt genau, wann jemand wehrlos vor dir am Boden liegt, Kayla.«

Am anderen Ende erklang ein dreckiges Lachen. »Also abgemacht. Du weißt ja, ich stehe drauf, wenn Männer meine Bettwäsche bügeln.«

Toni beendete kurzerhand das Gespräch. Ihr sollte genügend Zeit zum Putzen bleiben. Das wäre also schon mal geschafft. Die Küche würde sauber sein.

Die S-Bahn fuhr in den Bahnhof Zoo ein. Jetzt musste er nur noch rechtzeitig am Bus sein. Eine verbissene Frau mit überanstrengtem Gesicht schob sich zur Tür, drängte sich plötzlich vor ihn, trat auf seinen Fuß und zog ihren Rucksack durch sein Gesicht.

»Pass doch bitte auf.«

»Fick dich selber, du … Würstchen.«

Dann war sie verschwunden. Na, wunderbar. Ein Tag wie aus dem Bilderbuch.

Toni steuerte die Rolltreppen an. Gerade als er sich durch

die Menschenmassen zum Ausgang kämpfen wollte, begann sein Handy zu klingeln. Er glaubte, Kayla würde sich noch mal melden, aber dann sah er auf dem Display, dass es Micha war, sein Freund.

Er zögerte, ließ den Daumen über den Tasten schweben. Er ahnte schon, weshalb Micha sich meldete. Er würde nicht nur nach dem Casting fragen wollen.

»Wann lerne ich denn deine Tanten kennen?«, hatte er neulich nach dem Sex gefragt, und Toni hatte sich sehr bemüht, ein unbeteiligtes Gesicht zu machen.

»Ach, die sind nur ganz kurz da. Kann sein, dass die gar keine Zeit haben. Ich werde sie auch kaum zu sehen bekommen.«

Aber Micha hatte sofort Lunte gerochen. »Willst du mich deiner Familie etwa nicht vorstellen?«

»Nein, das ist es nicht! Was du denkst! Ich meine nur, vielleicht kommt es ja gar nicht dazu. Dieses Mal. Du weißt schon, sie haben ein ziemliches Touristenprogramm. Und es sind ja auch nur meine Tanten. Verwandte dritten Grades also. So viel habe ich mit denen gar nicht zu tun.«

»Überleg dir jetzt gut, was du sagst, Toni: Willst du mich deiner Familie vorstellen oder nicht?«

»Natürlich will ich das. Natürlich.«

Damit war die Kuh erst mal vom Eis. Jetzt musste er nur noch dafür sorgen, dass irgendwas dazwischenkam und dieses Treffen dummerweise gar nicht stattfand. »Wirklich blöd gelaufen, Micha. Aber nimm's nicht so tragisch, dann eben beim nächsten Mal.« Ja, so würde es laufen. Toni betrachtete das blinkende Display. Theoretisch könnte er das Handy hier überhört haben. Bei dem Trubel auf dem Bahnsteig kein Wunder. Vorsichtig ließ er es zurück in die Tasche gleiten.

Es war das erste Mal überhaupt, dass er ein Gespräch von Micha nicht annahm. Eigentlich freute er sich ja immer, wenn er anrief. Plötzlich fühlte er sich miserabel, so als wäre er gerade fremdgegangen.

Auf dem Vorplatz herrschte Durcheinander. Taxen, Busse, Besuchergruppen, Polizeiautos, Obdachlose, Schulklassen, dazu der übliche Pendelverkehr. Toni hielt Ausschau nach den Reisebussen, die am anderen Ende des Platzes standen, wo der Tiergarten begann.

Und plötzlich fuhr ein bunter Schriftzug an ihm vorbei: *Busreisen Schultejan, Papenburg*. Das waren sie. Im Laufschritt überquerte er den Platz. Der Bus blieb stehen, die Türen öffneten sich, und sofort strömte eine Traube älterer Frauen heraus. Ohne sich umzusehen, liefen sie direkt auf die Straße, wurden von der Fahrbahn gehupt, sprangen auf den Bürgersteig, und im breitesten Platt ertönte: »Hu, do föhrt all een!«

Toni umrundete den Bus und blickte sich um. Nirgends ein bekanntes Gesicht. Doch der Strom riss nicht ab. Und plötzlich ging es los. Da kamen sie. Tante Ebba stieg als Erste aus.

2
Kapitel

Toni war sechs, als er das erste Mal zu Tante Ebba kam. Er verstand gar nicht, was los war. Mama ist zur Kur, hieß es. Wieder einmal. Und: Diesmal wirst du bei Tante Ebba bleiben. Da wird es bestimmt total schön. Du wirst den ganzen Tag mit deinen drei Cousins spielen können. Hier hast du ja keine Kinder in dem Alter.

Toni hatte versucht zu lächeln. Das schienen alle von ihm zu erwarten. Also sagte er keinem, was seine drei Cousins unter Spielen verstanden: ihn in Erdlöchern gefangen zu halten und mit Spinnen und Schnecken zu füttern. Er hoffte einfach, seine Mutter würde bald zurückkehren und ihn wieder zu sich nehmen.

»Du wirst eine Weile hierbleiben«, begrüßte ihn Tante Ebba in dem kalten Hausflur. Sie nahm sein Gepäck, und ihr Blick wanderte über seine Schulter hinweg in die Ferne. Für einen kurzen Moment wurde ihr hartes Gesicht ganz weich.

»An dir ist nichts falsch, min Jung. Hörst du? Es ist nur alles so kompliziert. Aber du trägst keine Schuld.«

Sie strich mit ihrer rauen, schwieligen Hand über sein Gesicht und kniff ihm viel zu fest in die Wange. Ihre Finger fühlten sich an wie Schmirgelpapier, aber er protestierte nicht.

»Und jetzt zieh deine Schuhe aus, und wasch dir die Hände. In diesem Haushalt wird Ordnung gehalten. Aber das wirst du noch lernen, dafür sorge ich.«

Tante Ebba war alt geworden. Das Haar war schlohweiß, und ihre Bewegungen wirkten längst nicht mehr so energisch wie früher. Dabei war es erst drei Jahre her, seit Toni sie das letzte Mal gesehen hatte. Oder vier? Aus irgendeinem Grund freute er sich plötzlich, sie zu sehen. Vielleicht lag das an dem Casting, das so furchtbar gewesen war. Da tat es gut, ein vertrautes Gesicht zu sehen.

Doch wenn er mit einer emotionalen Begrüßung gerechnet hatte, dann lag er falsch. Tante Ebba trat auf ihn zu, umfasste entschlossen seinen Oberarm und zog ihn zu sich heran.

»Toni, schön, dich zu sehen. Wir brauchen eine Toilette für Tante Kamilla. Und zwar schnell. Du weißt ja, wie sie ist. Sie hat sich geweigert, die Bustoilette zu benutzen. Lieber macht sie sich in die Hose, hat sie gesagt. Und lange wird das nicht mehr dauern.«

»Eine Toilette?« Er musste erst mal umschalten. »Na ja, da vorne ist McDonald's. Sonst weiß ich auch nicht …«

»Gut. Das wird ihr nicht gefallen, aber es ist nicht zu ändern. Wir brauchen das Desinfektionsset aus ihrem Koffer. Wo ist denn der Busfahrer? Er muss ihren Koffer aus dem Gepäckraum holen.«

Tante Ebba blickte sich suchend um, dann ließ sie ihn los und steuerte den Busfahrer an. Über die Schulter rief sie Toni zu: »Kümmere dich so lange um die anderen, ich kläre das mit Kamilla. Dann kommen wir zurück.«

Bevor er antworten konnte, war sie bereits abgetaucht. Er blieb etwas irritiert zurück. Ein tränenreiches Wiedersehen sah anders aus.

Er beobachtete die anderen Landfrauen, die aus dem Bus stiegen. Als Nächstes war da Tante Claire.

»Du hast aber ein hübsches Kleid genäht. Ist das für deine Barbiepuppe?«

Toni strahlte. »Ja. Sie hat ja gar nichts mehr anzuziehen. Nur noch die Sachen aus der letzten Saison. Sie braucht im Prinzip eine ganz neue Garderobe.«

Nur mit Tante Claire konnte man über diese Dinge sprechen. Manchmal fehlte ihr zwar der Sinn für Farbkombinationen. Oder sie wusste einfach nicht, was sich gehört, zum Beispiel wenn Barbie zum Lunch in der besseren Gesellschaft eingeladen war. Tante Claire schlug dann vor, Barbie sollte ein schlichtes Businesskostüm tragen. Das muss man sich mal vorstellen!

Trotzdem. Bei Herrn Vollmer, dem Besitzer des Spielwarenladens, war das ganz anders gewesen. Unter seinen missbilligenden Blicken hatte Toni instinktiv gelogen: »Die Barbie ist für meine Schwester.« Und schlagartig hatte sich Herrn Vollmers Abscheu in Bewunderung gewandelt, und er schwärmte den Kunden vor: »Sein ganzes Taschengeld gibt der Junge für seine Schwester aus. So einen Bruder kann sich jedes Kind nur wünschen.«

Bei Tante Claire war sein Geheimnis in guten Händen. Sie hatte ein Bastelzimmer, und mittendrin bewahrte sie den unglaublichsten aller Schätze auf: eine Truhe, randvoll mit Stoffen, Fellen, Knöpfen, Perlen, Garn und Ketten. Und jedes Mal, wenn Toni bei ihr war, kam irgendwann die Frage: »Was meinst du, Toni? Sollen wir uns die Glitterkiste angucken?«

Die Gefühle, die das in ihm auslöste, waren überhaupt nicht zu beschreiben. Toni war schon als Kind der festen Überzeugung gewesen, kein Mädchen könne eine so reine und vollkommene Freude beim Öffnen von Tante Claires Glitterkiste empfinden wie er. Dieses heilige Glück beim Anblick einer strassbesetzten Öse, das war allein Jungen vorbehalten.

Das war gewesen, bevor es mit seiner Mutter schlimmer wurde. Da war sie noch regelmäßig von der Kur zurückgekommen. Später, als bei ihm zu Hause alles düster und traurig geworden war, da empfand er dieses Glück nicht einmal mehr in Tante Claires Bastelzim-

mer. Im Gegenteil, da war ihm jedes Mal, wenn die Glitterkiste geöffnet wurde, beinahe zum Weinen zumute gewesen. Als wäre dieser Schatz in ihrem Bastelzimmer ein Symbol für die unbeschwerte Zeit, die so jäh zu Ende gegangen war. Für seine verlorene Kindheit.

Tante Claire stieg mit der ihr eigenen Eleganz die Stufen des Busses herab. Wie Sophia Loren in einem alten Schwarz-Weiß-Film. Als Kind war es Toni gar nicht bewusst gewesen, wie schön seine Tante war. Natürlich, sie war immer gut angezogen gewesen, und außerdem hatte sie wunderschöne, lange und tiefschwarze Haare. Aber trotz allen Schicks war sie eben eine sehr alte Person gewesen. Knapp über vierzig, wenn er richtig zurückrechnete. Wahrscheinlich hatte Tante Claire mit ihren Stiltipps für Barbie in der Regel richtiggelegen. Hätte er nur auf sie gehört, Barbie hätte bestimmt davon profitiert.

Als sie ihn entdeckte, leuchtete ihr Gesicht auf. Ihre Lippen formten seinen Namen, und sie trat auf ihn zu. Es sah aus, als wollte sie ihn umarmen, aber dann lächelte sie nur und gab ihm höflich die Hand.

»Hallo, Toni. Wir haben uns lange nicht gesehen.«

»Das stimmt. Ich hoffe, es geht dir gut, Tante Claire.«

In dem Moment tauchte Tante Kamilla hinter ihr auf, mit roter Plastikbrille und modischer Kurzhaarfrisur. Wie es aussah, hatte sie in den letzten Jahren etwas an Gewicht verloren, trotzdem wirkte sie noch immer wie eine pralle Emsländer Walküre. Tante Kamilla schob sich an Tante Claire vorbei und lief hinter Tante Ebba her.

»Ebba, ich kann nicht zu McDonald's! Doch nicht hier! Guck dich mal um. Da hol ich mir die Syphilis. Oder noch Schlimmeres. Ich setz da keinen Fuß rein.«

»Stell dich nicht so an. Das wird schon einmal gehen. Wir haben gleich deine Desinfektionstasche, eine Sekunde noch.«

»Selbst im Strahlenschutzanzug geh ich da nicht rein. Ebba, tu doch was. Ich mach mir gleich in die Hose.«

Ebba wandte sich an Toni. »Junge! Gibt es denn nur die Toilette bei McDonald's?«

»Ähm, ich weiß nicht ... Ich glaub, da ist noch eine Toilette im Bahnhofsgebäude.«

Tante Kamilla erstarrte. »Du meinst ein Bahnhofsklo?«

»Die sind doch heutzutage gar nicht mehr so. Komm schon, Kamilla. Für so einen Unsinn haben wir jetzt keine Zeit.«

Kamillas Stimme klang gepresst vor lauter Panik. »Lieber sterbe ich.«

Tante Ebba wurde ungeduldig. »Toni!«

»Ich weiß doch auch nichts anderes!«

Missmutig ließ Tante Ebba den Blick umherschweifen, dann fasste sie einen Entschluss.

»Komm, Kamilla. Wir gehen da vorne in die Büsche. Ich halte Wache.«

Bevor sie protestieren konnte, packte Tante Ebba ihre jüngere Schwester am Arm und zog sie einfach mit sich. Toni überlegte kurz, ob er den beiden sagen sollte, dass dort im Gebüsch ein Treffpunkt für Junkies war, die sich in Ruhe einen Schuss setzen wollten. Aber besser nicht. Er hoffte nur, dass Tante Kamilla nicht in eine Spritze trat.

Tante Claire lächelte ihn an.

»Du siehst, Kamilla hat sich nicht geändert.«

»Ja, das stimmt.«

Toni fühlte sich befangen. Er wünschte sich, etwas lockerer zu sein. War es denn schon so lange her, dass sie gemeinsam mit seiner Barbiepuppe gespielt hatten?

»Du bist ein sehr gut aussehender junger Mann geworden, Toni. Bestimmt liegen dir die Frauen zu Füßen.«

»Ich weiß nicht, Tante Claire. Aber danke fürs Kompliment.«

»Ich würde mir so gerne das Stück ansehen, in dem du mitspielst. Aber Ebba hat gesagt, diese Woche gibt es gar keine Vorstellungen? Stimmt das denn?«

Das war eine kleine Notlüge gewesen. »Ja, diese Woche ist Pause, leider.«

»Wie schade. Jetzt kann ich dich gar nicht als Schauspieler bewundern?«

»Leider nein, Tante Claire.«

Er wusste nicht, was er noch sagen sollte.

»Ebba! O Gott, hier liegt einer!«

Am Bus war plötzlich Bewegung.

»Antonius! Mein Antonius!«

Tante Immi stolperte heraus und eilte mit breitem Lachen auf ihn zu.

Nach der Beerdigung seiner Mutter kam Toni zu Tante Immi. So lange, bis eine Lösung gefunden wäre, hatte es geheißen. Tante Immis Herz war aus Gold und mindestens so groß wie ihr wuchtiger Körper. Ein besseres Zuhause gab es für ein verstörtes, tieftrauriges Kind wohl nicht.

Aber gleich am ersten Morgen kam die Kehrseite der Medaille zum Vorschein. Da saß Tante Immi in aller Herrgottsfrühe an seinem Bett und weckte ihn sanft, in ihrem Gesicht ein liebevolles Lächeln.

»Aufstehen, Antonius. Es ist Zeit.«

Dabei war es draußen noch nicht einmal hell gewesen.

»Ich bin so müde. Kann ich nicht noch ein bisschen liegen bleiben?«

Tante Immi sah ihn verständnislos an. »Aber die Kühe müssen gemolken werden. Du kannst dabei helfen, sie in den Melkstall zu treiben.«

Und damit war alles gesagt. Egal, was Toni auch versuchte, um die viele Arbeit kam er nicht herum.

»Ich mag aber auf dem Hof nicht mithelfen, das macht mir keinen Spaß. Verstehst du das denn nicht, Tante Immi?«

Doch Tante Immi drückte ihn einfach an ihren großen Busen, strich ihm liebevoll durchs Gesicht und sagte: »Ich mach dir erst einmal eine große Tasse heißen Kakao. Dann ist das Arbeiten auch gar nicht mehr so schlimm, oder?«

Es dauerte, doch irgendwann gewöhnte sich Toni an das Leben auf dem Bauernhof. Manchmal machte ihm die Arbeit sogar Spaß. Und als es sich endlich anfühlte, als hätte er nie ein anderes Zuhause gehabt, da hieß es: »Jetzt ist es so weit, Toni. Dein Vater wird dich wieder zu sich nehmen.«

Und Tante Immi hatte dagestanden, mit einem liebevollen Lächeln, und gesagt: »Dort gehörst du hin, Antonius. Das ist dein Zuhause.« Und weil er stumm zu Boden geblickt und sich nicht bewegt hatte, war er im nächsten Moment wieder in ihren Armen gewesen: »Na, komm schon, mein Engel, ich mach dir erst mal einen schönen heißen Kakao. Dann fällt das Abschiednehmen gar nicht mehr so schwer.«

Tante Immi raste wie eine Dampflok auf ihn zu.

»Antonius, mein Junge!«, rief sie und schloss ihn stürmisch in ihre Arme. Toni bekam keine Luft mehr. »Ich freu mich so, dich zu sehen. Wer hätte das gedacht, jetzt komm ich auf meine alten Tage noch mal nach Berlin. Beim letzten Mal hat ja die Mauer noch gestanden, das war dreiundsiebzig, und wir wurden in Helmstedt zwei Stunden lang gefilzt, du weißt schon, wo dieser Major war, der Margret Muggenborg zwei Stunden lang vernommen hat, also das muss man sich mal vorstellen, als wäre sie eine Spionin vom CIA, unsere Margret. Nun ja, seitdem hat sich wohl einiges getan. Ach, wie schön ist es, wieder hier zu sein. Ich freu mich so. Berlin, so eine große Stadt. Und du wirkst auch ganz weltmännisch. Ich hoffe doch, wir müssen dich jetzt nicht siezen.«

Hinter ihr stieg Tante Helga aus dem Bus. Wie immer stark geschminkt und mit perfekt sitzender Frisur. Doch heute lagen ihre Augen hinter einer Sonnenbrille verborgen, und ihre Bewegungen wirkten steif und schmerzvoll.

»... und was wir unterwegs alles gesehen haben«, plapperte Tante Immi weiter, »du machst dir keine Vorstellung. Die alten Grenzanlagen sind ja kaum noch auszumachen, ganz verrottet ist das alles, aber wer weiß, wo sie stehen, der kann sie noch entdecken. Ich habe zu deiner Tante Helga gesagt, sie soll ...«

»Hallo, Toni«, kam es gepresst von Tante Helga.

In diesem Moment schallte Tante Ebbas Stimme über den Platz. »Immi! Komm her und hilf deiner Schwester!«

Tante Immi winkte ihr zu und wandte sich dann wieder an Toni. »Helga hat Rückenschmerzen. Die ganze Fahrt über hat sie dagesessen wie ein Stockfisch. Mir macht es ja nichts aus, im Bus zu sitzen, ich könnte tagelang mit dem Bus fahren, das wäre herrlich, aber Helga ...«

»Immi!«, rief Tante Ebba. »Hörst du nicht?«

»Ist ja gut, ich komm schon.« Tante Immi lächelte Toni entschuldigend zu und lief Richtung Gebüsch.

Tante Helga stützte sich mit schmerzverzerrtem Gesicht auf einen Koffer. Toni wusste bei ihr nie so recht, was er sagen sollte. Sie mochte keine Kinder, und so hatten sie damals nur wenig miteinander zu tun gehabt.

Etliche Minuten verstrichen, bis die anderen zurückkehrten. Tante Kamilla hatte alles gut überstanden und war offensichtlich auch mit keiner Spritze in Berührung gekommen. Bevor Toni sie jedoch gebührend begrüßen konnte, übernahm Tante Ebba wieder das Zepter.

»So, sind alle da? Habt ihr eure Koffer? Ist nichts mehr im Bus?« Sie holte Luft. »Also gut. Dann kann es jetzt losgehen.«

3 Kapitel

Auf der Treppe, die zum U-Bahnhof hinunterführte, rief Tante Ebba: »Bleibt alle zusammen! Hört ihr? Alle zusammenbleiben!«

Mit Taschen und Rollkoffern bewaffnet, bildeten die Tanten eine Ellipse und bewegten sich dann wie ein Panzer durchs Gewühl. Tante Ebba steuerte einen Fahrkartenautomaten an, den sie am anderen Ende der Halle entdeckt hatte.

»Warte, Tante Ebba! Lass uns lieber ...«

Doch Toni wurde nicht gehört.

»Tante Ebba! Jetzt warte doch!«

Nur Tante Helga bemerkte, dass er etwas gesagt hatte, und drehte sich zu ihm um. Doch als sie die anderen unbeirrt weiterlaufen sah, beschloss sie nach kurzem Zögern, doch lieber so zu tun, als wäre nichts gewesen. Im Zweifelsfall folgte man besser Tante Ebba.

Toni seufzte. Er hatte eigentlich geplant, sich am Fahrkartenhäuschen beraten zu lassen. Aber jetzt würden sie es eben mit dem Automaten versuchen. Das war vielleicht etwas schwieriger, aber natürlich nicht unmöglich. Er beeilte sich also, um Tante Ebba einzuholen.

Ein junger Tourist versperrte den Weg. Stand einfach vor dem Automaten herum und studierte seinen U-Bahn-Plan.

»Wie lange brauchen Sie denn noch?«, herrschte Tante Ebba ihn an. Er sah erschrocken auf, wahrscheinlich ohne ein Wort verstanden zu haben, und hastete verstört davon.

»Also wirklich, Leute gibt's«, murmelte sie und stellte den Rollkoffer ab. Dann nahm sie den Automaten in Augenschein.

Toni wurde auf Tante Kamilla aufmerksam. Sie stand ein wenig abseits, hatte die Stirn in Falten gelegt und beobachtete nervös die Menschenmenge. Dabei wirkte sie irgendwie fiebrig und gehetzt.

»Tante Kamilla …?«

Doch sie hatte weder Augen noch Ohren für Toni.

Tante Claire trat neben ihn. »Es ist in letzter Zeit schlimmer geworden mit ihr«, sagte sie leise. »Sie zählt nun auch Menschen.«

Toni kannte natürlich Kamillas Zählzwang. Doch bisher hatte sie nur tote und unbewegte Dinge gezählt. Häuser zum Beispiel oder Geländerstreben und Marmeladengläser. Dann zählte sie, addierte, subtrahierte, stellte Zahlenpaare gegeneinander, bildete Quersummen und berechnete Perioden – mit anderen Worten: fand ihren Frieden in der Welt. Es war eine mühselige Angelegenheit, doch Tante Kamilla konnte nicht anders. Sie musste das nun mal tun. Und alle anderen hatten sich daran gewöhnt.

»Seit wann zählt sie denn Menschen?«, fragte er.

»So genau wissen wir das nicht. Seit einem Jahr etwa. Sie macht das aber nur, wenn sie in einer Stresssituation ist.«

Toni hätte ihr gern irgendwie geholfen, doch er hatte früh gelernt, sie am besten nicht zu stören, wenn sie gerade zählte. Er erinnerte sich, wie sie jeden Samstag zum Großeinkauf in die Stadt gefahren waren und Toni auf der Rückbank immer schweigen musste, um Tante Kamilla nicht beim Straßenlaternenzählen zu stören.

Einmal hatte er ein riesiges Feuerwehrauto gesehen, mit ausgefahrenem Leiterwagen und einem Feuerwehrmann, der ein Kätzchen von einem Baum holte, und er hatte gerufen: »Tante Kamilla, guck mal! Der Mann da mit der Muschi!« Und Kamilla, völlig aus dem Konzept geraten, war mit dem großen Kombi so schwer ins Trudeln geraten, dass sie beinahe ins Schaufenster einer Bäckerei gerast wären.

Nach der Vollbremsung hatten sie quer auf dem Bürgersteig gestanden, und Toni hatte sofort gewusst, dass er an dieser Eskalation schuld war: Hätte er doch nur geschwiegen. Tante Kamilla erholte sich zwar schnell von dem Beinaheunfall, doch das änderte nichts an ihrer Fassungslosigkeit. Sie hatte nur noch Augen für die Kette der Straßenlaternen, die sie bereits passiert hatten.

Es dauerte, bis sie ihr Unglück in Worte fassen konnte: »Jetzt hab ich die Zahl vergessen.« Der Satz lastete schwer in der Stille des Wagens. Bis Toni irgendwann fragte: »Müssen wir jetzt zurückfahren?« Kamilla rang einen Moment mit sich und wirkte plötzlich ganz verloren, bis sie schließlich sagte: »Nein. Das ist doch Unsinn. Wir fahren nach Hause.« Und sie fuhr. Ohne zurückzublicken. Doch für den Rest des Tages war alle Freude von ihr gewichen.

»Wie geht das denn hier, verflucht noch mal!« Tante Ebba schlug mit der Hand auf den Automaten ein. »So eine blöde Maschine!«

Toni versuchte sich vorzudrängen. »Tante Ebba …«

Doch Ebba bewegte sich nicht vom Fleck.

»Ebba, jetzt lass Toni doch mal ran«, versuchte Tante Claire zu vermitteln.

»Irgendwie muss das hier funktionieren! Ah, jetzt hab ich's.«

»Tante Ebba …«

»Geht doch mal alle weg, ich hab's ja gleich.«

»Aber …«

»Und jetzt muss ich hier drücken, seht ihr?« Sie hielt inne. »Aber welches Ticket brauchen wir denn? Wer soll das alles verstehen?« Sie blickte sich suchend um. »Toni! Wo bleibst du denn? Jetzt hilf doch mal!«

Toni stellte sich neben sie. Dabei versuchte er Tante Kamilla nicht aus den Augen zu lassen. Die sah nämlich inzwischen ganz blass aus. Das Zählen der vielen Menschen überforderte sie offensichtlich. Sie stolperte ein paar Schritte zurück. Er würde aufpassen müssen, dass sie nicht verloren ging.

»Am besten guckst du dir die Gruppenkarten an, Tante Ebba«, sagte er. »Siehst du, hier?«

Sie fegte seine Hand vom Monitor. »Nein, warte! Ich will keine Karte, die nur für heute gültig ist.«

»Aber ihr seid doch …«

»Ach was! Jetzt lass mich mal machen!«

Toni atmete durch. Er wollte sich nicht aufdrängen, schließlich hatte er das Tarifsystem der BVG selbst nie so ganz verstanden. Also ließ er Tante Ebba ein vermutlich viel zu teures Ticket wählen, ohne sich weiter einzumischen. Alle zückten ihre Portemonnaies und kramten nach Kleingeld.

Nur Tante Kamilla nicht. Die stand inzwischen mit dem Rücken an der gekachelten Wand, und ihre Lippen bewegten sich stumm beim Zählen.

Hinter ihnen fuhr ein Zug in den Bahnhof ein.

»Ist das unserer?«, fragte Tante Ebba aufgeschreckt.

»Ja, schon. Aber wir können auch den nächsten …«

»Beeilung! Den kriegen wir noch!«

In Windeseile gingen die Münzen in den Schlitz, und das Ticket wurde gedruckt. Dann rafften alle ihr Gepäck zusammen, und es ging los.

»Schnell, den kriegen wir noch!«

Toni spürte, wie auch sein Herzschlag sich beschleunigte. Er blickte sich um. Tante Kamilla. Er hastete auf sie zu, nahm sie am Arm und zog sie mit sich. Ein schwaches »Nein!« entfuhr ihr, doch darauf konnte er keine Rücksicht nehmen. Es war ohnehin das Beste, einer beendete diese sinnlose Zählerei. Tante Ebba hatte den Zug bereits erreicht.

»Zurückbleiben, bitte!«, tönte es aus den Lautsprechern.

Die anderen holten auf. Tante Ebba stellte sich breitbeinig zwischen die Türen. »Beeilt euch!«

Tante Claire und Tante Immi huschten an ihr vorbei in den Waggon.

»Können Sie nicht hören?«, donnerte es aus den Lautsprechern. »ZURÜCKBLEIBEN!«

»Schnell!«, rief Tante Ebba. Schon hatten Toni und Kamilla die Zugtüren erreicht. Plötzlich erstarrten Ebbas Gesichtszüge. Tante Helga fehlte. Sie war weder im Zug, noch stand sie auf dem Bahnsteig.

»Wat is denn an ›Zurückbleim‹ so schwer zu vastehn, junge Frau!«, rief es aus dem Lautsprecher.

»Hört ihr schlecht?«, brüllte jemand aus dem Zug. »Rein oder raus, ihr verdammten Vogelscheuchen!«

Tante Ebba gab die Bahn verloren. Alle traten zurück auf den Bahnsteig. Die Türen schlossen sich, und der Zug fuhr ohne sie los. Die Niederlage war ihr anzumerken. Dann wandte sie sich an die anderen und fragte: »Wer hat Helga als Letztes gesehen?«

Die Suche begann am Fahrkartenautomaten. Die Halle war immer noch voller Menschen. Da konnte leicht einer verloren gehen. Toni ärgerte sich, nur auf Tante Kamilla achtgegeben zu haben.

»Was würdet ihr denn an Tante Helgas Stelle tun?«, fragte

er. »Würdet ihr nicht auch zum Ausgangspunkt zurückgehen?«

»Das möchte man annehmen«, knurrte Tante Ebba. »Aber bei deiner Tante Helga würde ich nicht darauf wetten. Sie ist noch nie mit viel Vernunft gesegnet gewesen.«

»Da ist sie ja!«, rief Tante Immi und deutete mit ausgestrecktem Finger quer durch die Halle. »Da hinten, am Zeitungsstand!«

Tatsächlich, Tante Helga stand seelenruhig vor einem Kiosk und betrachtete den Postkartenständer. Als wäre sie gerade auf dem Weg zum Friseur, ohne es dabei sonderlich eilig zu haben. Die Gelassenheit in Person.

Tante Ebba erreichte sie als Erste.

»Helga! Was machst du denn hier?«

Tante Helga wirbelte herum.

»Oh, da seid ihr ja! Was für ein Glück!« Sie schob sich die Sonnenbrille ins Haar. »Ich wusste nicht, was ich machen sollte. Auf einmal wart ihr alle weg.«

»Und dann stehst du hier herum und siehst dir Postkarten an? Warum suchst du uns nicht? Wir wären beinahe mit der Bahn weggefahren.«

»Ich …« Tante Helga sah verlegen in die Runde.

»Du hättest wenigstens zum Automaten zurückgehen können. Da sucht man doch als Erstes!«

»Ich hab kurz drüber nachgedacht. Aber dann hätte ich ausgesehen wie eine Touristin. Die Leute hätten am Ende noch gedacht, ich wäre irgendein Bauerntrampel, der sich in der Großstadt nicht zurechtfindet.«

Sie nahm Haltung an, und ihr perfekt geschminktes Gesicht erstarrte zu einer vornehmen Maske.

»Ich möchte nicht wie ein Landei wirken.«

Toni lächelte. Im Grunde war damit alles über Tante

Helga gesagt. Tante Ebba seufzte, vergewisserte sich, dass alle da waren, und steuerte wieder den Bahnsteig an.

»Kommt! Und jetzt bleiben wir zusammen!«

Es dauerte nicht lange, bis der nächste Zug einfuhr. Er war ebenfalls überfüllt, und es war gar nicht so einfach, fünf Tanten samt Gepäck hineinzubefördern. Sitzplätze waren ohnehin keine mehr frei, und so drängten sich alle in den Gang, während Toni die Koffer an einem freien Fleck neben dem Eingang übereinanderstapelte.

Tante Ebba umklammerte die Haltestange und betrachtete konzentriert das Gruppenticket.

»Bitte entwerten«, las sie vor. Und schlagartig änderte sich ihr Gesichtsausdruck. »O Gott! Die muss abgestempelt werden! Die ist gar nicht gültig!«

Mit einem Satz war sie draußen. »Wartet kurz!« Und dann hastete sie zurück zum Automaten.

Toni drehte sich ruckartig um. Der Gepäckstapel geriet aus dem Gleichgewicht, und Tante Immis schwerer Koffer rutschte ihm gegen das Schienenbein. Er unterdrückte einen Aufschrei.

»Zurückbleiben bitte!«, erklang es aus den Lautsprechern.

Seine Tanten sahen unruhig hinaus. Wenn Ebba sich nicht beeilte, würde sie es nicht mehr schaffen. Endlich hatte sie das Ticket abgestempelt und begann loszulaufen.

»Beeil dich!«, rief Tante Immi.

Aber da erklang schon der Signalton. Es war zu spät. Die Türen schlossen sich, und die Bahn setzte sich in Bewegung. Das Letzte, was Toni sah, bevor der Zug in den Tunnel fuhr, war Tante Ebbas völlig verdattertes Gesicht auf dem Bahnsteig.

»Beruhigt euch! Jetzt beruhigt euch doch! Kein Problem! Wir rufen sie einfach an!« Toni fingerte umständlich sein Handy hervor. Er hatte schweißnasse Hände. »Ich habe ihre Handynummer, hört ihr? Alles gar kein Problem.«

Doch so leicht waren Ebbas Schwestern nicht zu beruhigen.

»Wir wissen nicht einmal, wo unser Hotel ist«, jammerte Tante Kamilla. »Ebba hat sich ja um alles gekümmert.«

»Wo sollen wir denn jetzt übernachten?«, wollte Helga wissen.

»Wie hieß das Hotel denn noch?«, fragte Claire.

»Im ... Im ... Im ... Irgendwas mit Im, oder?«, glaubte Immi.

»Ich mein ja eher Am, wie Ambrassador.«

»Nie im Leben hieß das Ambrassador.«

»Ja, aber so ähnlich. Imperial?«

Tante Immi streckte die Arme in die Luft. »Ebba hat mir die Buchung doch gezeigt! Ich dumme Gans, warum habe ich mir den Namen nicht gemerkt?«

»Immi, versuch dich zu erinnern!«

»Erinnere dich doch!«

»Mein Gott, ich weiß es nicht mehr!« Sie sah hoffnungslos in die Runde. »Dabei hat Ebba mir alle Unterlagen gezeigt. ›Was sind das für hübsche Zimmer‹, habe ich noch gesagt. ›Und so vornehm sehen die aus. Das wird die reinste Wonne sein, in so einem hübschen Hotel zu wohnen.‹ Und dann hab ich ihr alles zurückgegeben. Ach, hätte ich doch nur besser aufgepasst!«

Endlich stand die Verbindung. Toni drückte sich das Handy ans Ohr. Eine elektronische Stimme erklang: »Der Teilnehmer ist vorübergehend nicht erreichbar.«

»Wenn ich es sehen würde, glaubt mir, ich würde es sofort erkennen. Aber so?«

»Ach herrje! Was passiert jetzt nur mit uns?«

»Sie hat ihr Handy ausgeschaltet!«, mischte sich Toni ein. »Warum hat Tante Ebba ihr Handy nicht an?«

Die Tanten blickten irritiert. Schließlich sagte Tante Kamilla: »Sie stellt es nur zum Telefonieren ein. Um Strom zu sparen. Das machen wir alle so.«

»Aber …«

Toni sah in Kamillas verwundertes Gesicht. Es hatte wohl wenig Sinn, weiter darauf einzugehen.

Draußen wurde es wieder hell. Der Zug fuhr in den nächsten Bahnhof ein.

»Los, kommt«, sagte er. »Wir steigen erst mal aus. Ich nehme Tante Ebbas Gepäck.«

Völlig verstört stolperten die Tanten mit ihren Sachen hinaus auf den Bahnsteig. Ausgerechnet Tante Ebba musste verloren gehen. Jede andere wäre zu verkraften gewesen, weil Ebba dann schon gewusst hätte, was zu tun war. Doch so musste jemand anders das Kommando übernehmen. Und Toni fühlte sich kaum dazu in der Lage.

Panik schlich sich in Tante Kamillas Stimme.

»Ich schlafe jedenfalls nur in unserem Hotel, das steht schon mal fest. Ich brauche Laternenlicht im Zimmer, so wie bei mir zu Hause. Sonst mache ich die ganze Nacht kein Auge zu. Ebba hat extra im Hotel angerufen, damit ich ein Zimmer kriege, wo Laternenlicht hereinfällt.«

»Kamilla, es geht jetzt mal ausnahmsweise nicht um dich, hörst du?«

»Weiß Ebba denn, wo Toni wohnt? Vielleicht kommt sie zu ihm und wartet dort auf uns. Hat sie seine Adresse?«

»Toni? Weiß Ebba, wo du wohnst?«

»Toni!«

»Weiß ich doch nicht, ob sie meine Adresse hat!«

Toni atmete tief durch und unterdrückte die aufkommende Hysterie. Du hast die Situation unter Kontrolle, sagte er sich. Lass dich nicht aus der Ruhe bringen.

»Also gut, hört zu«, sagte er. »Wir bleiben hier stehen und warten auf den nächsten Zug. Wenn Ebba klug ist, nimmt sie einfach die nächste U-Bahn und hält nach uns Ausschau. Dann kann sie uns gar nicht übersehen.«

Das wirkte. Die Gesichter blieben zwar noch sorgenvoll, aber die drohende Panik war erst einmal abgewendet.

Sie warteten. Kurz darauf fuhr die nächste U-Bahn ein, und alle hielten Ausschau nach Ebba. Die Türen öffneten sich, Leute traten auf den Bahnsteig und steuerten die Ausgänge an, die Türen schlossen sich wieder, und die Bahn fuhr weiter. Von Tante Ebba keine Spur.

»Toni! So tu doch was!«

»Wir müssen zurück! Ebba wartet bestimmt auf uns!«

»Genau! Wenn wir nicht zurückfahren, verlieren wir sie.«

»Vielleicht für immer.«

»Ich schlaf nirgendwo anders! Nur im Hotelzimmer mit der Laterne!«

Toni versuchte sich zu konzentrieren. In diesem Moment fuhr am gegenüberliegenden Bahnsteig der Zug ein.

»Hört zu, ihr bleibt hier und wartet«, sagte er. »Ich fahre schnell eine Station zurück und gucke, ob Tante Ebba noch auf dem Bahnsteig steht. Dann kommen wir gemeinsam wieder hierher zurück.«

»Du kannst uns doch hier nicht alleine lassen!«

»Und was machen wir, wenn du dann auch verschwunden bleibst?«

»Ich bleibe nicht verschwunden. Ich komme gleich zurück. Wichtig ist nur, dass ihr euch nicht vom Fleck bewegt. Schafft ihr das?«

Er erhielt keine Antwort. Nur bange Gesichter.

»Zurückbleiben bitte!«, ertönte es aus dem Lautsprecher.

»Ich bin gleich wieder da, versprochen!«

Und damit sprang Toni in den Zug. Die Türen schlossen sich, jenseits der Fenster wechselten die Tanten bekümmerte Blicke, dann fuhr die Bahn los und verschwand im Tunnel.

Plötzlich war er allein. Er stieß einen schweren Seufzer aus. Drei Tage, sagte er sich, das wirst du schon irgendwie überleben. Eigentlich waren es ja nur zweieinhalb Tage, denn die Tanten fuhren übermorgen schon am Nachmittag zurück. Außerdem würden sie sicher ein straffes Besichtigungsprogramm haben, tröstete er sich.

Der Zug fuhr im U-Bahnhof Zoologischer Garten ein. Toni stieg aus und sah sich um. Menschen trotteten in alle Richtungen davon. Der Bahnsteig leerte sich. Tante Ebba war wie vom Erdboden verschluckt.

Er nahm sein Handy und versuchte es wieder bei ihr, aber das Gerät war noch immer ausgeschaltet. Also wählte er die Nummer von Tante Claire. Doch vergebens. Auch Tante Kamilla war nicht zu erreichen. Er war ja selbst schuld: Er hätte sie bitten müssen, die Handys einzuschalten.

Er blickte sich hilflos um. Und was jetzt?

In seinem Kopf war eine lockende Stimme, die flüsterte: Und wenn du dich einfach davonschleichst? Er könnte sich in ein Straßencafé setzen, bei einer Tasse Tee eine Illustrierte durchblättern und danach gemütlich nach Hause schlendern.

Doch so schön die Vorstellung auch war – das brachte er ja doch nicht übers Herz. Also setzte er sich in die nächste Bahn und fuhr wieder zurück.

Auf dem Bahnsteig hielt er Ausschau nach den verbliebenen Tanten. Zuerst konnte er sie nicht entdecken, aber dann wurde er auf eine Menschentraube neben dem Treppenaufgang aufmerksam. Da waren Uniformierte von der BVG, Straßenkehrer, ein Bauarbeiter. Und mittendrin seine Tanten. Sogar Tante Ebba. Offenbar hatte sie die nächste Bahn genommen und ihre Schwestern wiedergefunden. Tante Immi redete und gestikulierte wild herum. Offenbar amüsierten sich alle blendend. Plötzlich entdeckte Tante Immi ihren Neffen und winkte ihm zu.

»Antonius! Da bist du ja! Wir dachten schon, du wärst verloren gegangen.«

»Ebba wollte dich schon ausrufen lassen«, sagte Tante Kamilla. »Die netten Herren haben ihre Hilfe angeboten.«

Einer der Uniformierten sprach in ein imaginäres Mikrofon: »Achtung, Achtung. Der kleine Toni wird von seiner Tante Ebba gesucht.«

Alle lachten, selbst die grobschlächtigen Bauarbeiter. Aber es war kein nettes Lachen.

»Wie damals«, rief Tante Immi, »als du dich in dem Brautmodenladen unterm Tisch versteckt hast, weil du nachts alle Kleider anprobieren wolltest.«

Und dann war kein Halten mehr. Es wurde gejohlt und gewiehert. Toni errötete und hätte sich am liebsten in Luft aufgelöst. Einer der Uniformierten schlug ihm auf die Schulter.

Toni betrachtete seine Tanten. Für einen Moment befielen ihn Mordgedanken. Doch dann trat Tante Ebba vor und packte ihn am Oberarm.

»Kommt schon«, sagte sie. »Jetzt sollten wir endlich mal los. Schließlich müssen wir heute Abend wieder bei den Landfrauen sein.«

Im Treppenhaus war es mucksmäuschenstill. Doch Toni traute dem Frieden nicht. Kayla und Lutz hatten ihm zwar versprochen, nicht aufzutauchen, wenn seine Tanten zu Besuch waren. Doch man konnte bei den beiden nie so genau wissen. Am wenigsten bei Kayla. Also hielt er Augen und Ohren offen.

Seine Tanten folgten ihm schweigend durchs Treppenhaus. Normalerweise gab es immer eine Menge Aaahs und Ooohs, wenn Leute zum ersten Mal hier waren. Die heruntergekommene Pracht des Gründerzeithauses nahm für gewöhnlich alle gefangen: blätternde Stuckdecken, gedrechselte Geländerstreben und morsche Türschnitzereien – es sah aus wie in einem verwunschenen Märchenschloss.

»Wie weit müssen wir denn noch?«, stöhnte Tante Helga.

»Wir sind gleich da. Nur noch ein Stockwerk.«

»Und alles ohne Fahrstuhl.«

Toni bemerkte, dass wenigstens Tante Kamilla ihre Umgebung wahrnahm: Sie berührte jede Geländerstrebe mit der Fingerspitze und bewegte dabei stumm die Lippen.

»Und dein Mitbewohner ist wirklich nicht da?«, fragte Tante Claire, als sie endlich vor seiner Wohnungstür standen.

»Nein, leider nicht. Er musste arbeiten.«

»Ach, wie schade. Ich dachte, wir lernen ihn kennen.«

»Was arbeitet er denn?«, wollte Tante Ebba wissen.

Lutz? Toni verkniff sich ein Lächeln. Wenn man Lutz fragte, würde der wohl sagen: Ich bin Barkeeper. Dabei hatte keine seiner Anstellungen länger als zwei Wochen gedauert. Meistens bekam er Probleme, weil er lieber mit den Gästen flirtete, als sich um ihre Getränke zu kümmern. Außerdem kiffte er zu viel, manchmal auch während der Arbeit.

Seinen Lebensunterhalt bestritt Lutz von der Erbschaft

einer fernen Großtante. Es war kein wirkliches Vermögen, aber für zwei bis drei weitere Jahre im Berliner Nachtleben würde es noch reichen.

»Lutz ist bei der Sparkasse«, sagte Toni. »Er hat Bankkaufmann gelernt.«

Tante Ebba nickte anerkennend.

Er steckte den Schlüssel ins Schloss und öffnete die Tür. Was er sah, verschlug ihm den Atem. Garderobe, Spiegel, Teppiche, Bilder, Kommode – alles strahlend sauber! Kaum wiederzuerkennen. Und es roch weder modrig noch nach scharfen Putzmitteln. Wie hatte Kayla das nur geschafft?

Er lächelte stolz. »Kommt doch herein!«

Jetzt war die Neugierde seiner Tanten geweckt. Sie traten ein und blickten sich genau um. Schließlich brannten sie darauf zu sehen, wie ihr Neffe in der Großstadt lebte.

Toni ging in die Küche: eine noch größere Überraschung. Keine Flecken, kein Dreck, keine Stapel von ungespültem Geschirr. Alles sah ganz anheimelnd aus. Die bunt bemalten Möbel wirkten plötzlich verspielt und nicht mehr chaotisch, und die Holzregale mit den Lebensmitteln sahen jetzt einladend aus und nicht mehr eklig. Alles war verändert. Es war ein einziges Wunder.

»Hübsch habt ihr es hier«, sagte Tante Claire.

Ja, das stimmte. Sie hatten es hübsch. Richtig hübsch sogar. Das war ihm gar nicht klar gewesen. Vielleicht sollten er und Lutz in Zukunft häufiger mal aufräumen.

»Hier musst du aber mal gründlich sauber machen«, hörte er Tante Ebba sagen.

Er drehte sich mit großen Augen um. »Wie bitte?«

Tante Ebba hatte einen Küchenschrank geöffnet und hineingeblickt. Natürlich hatte Kayla es in der kurzen Zeit nicht geschafft, auch die Schränke auszuwischen.

»Das sieht ja aus hier bei dir!«

»Ebba, lass den Jungen doch«, sagte Tante Claire.

Widerstrebend schloss Ebba die Schranktür. »Ich mein ja bloß.«

»Setzt euch doch«, sagte Toni. »Ich koche Kaffee. Ihr müsst gar nichts tun.«

Eine ungewohnte Situation für seine Tanten, die sich normalerweise selbst um alles im Haushalt kümmerten. Aber Toni wollte verhindern, dass weitere Schranktüren geöffnet wurden. Er drehte ihnen den Rücken zu und machte sich an der Kaffeemaschine zu schaffen. Gab Kaffeepulver in den Filter und füllte Wasser auf.

»Ist das dein Zimmer?«

Toni wirbelte herum.

Tante Ebba war in Begriff, eine Tür zu öffnen. Dahinter hatte Kayla natürlich nicht geputzt.

»NEIN!« Hektisch wirbelte er herum und warf dabei die Kaffeedose um. Das Pulver stob über die Arbeitsfläche. »Das ist Lutz' Zimmer!«

Die Tanten zuckten zusammen.

»Er mag es gar nicht, wenn jemand da reingeht«, versuchte er zu erklären.

Doch da steuerte Tante Ebba schon die nächste Tür an.

»Aha, dann ist das hier also dein Zimmer?«

»Nein! Warte, Tante Ebba – NEIN!«

Doch da flog die Tür schon auf.

Seine Tanten sahen unbewegt in das düstere Drecksloch, in dem er lebte. Toni schloss die Augen. Am liebsten wäre er im Boden versunken.

»Herr im Himmel! Wie sieht's denn hier aus?«

»Das hätte es bei uns früher nicht gegeben.«

»Wie bei Luis Trenker in der Berghütte.«

»Du liebe Güte, Toni, wann hast du denn das letzte Mal hier sauber gemacht?«

Jetzt drehten sich alle zu ihm um.

Tonis Herz setzte einen Schlag aus. Fiebrig suchte er nach irgendwelchen Ausflüchten.

Doch dann keimte plötzlich Ärger in ihm auf. Er hatte seine Tanten doch nicht mal eingeladen, das hatten sie selbst getan. Ganz im Gegenteil: Er hätte sein altes Leben in Papenburg am liebsten ein für allemal hinter sich gelassen. Und jetzt standen seine Tanten hier herum und machten ihm das Leben zur Hölle.

Er fasste sich ein Herz, ging zu seiner Zimmertür und zog sie mit einem kräftigen Ruck ins Schloss.

»Ich habe NEIN gesagt!«, fauchte er.

Tante Ebba war völlig perplex.

»Was in diesem Raum ist, geht dich gar nichts an.«

Tante Ebba starrte ihn an. So hatte er noch nie mit ihr gesprochen. Sein Herz klopfte wild, doch er wollte keinesfalls einlenken. Er ging zurück in die Küche.

»Setzt euch doch«, sagte er. »Der Kaffee ist gleich fertig.«

Er stellte die Maschine ein und begann den Kuchen zu schneiden, den er am Morgen in der Bäckerei besorgt hatte. Seine Tanten setzten sich stumm an den Tisch.

Toni atmete durch. Er durfte sich nichts anmerken lassen.

»Soll ich dir mit dem Tischdecken helfen?«

Das war Tante Claire, sie schlug einen versöhnlichen Ton an. Toni nahm ein paar Teller aus dem Schrank und gab sie ihr. »Danke«, sagte er.

Siehst du, Toni?, dachte er. Ist doch gar nicht so schlimm. Sag einfach, was du willst, und dann wirst du diesen Besuch schon über die Bühne bringen. Du darfst nur keine Schwächen zeigen.

Er zog die Besteckschublade auf. Sofort waren seine guten Vorsätze vergessen. Zwei Kuchengabeln. Er besaß nur zwei Kuchengabeln. Für fünf Tanten. Und er wusste doch, wie viel Wert Tante Ebba auf solche Dinge legte.

Panisch sah er sich um. Was sollte er denn nur machen?

Ohne seine Mutter wirkte das Haus düster und leer. Am Ende hatte sie zwar kaum noch ihr Zimmer verlassen. Trotzdem war es jetzt anders, und Toni spürte ihre Abwesenheit. Die Stille war erdrückend.

Sein Koffer wog schwer. Doch der Vater machte keine Anstalten, ihn ihm abzunehmen. Er stand auf der Schwelle und starrte ihn an.

»Da bist du ja«, sagte er schließlich.

»Guten Tag, Vater.«

Er betrachtete Toni wie einen Fremden. »Es gibt gleich Essen.« Dann verschwand er.

Toni hievte den Koffer hinauf in sein Kinderzimmer. Der Raum war kühl, und die Dämmerung tauchte ihn in blaues Licht. Er sah sich um. Ab jetzt würde er hier leben und nicht mehr bei seinen Tanten.

Er ging hinunter in die Küche und setzte sich an den Tisch. Der Vater hatte Bratkartoffeln und Spiegelei gemacht. Toni betrachtete den Teller. Er aß grundsätzlich nichts, was in der Pfanne braun geworden war. Alle wussten das, selbst Tante Helga.

»Ich werde jetzt öfter für uns kochen«, knurrte sein Vater und begann, das Essen in sich hineinzustopfen.

Er hob den Kopf und wurde laut. »Jetzt iss!«

Und Toni aß.

Später sah er durch sein Fenster in den Sternenhimmel. Er war jetzt auf sich allein gestellt.

In dieser Nacht schwor er sich durchzuhalten. Er würde geduldig warten, bis er erwachsen war. Und dann konnte er überall hingehen und alles hinter sich lassen. Es war nur noch eine Frage der Zeit.

Die Stimmung an der Kaffeetafel war angespannt. Die Tanten saßen in übertrieben aufrechter Haltung vor ihren Tellern und aßen artig ihren Kuchen. Mit Teelöffeln. Von Zeit zu Zeit nippten sie an den Tassen und lobten höflich Tonis Kaffee. Ansonsten wurde kaum geredet. Bis Tante Ebba schließlich das Wort ergriff.

»Was verdient man denn so an einem kleinen Theater?«

»Ebba!«, kam es von Tante Claire.

»Ich frag ja nur.« Ebba schloss eine Faust um ihre Serviette. »Ich habe neulich mit Helene Bruns gesprochen, du weißt schon, von Tapeten Bruns hinter der Kirche, und Helenes Ältester, der Daniel, arbeitet seit ein paar Jahren in München bei einer Produktionsfirma fürs Fernsehen. Einen guten Job hat er da, tadellos. Er verdient eine Menge Geld und fährt sogar einen Porsche. Jedenfalls meint der Daniel wohl, bei den Berliner Theatern ist kein Geld zu machen. Schon gar nicht bei den kleinen. Da reicht die Schauspielergage nicht mal zum Leben. Sagt Daniel. Und da frage ich mich ...«

»Ich komm schon zurecht, Tante Ebba.«

»Aber stimmt das denn, was die Helene sagt? Dass es nicht mal zum Leben reicht, was man da verdient?«

»Ich habe auch andere Engagements. Dieser Werbeclip für die Versicherung zum Beispiel, der läuft gerade im Fernsehen. Den habt ihr doch bestimmt schon gesehen. Ich weiß ja, was ihr von Werbung haltet, aber meine Agentin hat eine ganze Reihe anderer Angebote für mich. Erst heute war ich bei einem Casting, kurz bevor ihr angekommen seid.«

Tante Ebba verstärkte den Griff um die Serviette. »Aber es heißt doch immer, wer an der Ernst-Busch-Schule war, wird überall mit Kusshand genommen. Ist denn da nichts Besseres zu holen als ein paar Sekunden in einer Reklame?«

Toni seufzte. »Mir geht es gut, Tante Ebba. Ich habe genug Arbeit, und ich bin nicht am Verhungern.«

Toni stocherte lustlos in seinem Kuchenstück herum. Er wusste schon, was als Nächstes kam.

Und tatsächlich: »Aber du hattest doch das Angebot vom Staatstheater in Oldenburg. Ich kann nicht verstehen, wieso du das ausgeschlagen hast. Da würden sich viele die Finger nach lecken. Wenn hier in Berlin doch kein Geld zu verdienen ist.« Sie seufzte. »Toni, willst du denn nicht noch mal im Staatstheater nachfragen? Vielleicht nehmen die dich ja noch. Du weißt doch, meine Freundin Brigitte, die arbeitet da an der Kasse. Ich könnte sie bitten, ob sie nicht mal nachfragen kann.«

Tante Immi schenkte ihm ein warmes Lächeln.

»Toni in Oldenburg«, schwärmte sie. »Ach, das wär ja was. Dann könnten wir dich jederzeit sehen. Ich für meinen Teil, ich würde mir ein Jahresabo kaufen, ganz sicher. Und dann wäre ich, sooft ich kann, in Oldenburg. Bis ich die Stücke auswendig mitsprechen kann, das wäre mir ganz egal. Ich könnte bestimmt gar nicht genug kriegen davon!« Sie zwinkerte ihm zu.

»Die Brigitte kann da vielleicht was regeln«, fuhr Tante Ebba fort. »Sie kennt ja alle im Theater. Und so lange ist das noch nicht her, dass du das Angebot ausgeschlagen hast.«

Toni platzte der Kragen. »Ich möchte aber nicht nach Oldenburg! Geht das nicht in deinen Kopf, Tante Ebba?«

Er sah entschuldigend zu Tante Immi. »Tut mir leid, Tante Immi, aber ich bin zufrieden hier. Ich bin gerne in Berlin, und ich möchte hier bleiben.«

Tante Ebba presste die Lippen aufeinander. »Ich meine ja nur. Man muss dahin gehen, wo Arbeit ist. Wir konnten uns das früher auch nicht immer aussuchen.«

»Ebba, lass ihn doch«, sagte Tante Claire.

»Aber wenn er hier keine Arbeit hat …«

»Ich habe Arbeit!«

»… kann er sich den Luxus nicht leisten, in Berlin zu bleiben. So schön die Stadt auch ist. Er muss jetzt handeln, solange seine gute Ausbildung noch etwas wert ist. Irgendwann sind seine Chancen dahin.«

»Ich *habe* Arbeit!« Sein Teelöffel landete laut scheppernd auf dem Kuchenteller. »Verdammt! Hört ihr nicht?«

Endlich erkannte Ebba, dass sie zu weit gegangen war. Sie schenkte nun ihre ganze Aufmerksamkeit dem Kuchen. Eine Weile herrschte Schweigen. Dann räusperte sich Tante Kamilla. »Wo ist denn deine Freundin, Toni? Kommt sie gar nicht zum Kaffeetrinken?«

»Nein.« Er nahm den Löffel wieder auf. »Nein, sie muss arbeiten.«

»Oh. Das ist aber schade. Dann lernen wir sie also morgen kennen, wenn wir gemeinsam ins Restaurant gehen?«

»Ich … ähm … Sie hat schon was anderes vor. Leider.«

»Etwas anderes? Aber wenn doch deine Familie …« Kamilla stockte. Sie wechselte verunsicherte Blicke mit den anderen. Dann begriff sie: Toni wollte gar nicht, dass sie sich kennenlernten.

Jetzt wurde es still in der Küche – abgesehen von den Kaugeräuschen und dem leisen Schlürfen an den Kaffeetassen. Bis Tante Claire ein schüchternes Lächeln zeigte.

»Die Hitze in diesem Sommer kann einen um den Verstand bringen, nicht wahr? Wie muss das erst in einer Großstadt wie Berlin sein?«

»Ja, richtig«, nahm Immi den Faden auf. »Erzähl uns davon, Toni. Wie war das hier, als es letzte Woche so heiß war? Bestimmt gibt es in der Stadt gar keine Abkühlung.«

Und so schafften sie es mit vereinten Kräften, eine weitere Krisensituation zu verhindern. Selbst Tante Ebba beteiligte sich höflich an dem oberflächlichen Gespräch.

Schließlich blickte sie auf die Uhr und sagte: »Leute, wir müssen zu unserem Hotel. Sonst verpassen wir heute Abend das Varieté.«

Die Tanten nickten und standen auf. Sie gaben alles, um sich ihre Enttäuschung nicht anmerken zu lassen. Toni spürte sie trotzdem. Auch seine Tanten hatten sich das Wiedersehen wohl anders vorgestellt.

»Wir sehen uns dann morgen Abend im Restaurant«, sagte Tante Kamilla. Es klang wie: Wir haben noch eine zweite Chance.

Und alle nickten.

Toni brachte seine Tanten zur Tür und verabschiedete sich. Seine Mundwinkel schmerzten bereits vom Lächeln. Er winkte ihnen nach, bis die Letzte von ihnen im Treppenhaus verschwunden war. Dann atmete er aus und schloss die Tür.

Er ließ sich auf einen Küchenstuhl sinken. Im selben Moment ging der Schlüssel in der Wohnungstür. Kayla und Lutz kamen in die Küche.

»Die sahen doch ganz nett aus«, sagte Kayla. »Ich weiß gar nicht, warum du die vor uns versteckst.«

Sie ließ sich auf einen Stuhl fallen, legte die Beine auf den Tisch und schnappte sich das letzte Stück Kuchen.

»Oder hattest du einfach nur Angst, dass wir und deine Tanten Informationen über dich austauschen könnten?«

»Ach, Kayla, lass mich einfach in Ruhe.«

Toni fühlte sich seltsam angeschlagen nach dem Besuch. Dabei war doch eigentlich alles gut gelaufen. Er hatte sich nicht vereinnahmen lassen, so wie er sich das vorgenommen hatte. Er hatte ihnen seine Grenzen gezeigt. Trotzdem. Diese Distanz am Kaffeetisch, die oberflächlichen Gespräche, die angespannte Höflichkeit – das alles hatte ihm einen Stich versetzt. Waren das wirklich er und seine Tanten gewesen?

Lutz lehnte sich in den Türrahmen und hielt nach Kaffee Ausschau. Sein T-Shirt sah aus, als hätte er darin geschlafen. Die Haare waren ungekämmt und die Hose voller Flecken. Wusste der Himmel, wo er sich in der letzten Nacht wieder herumgetrieben hatte.

»Vielen Dank fürs Putzen«, sagte Toni.

»Das hätte ich schon noch geschafft«, murmelte Lutz.

»Na klar.«

»Sorry, aber ich war die ganze Nacht unterwegs. Ich glaub, ich muss mich erst mal hinlegen. Oder … kann ich noch was für dich tun?«

Ein bisschen spät, die Frage. »Nein. Verschwinde einfach.«

Lutz fuhr sich mit der Hand durchs Gesicht, blickte zerknirscht und verschwand dann in seinem Zimmer.

Toni machte sich auf den nächsten Angriff von Kayla gefasst. Sie hatte ihn jetzt in der Hand, heute war von ihm nicht viel Gegenwehr zu erwarten.

Doch zu seiner Überraschung lächelte sie nur verhalten.

»Ist nicht so gut gelaufen, oder?«

»Ach, was soll's. Egal.«

»Tja, Familie«, meinte sie und machte dabei ein Gesicht, als wäre damit alles gesagt. »Und, war's das jetzt? Oder kommen sie noch mal wieder?«

»Wir treffen uns morgen Abend im Hotel, danach soll's in ein Restaurant gehen. Sie wollen irgendwo richtig groß essen gehen. Übermorgen fahren sie dann mit den Landfrauen wieder zurück nach Papenburg.«

»Weißt du schon, welches Restaurant du vorschlägst?«

»Nein. Aber ich schätze mal, es muss eins sein, wo viel Fleisch auf dem Teller liegt.«

Sie lächelte. »Viel Fleisch und Pommes?«

»Genau. Was sie eben unter ›groß essen gehen‹ verstehen.«

»Und morgen Abend stellst du ihnen Micha vor?«

Toni schwieg.

»Oder wissen sie etwa gar nicht, dass du schwul bist?«

Er schnaubte. Typisch Kayla.

»Du und deine Labels«, sagte er.

Kayla war über vierzig, da musste man nachsichtig sein. Für ihre Generation spielten solche Begriffe noch eine Rolle. Sie war einmal Teil der Lesben- und Schwulenbewegung gewesen. Damals, als … O Gott, dazu müsste er in die Geschichtsbücher gucken. Toni war da anders. Er interessierte sich nicht mehr für solche Schubladen. Keiner tat das. Schließlich waren sie in Berlin.

»Ich bin nicht schwul«, sagte er. »Sexualität ist doch keine Gruppe wie ein Bowlingklub. Wenn überhaupt, dann bin ich … ach was. Immer diese Kategorien. Sei doch einfach mal ein bisschen offener.«

»Mhm. Aber du stehst schon auf Männer, oder?«

»Meine Güte! Ich bin halt ein Mann, der mit einem Mann zusammen ist. Vielleicht könnte man mich queer nennen. Aber … ach, was soll das denn? Wen interessieren solche Begriffe überhaupt?«

»Keine Ahnung. Vielleicht ja deine Tanten.« Sie fügte hinzu: »Denen du gesagt hast, dass du eine Freundin hast.«

»Ich habe nie gesagt, dass ich eine Freundin habe! Ich habe nur gesagt, dass ich verliebt bin. Mehr nicht. Was kann ich denn dafür, wenn die sich da was zurechtlegen.«

»Weil du ja nicht schwul bist.«

Wenn Toni gerade noch geglaubt hatte, Kayla würde ihn heute schonen, dann hatte er sich wohl getäuscht.

»Ich möchte einfach nicht gezwungen sein, mich selbst in irgendwelche Schubladen zu stecken, nur weil meine altbackene Verwandtschaft noch hinterm Mond lebt.«

Kayla lächelte. »Sehr praktisch, oder? Wenn man es so sieht, gibt es nämlich überhaupt keinen Grund mehr, sich zu outen. Keinen Familienstress, keine Tränen, keine Schuldzuweisung. Alles bleibt beim Alten. Schließlich bist du ja gar nicht schwul.«

»Herrgott, Kayla ...«

Das Telefon erlöste ihn. Es klingelte irgendwo im Nebenraum. Dankbar sprang Toni auf und machte sich auf die Suche. Aber da verstummte es schon, und Lutz tauchte mit verschlafenem Gesicht in der Küche auf. Er trug das Gerät wie einen erwachten Säugling vor sich her.

»Toni, es ist für dich ... deine Agentin.«

O nein. Nicht jetzt. Viktoria Glück rief natürlich an, um nach dem Casting zu fragen. Toni machte ein dramatisches Gesicht und legte den Finger an die Lippen.

»Sag ihr, ich bin nicht da«, raunte er. »Ich bin grad einkaufen oder so und melde mich später.«

Lutz schien zu überlegen, ob ihn das überforderte. Doch dann nickte er und hielt sich das Telefon wieder ans Ohr.

»Ich glaub, Toni ist grade einkaufen. Jedenfalls ist er nicht in seinem Zimmer. Sorry, ich dachte, er wäre hier. Ich sag ihm einfach, er soll gleich zurückrufen, wenn er wiederkommt, okay?«

Er lauschte eine Weile angestrengt in den Hörer. Toni wurde unruhig. Was gab es denn da noch zu besprechen?

»Gut, ich verstehe«, sagte Lutz. Dann blickte er auf. »Ich soll dir sagen, sie ruft nicht wegen ›Herzen in Aufruhr‹ an.

Du brauchst also keine Angst vor ihr zu haben. Es geht um ein anderes Angebot. Eine Rolle, bei der es ziemlich eilt. Viel besser als ›Herzen in Aufruhr‹.« Lutz lächelte zerknirscht. »Bist du jetzt doch nicht einkaufen?«

Aus dem Telefon drang verzerrt die rauchige Stimme von Viktoria Glück. »Toni, jetzt geh schon ran! Es ist dringend!«

4 Kapitel

DER GRAF VOM STRAHL (wendet sich zu Käthchen, die noch immer auf den Knieen liegt).
Willt den geheimsten der Gedanken mir,
Kathrina, der dir irgend, faß mich wohl,
Im Winkel wo des Herzens schlummert, geben?
KÄTHCHEN. Das ganze Herz, o Herr, dir, willt du es,
So bist du sicher des, was darin wohnt.
DER GRAF VOM STRAHL.
Was ists, mit einem Wort, mir rund gesagt,
Das dich aus deines Vaters Hause trieb?
Was fesselt dich an meine Schritte an?
KÄTHCHEN. Mein hoher Herr! Da fragst du mich zuviel.
Und läg ich so, wie ich vor dir jetzt liege,
Vor meinem eigenen Bewußtsein da:
Auf einem goldnen Richtstuhl laß es thronen,
Und alle Schrecken des Gewissens ihm,
In Flammenrüstungen, zur Seite stehn;
So spräche jeglicher Gedanke noch,
Auf das, was du gefragt: ich weiß es nicht.

Es war schon erstaunlich. Claire konnte noch immer den kompletten Text auswendig. Jedes einzelne Wort, als wäre kein einziger Tag seit damals vergangen. Dabei waren es knapp vierzig Jahre, seit sie das Käthchen von Heilbronn gegeben hatte. Auf der Bühne in der Aula des Gymnasiums von Papenburg. Natürlich nur mit einer Laienspielgruppe, aber das war nicht von Bedeutung. Nach jeder Aufführung hatte es begeisterten Applaus gegeben, vor allem für Claire. Damals sagten die Leute, sie müsste zum Theater oder zum Film. Mit ihrem Aussehen und ihrem Talent hätte sie das Zeug, ein Weltstar zu werden. Das war natürlich Unsinn. Trotzdem. Jedes Mal, wenn in der Aula das Scheinwerferlicht aufflammte, hatte sich Claire tatsächlich ein bisschen so gefühlt, als wäre sie bereits ein Star.

Natürlich war sie nicht zum Film gegangen, wie denn auch. Es waren eben andere Zeiten gewesen damals. Ihre Schwestern hatten nie erfahren, wie ernst es ihr mit der Schauspielerei gewesen war. Keiner wusste das. Aber selbst heute spürte Claire immer noch ihren Herzschlag, wenn sie daran dachte, wie sie damals ins Bühnenlicht getreten war.

Und nun konnte Toni ihren Traum verwirklichen. Es fühlte sich wie ein Geschenk an. Gut, dass die Zeiten sich geändert hatten und er die Möglichkeit dazu bekam.

Das Käthchen von Heilbronn … Im Grunde war es die Rolle ihres Lebens gewesen. Als Kind hatte Claire nämlich immer geglaubt, nur zufällig in dieser Familie in Papenburg gelandet zu sein. Eine Verwechslung im Krankenhaus oder irgendein geheimer Plan, den sie nicht durchschaute. Ihre wirklichen Eltern mussten von viel edlerem Geschlecht sein, und sie lebten bestimmt in einem Schloss und verfügten über einen riesigen Hofstaat. Genau wie beim Käthchen von Heilbronn. Und ebenso wie das Käthchen glaubte Claire fest daran, dass sie den Richtigen sofort erkennen würde, wenn er auftauchte. Ein schöner Prinz auf einem Pferd, wie das Orakel es geweissagt hatte. Sie würde ihn sofort erkennen, und dann gäbe es kein Halten mehr. Dann würde sie ihm bis ans Ende der Welt folgen.

Doch als es so weit war, hatte Claire gekniffen. Sie war ihm nicht bis ans Ende der Welt gefolgt. Nicht einmal bis nach Berlin. Stattdessen war sie in Papenburg geblieben. Im wirklichen Leben war eben alles nicht so einfach. Sie besuchte da noch die Hauswirtschaftsschule, so wie es sich gehörte, und ihre Eltern bläuten ihr jeden Tag ein, sich solchen Unsinn aus dem Kopf zu schlagen. Denk an deine Zukunft, an ein sicheres Einkommen, an deine Rente.

Sie war in Papenburg geblieben und hatte den Bäckermeister Hartmut Wesseling geheiratet. Claire Wesseling, die Bäckersfrau. Wahrscheinlich war es das Beste gewesen. Hartmut war ihr ein guter Mann gewesen. Erst nach seinem Tod hatte Claire gemerkt, wie sehr sie ihn im Laufe der Jahre zu lieben gelernt hatte.

Dieser blöde Berlinbesuch. Er rührte nur an den alten Wunden. Sie hatte nicht damit gerechnet, diese Stadt je in ihrem Leben zu betreten. Nicht nachdem sie Anfang der Siebziger beschlossen hatte, in Papenburg zu bleiben und Hartmut zu heiraten. Damit war Berlin ein für allemal gestorben. Doch jetzt war Toni hierhergezogen, in diese Stadt ihrer Träume. Und sie musste sich mit ihren verpassten Chancen auseinandersetzen.

Jenseits der S-Bahn-Fenster zog die Stadtlandschaft vorüber. Claire hatte gar nicht gewusst, wie grün Berlin sein konnte. Überall Bäume und kleine Parks. An einem Sommertag wie diesem war die Stadt einfach wunderschön.

Der Zug war relativ leer, und die Schwestern hatten alle einen Platz am Fenster bekommen. Ebba und Immi saßen etwas abseits über einen Stadtplan gebeugt und diskutierten den besten Weg zum Hotel. Helgas Augen lagen hinter ihrer Sonnenbrille verborgen, sie starrte gedankenverloren hinaus, und nur der Himmel wusste, was ihr gerade durch den Kopf gehen mochte. Kamilla schließlich saß Claire gegenüber, eingeklemmt zwischen Koffern und Taschen. Sie hatte rote Wangen und wirkte entspannt – einer der wenigen Momente, in dem sie von keinem ihrer seltsamen Zwänge bedrängt wurde.

Nach der anfänglichen Hektik war eine gewisse Ruhe eingekehrt. Das Wiedersehen mit Toni war nicht so verlaufen, wie sie es sich erhofft hatten. Somit war die Stimmung etwas gedämpft.

Kamilla rückte ihre modische Brille zurecht und lächelte Claire mitfühlend an. Claire hatte sich immer am besten mit Toni verstanden, und Kamilla befürchtete wohl, dass das etwas misslungene Wiedersehen mit ihrem Neffen sie am meisten von allen bedrückte.

»Toni ist erwachsen geworden«, sagte sie tröstend.

»Ja, das ist er.« Mehr fiel Claire dazu nicht ein.

»Geht es dir gut?«, fragte Kamilla vorsichtig.

»Natürlich geht es mir gut.« Claire deutete mit einer unbestimmten Bewegung auf die Stadt hinter den Fenstern. »Das alles hier ist ja auch nicht meine Idee gewesen. Ich hatte keine besonderen Erwartungen an unser Treffen mit Toni.«

Kamilla dachte darüber nach. »Denkst du, unser Plan funktioniert nicht?«

»Ich weiß es nicht. Ich weiß nicht einmal, ob es richtig ist, was wir da vorhaben. Vielleicht wäre es besser, wenn wir uns nicht in sein Leben einmischen.«

Kamilla lächelte. Es war ein tiefes, warmherziges Lächeln. Wenn ihre Zwänge fort waren, blieb nur noch ihr großes Herz übrig. Leider wurden diese Momente mit zunehmendem Alter immer seltener.

»Toni hat sonst niemanden«, sagte sie. »Nur uns. Und Versöhnung ist immer richtig.«

Gerade wollte Claire etwas erwidern, da machte Ebba auf sich aufmerksam. Im Grunde war es ja auch ein gutes Schlusswort, dachte Claire: Versöhnung ist immer richtig.

»Jetzt kommt unsere Station«, sagte Ebba. »Von hier aus müssten wir das Hotel zu Fuß erreichen können. Auf der Karte sieht das ganz nah aus.«

Die Tanten rafften ihre Taschen und Koffer zusammen. Unruhe entstand. Und Kamillas Gedanken schienen wieder zu rasen. Worum es sich diesmal auch immer drehte, Claire registrierte mit Bedauern, dass sich der Vorhang wieder gesenkt hatte. Kamilla rechnete irgendwas aus.

»Habt ihr alles?«, erkundigte sich Ebba. »Nichts vergessen? Dann los.«

Und so bewegte sich die Karawane der Schwestern hinaus auf den Bahnsteig und dann über die Treppen hinunter zur Straße.

Ebba hakte sich bei Claire unter. Sie senkte ihre Stimme, damit die anderen sie nicht hören konnten.

»Das ist heute nicht gut gelaufen«, sagte sie.

»Nein«, sagte Claire. »Wohl nicht.«

»Ich wollte dem Jungen nicht vorschreiben, wo er zu arbeiten hat. Ich dachte nur ... ach, verflucht. Spielt ja ohnehin keine Rolle. Hab ich's versaut, Claire?«

»Wir haben alle nicht sonderlich geglänzt.« Claire seufzte. »Vielleicht müssen wir ihn einfach sein Leben leben lassen. Und uns nicht weiter einmischen.«

»Unsinn. Jeder Mensch braucht Familie. Besonders Toni. Er vielleicht mehr als andere. Unser Plan wird nicht geändert.« Ebba holte tief Luft. »Ruf bei ihm an, Claire. Ihr zwei hattet immer den besten Draht zueinander. Vielleicht kannst du wiedergutmachen, was ich angerichtet habe.«

»Ich weiß nicht, Ebba. Er ist erwachsen geworden. Toni

ist für mich beinahe ein Fremder. Vielleicht sollten wir ihn wirklich in Ruhe lassen.«

»Ach was. Wir machen es so, wie ich gesagt habe. Du musst ihn anrufen, Claire, heute noch. Versprichst du mir das?«

Doch bevor Claire irgendwas versprechen konnte, beschleunigte Ebba ihren Schritt, um Immi einzuholen und sie in ein Gespräch zu verwickeln. Es war eben keine Bitte gewesen, sondern ein Befehl.

Claire würde also bei Toni anrufen und versuchen, die Situation zu entschärfen. Heute noch. Damit sie morgen Abend die Gelegenheit bekämen, ihren Plan durchzuziehen.

Sie hatte alles für ihn besorgt: die Anmeldeunterlagen, einen Platz in der Jugendherberge, die Wegbeschreibung zur Schauspielschule und das Zugticket. Sogar ein paar mögliche Vorsprechtexte hatte sie zusammengestellt.

Toni starrte all die Gaben fassungslos an. Hier wurde ein Traum wahr, und er wusste nicht, was er sagen sollte.

»Tante Claire …«

»Sag nichts. Nimm es einfach. Wir wollen lieber darüber nachdenken, welche Rolle die beste fürs Vorsprechen ist.«

»Aber …«

Zehntausend Dinge gingen ihm durch den Kopf. Keiner sonst wusste von seinem Traum, Schauspieler zu werden. Nur Tante Claire. Mit den anderen konnte er über so etwas nicht reden. Am wenigsten mit seinem Vater.

Der hatte Toni schon eine Ausbildungsstelle in der Autowerkstatt eines Kumpels besorgt. »Da kannst du sofort nach den Ferien anfangen. Berthold hat gesagt, er würde es mit dir versuchen. Erst einmal.« Aber die Verachtung in seinem Gesicht war Beweis genug dafür, dass er Toni eine solche Arbeit im Grunde gar nicht zutraute.

»Ich denke, du solltest den Thomas aus Molières ›Eingebildetem

Kranken‹ vorsprechen. Kennst du das Stück? Irgendwie passt die Rolle zu dir.«

»Aber, Tante Claire, ich …«

»Fahr einfach hin.« Sie blickte ihm ernst in die Augen. »Das ist es doch, was du dir wünschst, oder?«

»Ja, schon. Aber Vater …«

»Wir sagen ihm nichts davon. Keinem sagen wir was. Vielleicht klappt es ja auch gar nicht. An der Ernst-Busch-Schule werden nur dreißig Bewerber von über tausend genommen. Du hast also sehr große Konkurrenz. Aber probieren sollte man es trotzdem, oder etwa nicht?«

Und Toni vergaß seinen Vater, den Ausbildungsplatz und alles andere. Das Gefühl, das sich in seiner Brust ausbreitete, war unbeschreiblich.

»Ja«, sagte er. »Probieren sollte man es.«

Toni saß vor seinem Rechner und wartete auf die E-Mail von seiner Agentin. Da klingelte sein Telefon. Unbekannte Nummer. Er ging ran.

»Ich bin's, Tante Claire.«

»Oh.«

Den Besuch seiner Tanten hatte er für eine Weile verdrängt. Nach dem Anruf seiner Agentin und ihren sagenhaften Neuigkeiten war alles andere in den Hintergrund gerückt.

Natürlich, seine Tanten. Morgen Abend wollten sie sich im Hotel treffen, um zusammen ins Restaurant zu gehen. Er war überzeugt gewesen, bis dahin nichts mehr von ihnen zu hören. Tante Claire bewies wirklich ein schlechtes Timing, er hatte jetzt ganz andere Sachen im Kopf.

»Ja, genau. Hör zu, Toni, ich wollte nur fragen, ob du uns … also, ob du jetzt vielleicht … ich meine, wegen heute Nachmittag …«

Der Streit am Kaffeetisch. Hatte Tante Ebba sie vorgeschickt, weil er und Tante Claire sich früher so gut verstanden hatten? Ließ Tante Ebba wieder andere für sich zu Kreuze kriechen?

»Bist du böse mit uns?«, fragte Tante Claire. »Wir waren wohl alle ein bisschen erschlagen von der langen Fahrt.«

Toni schielte zu seinem Monitor. Die Mail von seiner Agentin war noch immer nicht gekommen.

»Nein, alles halb so schlimm«, sagte er vage.

»Wirklich?«

»Natürlich. Ich freu mich doch, dass ihr da seid.«

Stille am anderen Ende. Dann sagte Tante Claire: »Das war mal anders zwischen uns, oder?«

Da war etwas in ihrer Stimme, das ihn innehalten ließ.

»Ich weiß auch nicht, Tante Claire«, sagte er. »Es ist viel Zeit vergangen.« Etwas unbeholfen fügte er hinzu: »Vielleicht müssen wir uns erst wieder aneinander gewöhnen.«

»Vergiss einfach, was Tante Ebba gesagt hat. Sie wollte dir nur helfen. Du kennst sie doch.«

»Ich kann nicht nach Oldenburg, Tante Claire.«

»Das weiß ich doch. Das verlangt ja auch keiner von dir. Ebba redet, bevor sie nachdenkt. Das war schon immer so. Ich weiß gar nicht, warum dich das überhaupt noch immer so wütend macht.«

»Versprichst du mir, dass du etwas für dich behältst, Tante Claire? So wie früher?«

»Natürlich. So wie früher.«

»Ich habe gar kein Engagement an einem Theater hier. Nicht einmal ein schlecht bezahltes. Ich habe das nur erfunden, weil … ach, ich weiß auch nicht.«

»Und was ist mit den Fernsehrollen? Du arbeitest doch fürs Fernsehen, oder?«

»Schon. Aber das waren nur ein Werbeclip und zwei Tagesrollen in Soap Operas. Im ganzen letzten Jahr. Ehrlich gesagt, steh ich ziemlich mit dem Arsch an der Wand. Deshalb hat mich das so wütend gemacht. Weil Tante Ebba recht hatte. Es wäre wirklich das Beste, wenn ich Berlin verlasse.«

Tante Claire schien eine Weile nachzudenken. Dann fragte sie leise: »War es denn so schlimm in Bad Rüdensee?«

Bad Rüdensee. Sein Debütantenengagement. Das Kurtheater hatte ihn mit einem Zweijahresvertrag direkt von der Schauspielschule geholt. Natürlich war es Toni damals schwergefallen, Berlin zu verlassen. Das Großstadtleben, die Klubs und Partys, seine Freunde. Trotzdem hatte er sich auf das Theater gefreut, auf sein erstes wirkliches Engagement.

»Es war schrecklich.« Toni wurde überflutet von Erinnerungen. »Bad Rüdensee war wie ein stinkender Morast, in dem ich langsam versunken bin.«

Ein kleines Ensemble von abgehalfterten, frustrierten und alkoholkranken Schauspielern, mitten in der Provinz, wo es keine Fluchtmöglichkeit für ihn gab, und mit Arbeitszeiten, die es unmöglich machten, irgendwelche Menschen außerhalb des Ensembles kennenzulernen. Dazu ein Haufen grottenschlechter Regisseure und – was das Schlimmste daran war – mittendrin die eine geniale Regisseurin, die großartige Stücke auf die Bühne brachte, ohne dafür in irgendeiner Form beachtet zu werden. Rezensionen in der Lokalpresse, die sich lasen wie die Berichterstattung vom Schützenfest. Meist drückte diese Regisseurin ihrer Assistentin schon morgens zehn Euro in die Hand, damit sie loslief und ihr eine Flasche Mariacron holte. Denn anders, so Tonis Verdacht, konnte sie ihr Umfeld gar nicht ertragen. Tagsüber dann das Kindertheater, wo Toni dreimal hintereinander den Prinzen in Rapunzel spielte und immer wieder ratlos im Bühnenlicht stand und sich fragte: Hab ich das jetzt schon gesagt? Oder kommt mir das nur so vor, weil wir das heute schon zweimal gespielt haben? Dazu die immer gleichen Kinderlieder, die er irgendwann selbst im Schlaf vor sich hin sang.

Abends folgten dann die Hauptvorstellungen, und wenn der Vorhang fiel, wurden überall in Bad Rüdensee die Bürgersteige hochgeklappt, und Toni, der wie seine Kollegen hellwach und aufgekratzt war und längst noch nicht ins Bett gehen konnte, saß mit dem ganzen deprimierenden Ensemble in einem Aufenthaltsraum hinter der Garderobe und trank sich mit Wein müde. Kein Wunder, dass es so viele Alkoholiker in seinem Job gab. Es war ja an allen Provinztheatern das Gleiche.

Dazu schwebte über Bad Rüdensee stets das Gefühl, vom Leben gänzlich abgeschnitten zu sein. Denn das Leben spielte in Berlin, bei seinen Freunden, und Toni saß in diesem düsteren, stillen Kurort, in dem es nichts gab außer Resignation. Damals war er noch Single gewesen, und er hatte sich immer gefragt, wie er seinen Mann fürs Leben kennenlernen sollte, dort in Bad Rüdensee.

»Vergiss einfach, was Ebba gesagt hat«, meinte Tante Claire. »Du bleibst in Berlin, hörst du? Lass dir da nicht reinreden.«

»Aber ich weiß ja selber nicht, ob das richtig ist.«

»Es wird schon alles gut werden. Du gehst deinen Weg, davon war ich immer überzeugt. Du darfst einfach nicht daran zweifeln.«

Eine Weile schwiegen sie.

»Bekommen wir denn noch eine Chance?«, fragte Tante Claire.

Toni lächelte. »Wir sehen uns morgen Abend. Ich freu mich drauf.«

Nach dem Telefonat wandte er sich wieder dem Computer zu. Die E-Mail von seiner Agentin war noch immer nicht gekommen. Er stellte seinen PC so ein, dass ein Klingellaut ertönte, wenn eine neue Mail einging. Dann lehnte er sich zurück und verschränkte die Arme.

Vielleicht wird ja wirklich alles gut, dachte er. Wenn diese Sache hier funktionierte, dann sah es zumindest danach aus. Es fiel ihm immer noch schwer zu glauben, was seine Agentin ihm erzählt hatte. Es ging um einen Abenteuerfilm, eine ganz große Produktion, mit fettem Budget und allem Drum und Dran, bei der über Nacht der Hauptdarsteller ausgefallen war. Die Dreharbeiten würden nächste Woche losgehen, und jetzt war ein Notfallcasting angesetzt, um die Hauptrolle rechtzeitig neu zu besetzen.

»Wie sind die denn auf mich gekommen?«, hatte er am Telefon gefragt. »Ich glaube schon, dass ich einen Actionhelden spielen kann. Aber normalerweise lassen die einen ja nur für Sachen vorsprechen, die man schon mal gemacht hat.«

»Du denkst viel zu kompliziert, Toni.« Ihr Lachen ging in einem Hustenanfall unter. »Tatsächlich ist es so: Es wird jeder männliche Schauspieler eingeladen, der nächste Woche noch nichts vorhat. Und dazu gehörst du eben auch.«

Natürlich mussten Alter und Aussehen passen. Und noch ein paar andere Dinge. Viktoria Glück versicherte ihm jedoch, dass nicht viele übrig geblieben seien. Die Castingliste sei kurz, was seine Chancen erhöhe.

»Ich schick dir gleich den Text fürs Casting. Sieh zu, dass du ihn diesmal beherrschst und nicht wieder einen Blackout hast.«

Die Hauptrolle in einem großen Fernsehfilm. Was für eine großartige Chance!

In diesem Moment klingelte es an der Tür, und Toni hörte

Lutz durch den Flur schlurfen und mit jemandem sprechen. Kurz darauf sprang seine Tür auf, und Micha stand im Zimmer.

»Ist das aufregend!«, rief er zur Begrüßung. »Du sprichst für eine Hauptrolle vor!«

»Ich kann's selbst noch gar nicht glauben.«

»Ist der Text denn schon da?«

»Nein. Aber er muss jede Sekunde ankommen.«

»Und wann ist das Casting?«

»Morgen früh. Mir bleibt nicht viel Zeit zum Textlernen. Danke, dass du mir hilfst.«

»Kein Problem.« Micha gab ihm einen Kuss. »Das mach ich doch gerne.«

Dann stützte er sich auf Tonis Stuhllehne und blickte auf den Bildschirm. Die E-Mail mit dem Vorsprechtext ließ weiter auf sich warten. Es wurde still im Zimmer.

»Wie war's eigentlich mit deinen Tanten?«

Toni versteifte sich. »Ach, ging so.« Den Blick hielt er weiterhin auf den Monitor gerichtet. Komm schon, dachte er. Jetzt wäre doch ein guter Zeitpunkt für den Klingelton: Sie haben eine neue Nachricht.

»Und? War's das, oder trefft ihr euch noch mal?«

»Vielleicht. Keine Ahnung.«

Micha hob eine Augenbraue. Die Temperatur im Raum fiel um einige Grade. Toni wusste: Er würde ihm jetzt keine dicke Lüge auftischen können.

»Aber wie es aussieht, gehen wir morgen Abend zusammen essen«, räumte er ein. »So genau steht das noch nicht fest. Die haben ein ziemlich straffes Programm bei den Landfrauen.«

Schweigen. Micha rührte sich nicht vom Fleck. Er wartete. Und Toni wusste, worauf.

Jetzt komm schon, verdammt noch mal! Wo bleibt denn diese blöde E-Mail? Doch dieses Mal rettete seine Agentin ihm nicht den Kopf.

»Morgen Abend, sagst du?«

»Hm«, machte Toni.

»Da hab ich nichts vor.«

Toni hypnotisierte den Monitor. Aber es war zu spät.

Micha sprach aus, was schon die ganze Zeit im Raum schwebte: »Und? Wirst du mich ihnen vorstellen?«

Die Hotelhalle war kühl und wirkte vornehm. Dicke Teppiche schluckten jedes Wort. Hinter der Rezeption standen schlanke uniformierte Frauen und lächelten.

»Bleibt hier und wartet«, sagte Ebba. »Ich kläre das mit unseren Zimmern.«

Sie stellte sich an die Rezeption, wo sie energisch mit der Fingerkuppe auf den Tresen tippte und so lange auf die Empfangsdamen einredete, bis deren Lächeln immer schmaler wurde.

Die Schwestern bauten währenddessen einen Gepäckturm neben einer Sitzgruppe auf. Als sie fertig waren, ließ Claire sich auf eine Ledercouch sinken.

»So edle Sofas«, schwärmte Immi und glitt auf den Platz neben ihr. »Zu Hause dürfte das keiner sehen, was ich hier mache. Die anderen sind jetzt gerade im Stall. Nicht zu glauben, wie vornehm hier alles ist. Man sollte ein schlechtes Gewissen haben.«

»Ach, Unsinn, Immi«, sagte Claire. »Genieß es einfach, mal ein paar Tage nicht zu Hause zu sein.«

»Meinst du? Auf meine Jungs kann ich mich verlassen, die halten den Hof schon in Ordnung. Zumindest was das Füttern und Melken angeht. Aber heute oder morgen werden zwei Kühe kalben, das ist ja eigentlich meine Arbeit. Weiß der Himmel, ob das alles klappt. Und mein Heinrich kann sich ja nicht mal ein Spiegelei in die Pfanne hauen. Ich hab für drei Tage vorgekocht, er muss sich das nur noch im Ofen aufwärmen. Ich bete zu Gott, dass Heinrich …«

Claire hörte nur mit einem Ohr zu und blickte sich in der Halle um. Helga stand etwas abseits am Fenster. Sie telefonierte mit ihrem Mann. Zwar lagen ihre Augen hinter den Gläsern der Sonnenbrille verborgen, aber ihre angespannten Mundwinkel sprachen Bände.

Es war ein Wunder, dass sie überhaupt hatte mitfahren dürfen. Ihren Mann Wolfgang kontrollsüchtig zu nennen wäre wohl stark untertrieben. Er war hochgradig eifersüchtig und konnte seine Frau kaum mal ein paar Stunden mit ihren Schwestern alleine lassen. Der Plan, gleich für ein paar Tage in eine andere Stadt zu fahren, hätte ihm beinahe einen Herzinfarkt beschert. Bis zum Schluss war nicht klar gewesen, ob Helga dabei sein würde oder nicht.

Der Preis, den Helga für diesen Ausflug zahlte, war, dass sie nun mehrmals täglich ihren Mann anrufen und ihm bis ins Detail berichten musste, was die Schwestern taten. Nicht etwa, weil er sich dafür interessierte, sondern nur, damit er sichergehen konnte, dass seine Frau nichts tat, was er nicht dulden würde.

»Meinst du nicht auch, Claire?«

»Oh, entschuldige, Immi, ich war gerade abgelenkt.«

»Ich sagte nur: Heinrich würde sich doch melden, wenn er den Ofen nicht alleine angeschaltet kriegt, oder?«

»Sicher würde er das. Er hat ja die Nummer vom Hotel.«

Ebba kehrte der Rezeption den Rücken und marschierte mit einer Handvoll Schlüssel auf die Sitzgruppe zu.

»Es ist alles so weit geregelt«, sagte sie. »Helene Bruns hat eine Nachricht für uns hinterlassen. Die Stadtrundfahrt fängt in zwanzig Minuten an. Treffpunkt ist der Parkplatz hinterm Hotel. Wir sollten uns also beeilen. Schaffen wir die Koffer hoch.«

Dann beugte sie sich vor und legte Immi vertraulich die Hand auf den Arm. »Wo hast du die Sachen für Toni?«, fragte sie.

Claire unterdrückte ein Aufstöhnen. Dieser alberne Plan. Als wenn sich damit alle Probleme aus der Welt schaffen ließen. Typisch Ebba.

»In meinem Koffer natürlich«, sagte Immi. »Was denkst denn du? Gut weggepackt habe ich alles.«

»Hör zu, Immi, wenn wir gleich oben sind, dann steck die Sachen lieber in deine Handtasche. Ich glaube zwar nicht, dass wir hier im Hotel ausgeraubt werden, aber sicher ist sicher. Ich fühle mich besser, wenn wir die Sachen nicht aus den Augen lassen.«

»Aber ja, das mache ich. Eine gute Idee.«

Claire schluckte jeden Kommentar herunter.

Sie bemerkte, wie Helga am anderen Ende der Lobby das Gespräch beendete. Nur wer sie gut kannte, merkte, wie aggressiv sie war, als sie das Handy damenhaft in ihrer Handtasche versenkte und danach das Schloss mit einer eleganten Bewegung zuschnappen ließ.

»Gibt es Probleme mit Wolfgang?«, fragte Claire, als Helga sich zu ihnen gesellte.

»Ach. Ihm wäre es am liebsten, wenn ich mit dem nächsten Zug zurück nach Papenburg fahren würde. Wolfgang eben.«

Dann machte sie eine wegwerfende Handbewegung, die besagen sollte: Lassen wir dieses Thema besser.

Ebba hatte ihre konspirative Besprechung mit Immi beendet und machte sich nun an dem Gepäckturm zu schaffen.

»Wir müssen uns beeilen«, sagte sie. »Sonst verpassen wir die Stadtrund ...« Sie stockte. »Wo ist Kamilla?«

Alle blickten sich um. Claire meinte, sie gerade noch gesehen zu haben. War sie nicht dort drüben am Prospektständer gewesen?

Ebba zögerte keine Sekunde. Sie nahm sofort das Heft in die Hand.

»Also gut«, sagte sie entschlossen. »Immi, du bewachst das Gepäck. Helga geht nach draußen und sucht dort nach ihr. Claire nimmt sich den Gastraum und die Bar vor. Ich werde auf den Toiletten und dem Parkplatz Ausschau halten. Wir treffen uns in fünf Minuten hier. Egal, ob wir Kamilla gefunden haben oder nicht.«

Und so wurde es gemacht.

Claire ging los und erkundigte sich beim Barmann, doch der hatte keine kräftig gebaute Frau gesehen. Sie ging weiter in den Gastraum, aber auch dort keine Spur von Kamilla. Eine Angestellte deckte bereits die Frühstückstische für den nächsten Morgen ein.

Gerade wollte Claire ins Foyer zurückkehren, als sie eine Gestalt in einem kleinen dunklen Gang entdeckte, der vom Gastraum abging. Es war Kamilla, die an der offenen Küchentür stand und konzentriert hineinspähte.

Claire trat näher und tippte ihr auf die Schulter. Kamilla registrierte ihre Schwester zwar, konnte den Blick jedoch nicht abwenden.

In der Küche herrschte rege Betriebsamkeit. Köche standen vor lodernden Gasflammen und hantierten mit mehreren Töpfen und Pfannen gleichzeitig. Es schepperte und krachte, Wasserdampf trübte den Blick. Kamilla hatte jedoch nur Augen für die Küchenjungen. Einer sortierte gerade verdorbene Tomaten aus, ohne dabei sonderlich wählerisch zu sein. Ein anderer wischte Dreckwasser auf, und er benutzte nur einen Lappen für alle Flächen. Kamilla hielt sich die Hand ans Herz.

Claire wusste genau, was ihrer Schwester durch den Kopf ging. Während der Busfahrt hatte Kamilla in einer Zeitschrift gelesen, dass derzeit das Norovirus in Berlin umgehe. Ein möglicher Grund sei mangelnde Hygiene in der Gastronomie. Für Kamilla war bereits das ein Argument gewesen, die Reise abzubrechen und wieder nach Hause zu fahren. Solche Dinge sollte man lieber nicht auf die leichte Schulter nehmen. Nur mit Müh und Not hatte Claire es geschafft, sie davon abzubringen. Doch jetzt wurde Kamilla Zeuge der hygienischen Bedingungen in ihrem Hotel. Claire schwante nichts Gutes.

Da fiel einem Koch plötzlich ein Salatblatt aus der Hand, das zur Dekoration eines Essens dienen sollte. Es segelte zu Boden und landete im Schmutz. Der Koch bückte sich, hob es auf, schüttelte es kräftig ab und legte es dann auf den Teller.

Kamilla schien der Atem zu stocken. Sie wandte sich mit schreckgeweiteten Augen an Claire und wirkte dabei, als wolle sie tausend Dinge sagen, die sie kaum in Worte fassen konnte. Schließlich ging ihr ein einziges Wort über die Lippen, das stellvertretend war für den ganzen Albtraum, den sie durchlebte. Sie sagte: »Claire.«

So wütend hatte Toni seinen Freund selten erlebt. »Du tust immer so, als wäre es für dich gar kein Problem, mit einem Mann zusammen zu sein, aber das verrätst du nur dort, wo dir nichts passieren kann. Woanders erzählst du den Leuten von deiner Freundin. Ich hab mich sogar damals im Fußballverein geoutet, und glaub mir, das war kein Zuckerschlecken. Aber du? Du schaffst es nicht mal, dich deiner eigenen Familie zu offenbaren. Weil du nämlich keinen Mumm in den Knochen hast!«

Jetzt fühlte sich Toni doch ungerecht behandelt. »Sie sollen einfach nicht so viel über mich wissen. Es geht sie nichts an.«

Tante Claire vielleicht, die könnte er einweihen. Aber letztlich war sie eben auch nur ein Teil dieser Familie, und deshalb war es das Beste, er ließ es einfach.

»So ein Quatsch!«, rief Micha. »Mach dir doch nichts vor: Du hast Schiss.« Weil Toni darauf nichts erwiderte, rief Micha: »Meine Güte, irgendwann *musst* du es ihnen sagen.«

»Wieso denn? Ich möchte mit der Vergangenheit abschließen. Ganz ehrlich.«

Micha verzog angewidert das Gesicht. Es sah aus, als wollte er noch etwas loswerden, doch dann schüttelte er nur den Kopf, als redete sein Freund einen so bodenlosen Müll, dass es sich gar nicht lohnte, darauf einzugehen.

Das wollte Toni nun auch nicht auf sich sitzen lassen.

»Ist mir doch egal, was meine Tanten über mich denken. Ich habe ihnen nicht von dir erzählt, weil es sie einfach nichts angeht. Mir ist es egal, ob sie diese Lebensweise dulden würden oder nicht. Ich bin nicht mehr in Papenburg. Das ist vorbei.«

Micha hob den Finger. »Ich will dir mal was sagen …«

Doch dann überlegte er es sich anders. Er lehnte sich im Stuhl zurück, verschränkte die Arme und verkündete mit entschlossener Stimme: »Ich möchte sie kennenlernen.«

Doch Toni hatte längst eine Entscheidung getroffen.

»Nein. Du gehörst in mein Leben. Nicht in deren.«

Das ließ Micha explodieren. Er sprang auf und packte Toni an den Schultern. »Was ist denn so schlimm?«, schrie er. »Ich weiß gar nichts über deine Familie. Ich weiß nur, dass deine Mutter tot ist. Sonst nichts. Ich weiß nicht einmal, wie sie gestorben ist.«

Jetzt wurde Toni ebenfalls laut. »Sie hat sich umgebracht. Okay? Sie hat sich umgebracht, und meine Familie hat mich für ihren Tod verantwortlich gemacht. Sie hat sich die Pulsadern aufgeschnitten! Jetzt weißt du es! Bist du zufrieden? Hast du deinen Willen?«

Sie standen sich gegenüber und starrten sich so wütend an, als würden sie jede Sekunde aufeinander losgehen. Dann machte der Computer mit einem Klingelton auf sich aufmerksam: Sie haben eine neue Nachricht.

Es war der Vorsprechtext für das Casting. Toni holte tief Luft. Micha ließ die Schultern sinken. Beiden war klar: Bei diesem Vorsprechen ging es einfach um zu viel. Ihr Streit würde warten müssen. Jetzt mussten sie sich auf etwas anderes konzentrieren.

»Also gut«, sagte Micha. »Machen wir uns an den Text?«

Toni nickte. »Gut, lass uns lernen.«

5. Kapitel

Claire und Helga köpften auf ihrem Zimmer heimlich eine Flasche Sekt. Zwei Teenager auf Klassenfahrt. Es wurde gekichert und gegiggelt, Schränke und Schubladen wurden in Augenschein genommen, Frisuren ausprobiert, Zehennägel lackiert, und am Ende lagen die beiden im großen Bett aneinandergekuschelt, den Blick zur Decke gerichtet, und sie redeten über früher, als sie noch jung gewesen waren und keinen Tanzabend ausgelassen hatten.

»Weißt du noch, wie Wolfgang und ich hinterm Zelt gefummelt haben und Ebba uns erwischt hat?«, meinte Helga.

Claire lachte. »O Gott, dein armer Wolfgang.«

»Ja, Ebba war ziemlich aufgebracht. Ich war ja noch minderjährig damals.«

»Wolfgang wird sich gewünscht haben, die Polizei hätte ihn erwischt. Das wäre für ihn wohl glimpflicher abgelaufen.«

»Wahrscheinlich. Er hatte danach ziemliche Angst vor ihr. Das hat erst nach der Heirat aufgehört.« Helga hielt inne. »Sag mal, Claire, warst du an diesem Abend nicht mit Rainer beim Tanzfest?«

Claire seufzte. Ach, Rainer.

»Kaum zu glauben«, meinte Helga. »Den hätte ich fast vergessen. Was aus dem wohl geworden ist?«

Claire spürte wieder diese längst vergessen geglaubte Trauer. Sie wollte lieber nicht über Rainer reden.

»Der ist doch damals nach Berlin gegangen, um sich vorm Bund zu drücken, oder?«

»Stimmt.«

Helga stützte sich auf ihren Ellbogen. »Stell dir vor, Rainer ist vielleicht noch hier. Hier in Berlin! Hältst du das nicht für möglich?«

»Keine Ahnung. Ist ja auch egal, oder? Das ist alles schon so lange her.«

»Aber willst du denn gar nicht wissen, was aus ihm geworden ist? Schließlich wart ihr mal ein Paar. Egal, wie lange das her ist.«

Helga war ganz begeistert von der Vorstellung. Es fehlte nicht viel, und sie hätte ein Telefonbuch geholt, um nach seinem Namen zu blättern.

»Ach, lass doch, Helga. Wofür soll das gut sein? Hartmut und ich waren glücklich. Wir haben ein gutes Leben gehabt. Ich habe damals die richtige Entscheidung getroffen.«

Helga betrachtete sie nachdenklich. Dann lächelte sie und meinte: »Also gut, reden wir über was anderes!«

Später, als Helga eingeschlafen war, setzte sich Claire ans Fenster und bürstete ihr langes Haar. Die Strasssteine auf Helgas Schlafbrille glitzerten im Licht der Nachttischlampe. Sie murmelte etwas im Halbschlaf, drehte sich auf die andere Seite und tauchte dann wieder ab. Claire sah aus dem Fenster in den nächtlichen Himmel. Die warme Luft schien zu flimmern, überall funkelten Lichter, und das monotone Rauschen des Verkehrs wehte zu ihr herauf.

Ob Rainer tatsächlich noch in Berlin lebte? Damals hatte sie geglaubt, mit ihm wäre alles möglich. Sie hatte sich ein Leben voller Abenteuer vorgestellt. An seiner Seite hätte sie all ihre Träume verwirklichen können, davon war sie überzeugt gewesen.

Aber dann war Rainer über Nacht abgehauen. Nach Berlin, außer ihr hatte er keinem was davon gesagt. Selbst Claire hatte es erst zwei Tage vorher erfahren. Sie wäre ja mitgegangen, aber sie war sich nicht sicher gewesen, ob er das überhaupt wollte. Er hatte sie jedenfalls nicht gefragt, und deshalb war sie letztlich auch geblieben.

Claire stieß einen langen Seufzer aus. Diese alten Geschichten. Was brachte es, ständig darüber nachzudenken? Sie legte die Bürste weg und ging zu Bett. Wenige Minuten später war sie eingeschlafen.

Ein lautes Hupen riss sie aus dem Schlaf. Vorm Hotel fuhr ein Auto mit quietschenden Reifen davon. Sie blickte auf die Uhr. Es war kurz nach drei. Verschlafen zog sie die Decke ans Kinn und schloss wieder die Augen.

Auf einmal hörte sie ein leises Kratzen. Draußen im Korridor. Jetzt war es weg. Dann ein Poltern. Was ging dort vor sich? Claire warf die Decke zur Seite und schlich zur Tür. Sie lauschte. Doch da war nichts mehr zu hören. Vorsichtig öffnete sie die Tür und spähte hinaus. Eine Gestalt huschte über den dunklen Korridor. Vielleicht ein Nachtwandler? Doch die Silhouette hatte eindeutige Proportionen.

»Kamilla? Bist du das?« Claire schaltete das Flurlicht ein.

Ihre Schwester blinzelte sie an.

»Was machst du denn hier draußen?«, fragte Claire.

»Ich musste aus meinem Zimmer raus. Ich konnte es dort nicht mehr aushalten.«

»Aber was ist passiert?«

»Komm mit! Ich zeig es dir.«

Kamilla packte Claire am Arm und zog sie in das Einzelzimmer, das Ebba für sie besorgt hatte. Ebba hatte im Vorfeld lange mit den Leuten vom Hotel gesprochen, damit alles stimmte und Kamilla sich in ihrem Zimmer wohlfühlen würde. Schließlich kannte Ebba die Zwänge ihrer Schwester sehr gut. Da hatte doch eigentlich nichts schiefgehen können.

Doch nun baute sich Kamilla neben ihrem Bett auf, blickte Claire herausfordernd an, legte den Kopf schief und lauschte. Ihre Schwester tat es ihr gleich. Doch sie hörte nichts.

»Aber was …«

»Warte!«

Und da, tatsächlich, ein sanftes Rumpeln, kaum wahrnehmbar.

»Das ist der Aufzug!«, rief Kamilla. »Der geht schon die ganze Nacht! Hoch und runter, runter und hoch. Es raubt einem den Verstand. Ich weiß nicht, wie sie dieses Zimmer hier überhaupt vermieten können!«

»Ich verstehe. Und warum nimmst du nicht einfach deine Ohropax? Du hast doch welche mitgenommen, oder?«

Natürlich. Eher würde sie ihre Unterwäsche vergessen.

»Das hilft aber nichts! Ich tue hier kein Auge zu! Dieses Geratter macht mich wahnsinnig!«

Claire sah sich ratlos um. Auf dem Nachttisch entdeckte sie die Zeitschrift aus dem Bus. Das Norovirus.

»Außerdem ist hier so gut wie gar kein Laternenlicht«, fuhr Kamilla fort. »Da hat sich Ebba einen schönen Bären aufbinden lassen. Die Laterne ist vier Stockwerke unter uns. Es ist hier ganz anders als zu Hause.«

»Kamilla, bitte. Meinst du nicht …«

»Ich halte es hier nicht aus! Eben wollte ich mir einen Kamillentee machen, um meine Nerven zu beruhigen. Aber ich kann ja hier nicht einmal das Wasser verwenden. Dann bekomme ich doch eine Magen-Darm-Grippe, so wie hier alles verseucht ist.«

Kamilla hatte gleich zu Beginn verkündet, dass sie in diesem Hotel nichts essen und trinken werde. Nach ihrem Blick in die Küche war für sie klar: Hier lauert überall das Norovirus. Am liebsten wäre sie sofort nach Hause gefahren, aber davon hatte Ebba sie abhalten können. Trotzdem fühlte sie sich in dem Hotel äußerst unwohl, und sie war darauf bedacht, ja nichts anzufassen.

Und nun also auch noch der ratternde Aufzug und das Laternenlicht, das nicht richtig hereinfiel.

»Ich kann hier nicht bleiben, Claire. Ich hab es versucht, aber es geht nicht. Ich muss hier raus, sonst drehe ich durch.«

Claire atmete tief durch. »Hör zu, Kamilla. Ich weiß, es ist nicht alles so, wie es sein sollte. Aber es geht nur um zwei Nächte. Zwei Nächte, hörst du? Meinst du nicht, du könntest …?«

Kamillas Gesicht verhärtete sich. Ihr Entschluss stand fest, sie würde das Hotel verlassen. Und Claire wusste: Egal, was sie sagte, sie würde Kamilla nicht mehr umstimmen können. Hier waren Mächte im Spiel, gegen die sie nicht ankam.

Da saßen sie versammelt, morgens um sechs in ihrer Sitzgruppe im Hotelfoyer. Bis auf Claire, die noch ihren Morgenmantel trug, waren sie bereits angezogen. Nur der Nachtportier war auf gewesen, als sie eingetroffen waren, und er hatte sich angeboten, ihnen Kaffee zu kochen.

»Ich bleibe keinen Tag länger hier«, sagte Kamilla. »Da könnt ihr euch auf den Kopf stellen. Keinen Tag.«

»Wir können uns ja ein anderes Hotel suchen«, schlug Ebba vor. »Dann würden wir zwar das Vormittagsprogramm der Landfrauen verpassen, aber …«

»Nein, kein anderes Hotel!« Kamilla versteifte sich. »Da wird es auch nicht besser sein als hier. Ich will nach Hause. Jetzt gleich.«

»Aber unser Bus fährt doch erst morgen Nachmittag.«

»Dann nehme ich eben den nächsten Zug nach Papenburg.«

»Wie willst du das denn machen? Alleine findest du doch nicht einmal den Weg zum Bahnhof.«

Kamilla verschränkte die Arme, hob den Kopf und blickte mit aufeinandergepressten Lippen über die anderen hinweg ins Leere. Ihr Entschluss stand fest, daran war nicht mehr zu rütteln.

»Ach, Kamilla, bitte«, meinte Immi. »Verdirb uns doch jetzt nicht alles.«

Kamilla funkelte sie böse an. »Verderben? Ihr wisst doch gar nicht, wie ich mich fühle! Denkt ihr, mir macht das Spaß? Dass hier das Norovirus grassiert und der Fahrstuhl mir den Schlaf raubt? Ich habe die ganze Nacht kein Auge zugetan! Es ist der reinste Albtraum!«

Der Pförtner tauchte mit dem Kaffee auf. Kamilla fasste sich geziert ans Dekolleté und bedankte sich artig. Als er verschwunden war, ergriff Ebba das Wort.

»Es gibt nur eine Lösung: Wir müssen zu Toni.«

»Zu Toni? Wie meinst du das?«

»Er muss uns aufnehmen«, meinte Ebba. »Vor seinem Haus steht eine Laterne, einen Aufzug gibt es nicht, und den Rest können wir so herrichten, wie Kamilla es braucht. Das ist die Lösung.«

Betroffenes Schweigen. Kamilla wagte nicht, einer ihrer Schwestern in die Augen zu sehen.

»Aber ist das eine gute Idee?«, fragte Immi. »Machen wir damit nicht alles nur noch schlimmer?«

»Er kann sich bestimmt Besseres vorstellen, als seine Tanten aufzunehmen«, fügte Helga hinzu. »Außerdem hat er gar nicht genügend Platz für uns alle, oder?«

Und Claire gab zu bedenken: »Geht euer Plan damit nicht endgültig nach hinten los?«

»Was heißt denn da *euer* Plan?«, polterte Ebba. »Es ist doch ebenso *dein* Plan. Toni muss uns einfach aufnehmen, wir sind schließlich seine Familie. Und was den Platz angeht: Es ist ja nur für eine Nacht. Vielleicht kann sein Mitbewohner ja bei einem Freund übernachten.«

Keine sagte etwas. Kamilla sah schuldbewusst zu Boden.

»Es geht nun mal nicht anders!«, sagte Ebba.

Und damit war es beschlossen.

Ebba zog ihr Handy hervor. Sie betrachtete es zuerst respektvoll, dann schaltete sie es mit ausladenden Bewegungen ein und verfolgte, wie das Display aufleuchtete und ein Jingle ertönte.

»Es ist jetzt an«, murmelte sie. Dann blickte sie auf. »Kann ich Toni denn um diese Zeit schon anrufen?«

Die Uhr am Empfang zeigte Viertel nach sechs.

»Ich glaube, das ist wirklich noch zu früh, Ebba«, sagte Claire.

»Meinst du?«

»Er ist Schauspieler.«

»Hm.«

Die Schwestern tauschten nachdenkliche Blicke.

»Bei uns ist Toni ja immer schon früh um fünf aufgestanden«, meinte Immi. »Zum Melken.«

»Um fünf, sagst du?«

»Ja, das war ganz normal.«

»Viel später sind wir auch nicht aufgestanden, wenn Toni bei uns war.«

»Um kurz nach sieben ging ja immer schon sein Schulbus.«

»Wahrscheinlich hat er das noch drin, oder?«

»Man kann ja auch nicht den ganzen Tag im Bett liegen.«

»Zumal es draußen schon hell ist.«

»Und dann die vielen Vögel hier in Berlin. Wer kann denn bei dem Gezwitscher schlafen?«

»Das meine ich auch.«

Wieder Schweigen.

»Wie spät ist es denn jetzt?«, fragte Ebba nach einer Weile.

»Gleich halb sieben.«

»Meint ihr nicht, ich könnte schon mal ...?«

Allgemeines Nicken. Nur Claire war zurückhaltend, aber sie wollte sich besser nicht mehr einmischen. Ebba wählte Tonis Nummer, hielt sich das Handy mit spitzen Fingern ans Ohr, prüfte dann noch mal, ob sie alles richtig gemacht hatte, und wartete.

»Ah, jetzt kommt das Freizeichen«, sagte sie.

Die Schwestern beugten sich vor und warteten.

»Es geht ja überhaupt gar keiner ran«, meinte Ebba verwundert.

Doch dann nahm sie plötzlich Haltung ein. »Toni!«, rief sie. »Da bist du ja! Ich dachte schon, es wäre keiner da.«

Die anderen rückten näher, trotzdem konnten sie nichts vom anderen Ende aufschnappen.

»Ach so, nein, es ist nichts passiert, wieso fragst du? Nein, hör zu, Toni, ich habe ein Anliegen ... Nein, Tante Claire geht's gut. Wir haben nur ein Problem mit dem Hotel. Du weißt doch, deine Tante Kamilla wieder ...«

Kamilla ging empört dazwischen: »Was soll denn das jetzt heißen?« Aber Helga versetzte ihr einen Stoß in die Seite, und sie schwieg beleidigt.

»Ja, genau, es gibt Probleme«, sagte Ebba. »Hör zu, Toni, ich mach's kurz: Wir kommen zu dir ... Nein, ich meine, wir übernachten bei dir ... Nein, Kamilla will in kein anderes

Hotel. Ich … jetzt hör doch mal zu, wir sind schließlich deine Familie. So schrecklich ist das ja wohl nicht … Also Toni, bitte! Es ist nur für eine Nacht, jetzt stell dich nicht so an! Also wirklich, Toni, gleich reißt mir der Geduldsfaden! Was denkst du denn, wer du bist? Ja, so ist das nun mal, wenn man Familie hat … Nein, Schluss jetzt! Du tust, was ich sage! … Na also. Und jetzt möchte ich nichts mehr davon hören. Wir sind in einer guten Stunde bei dir. Dann klären wir alles Weitere. Bis gleich.«

Sie drückte die Verbindung weg und holte tief Luft.

»So, das wäre geregelt.«

Claire räusperte sich. »Aber er war nicht sehr begeistert, oder?«

»Ach was. Er wird sich schon daran gewöhnen. So schlimm ist das doch auch wieder nicht. Und es ist nur für eine Nacht.«

»Ja, aber was hat er denn gesagt?«

»Na ja. Am Ende meinte er, es wäre kein Problem.« Sie lächelte. »Ich glaube, wenn der erste Schreck vorbei ist, freut er sich bestimmt auf uns.«

Lutz muss sein Zimmer aufräumen. Und bis Sonntag verschwinden.

Die Dildos müssen weg. Und natürlich alle Pornos.

Und die Schränke muss ich auswischen.

Wo ist die Mahnung vom Vermieter? Die darf auf keinen Fall hier rumliegen.

Alles muss weg!

Toni hielt sich an der Anrichte fest. Er holte tief Luft. Er musste ruhig bleiben. Das war jetzt das Allerwichtigste. Nur so konnte er die Katastrophe abwenden.

Er stand in T-Shirt und Unterhose in der Küche, vor ihm auf der Anrichte das Schnurlostelefon. Quasi mitten in der

Nacht war die Nachricht der Tanten über ihn hereingebrochen. Er wusste nicht, ob er je so unsanft geweckt worden war.

Zu allem Überfluss passierte das vor einem wichtigen Castingtermin. Normalerweise hatte er ein festes Ritual, wie er einen solchen Tag begann. Ausschlafen, damit ging es schon mal los. Und dann eine ausgiebige Dusche, ein fettes Frühstück mit Eiern und Speck und viel Kaffee. Und vor allem Ruhe. Ruhe, Ruhe, Ruhe. Auf diese Weise fand er die innere Stärke, den Leuten vom Casting gegenüberzutreten.

Stattdessen kämpfte er heute seine aufkommende Panik nieder. Er musste handeln, und zwar schnell. Also zog er zwei Umzugskartons aus der Abstellkammer und marschierte mit einem davon zum Zimmer seines Mitbewohners. Er hämmerte gegen die Tür und trat ein. Auf dem Boden lag eine riesige Matratze, unter den Decken wanden sich Körper. Lutz' Kopf tauchte auf. Zerzauste Haare, verquollene Augen und ein gequälter Mund, der sich wortlos öffnete und schloss, wie bei einem Fisch auf dem Trockenen.

»Lutz, aufwachen! Jetzt komm schon!«

Ein zweiter Kopf tauchte auf. Ein junger, ausnehmend hübscher dunkelhaariger Mann.

Lutz blickte Toni fassungslos an. »Bist du wahnsinnig?«

»Alles, was schwul ist, muss weg!« Toni stellte den Umzugskarton neben die Matratze. »Und zwar schnell.«

Lutz' Bettgenosse fragte: »Wer ist *das* denn?«

»Du hast eine Viertelstunde! Beeil dich!«

Dann machte er kehrt, schnappte sich den zweiten Karton und ging damit in sein eigenes Zimmer. Seinen Saustall sah er mit ganz anderen Augen. Warum hatte er nicht früher schon mal aufgeräumt? Dann wäre das jetzt eine Sache von zehn Minuten gewesen. So hatte er jedoch das Gefühl, als müsste er ganze Gesteinsschichten abtragen.

Pornos und Sexspielzeug flogen ebenso in den Pappkarton wie das lesbisch-schwule Stadtmagazin. Bis hierher war es einfach. Toni sah sich um. Was könnte noch schwul wirken? Seine Discokugel? Und die Sneakerklamotten? Sein Seidenschal war natürlich eindeutig. Auch wenn der zu einem schlichten weißen Hemd toll aussah und gar nicht mehr so schwul. Egal. Er hatte keine Zeit für so was. Alles, was irgendwie verdächtig war, wurde hineingeworfen. Sonst würde er hier niemals fertig werden.

Schließlich stellte er den vollen Karton in den Flur und ging nochmals in Lutz' Zimmer. Die beiden Körper lagen regungslos unter der Decke.

»Verdammt, Lutz!«

»Ist das der Typ von eben?«, fragte Lutz' Bettgenosse.

»Lutz, meine Tanten kommen! Sie werden hier einziehen!«

Lutz rieb sich die Augen. »Wie bitte?«

»Du hast schon verstanden. Wir müssen hier aufräumen. Und dann musst du verschwinden. Also, raus jetzt mit dir!«

Toni holte Staubsauger, Eimer, Schrubber und eine ganze Batterie von Putzmitteln aus der Kammer und baute alles vor seiner Zimmertür auf.

Dann atmete er tief durch.

Die U-Bahn fuhr ratternd ein. Die Schwestern standen mitten im Gewühl und stützten ihren Kofferturm.

»Ist das unsere Bahn, Ebba?«

»Ja! Bleibt zusammen!« Ebba verteilte das Gepäck. »Hört ihr? Alle zusammenbleiben!«

Dann übernahm sie wie immer die Führung. Mit Koffern

links und Koffern rechts war es für die Schwestern ein Leichtes, sich Respekt zu verschaffen. Ebba sicherte ihnen eine Sitzgruppe, grenzte das Territorium mit Koffern und Taschen ab und wies allen einen Platz zu.

»Zurückbleiben bitte!«, erklang es von draußen.

Die Türen schlossen sich, und die Bahn fuhr los. Es ruckelte und schunkelte, doch sie saßen mit ihrem Gepäck bombenfest in den Sitzen.

»Hast du die Sachen für Toni, Immi?«, fragte Ebba.

Immi klopfte zufrieden auf ihre Handtasche.

»Alles dabei.«

»Darf ich sie mir mal ansehen?«, fragte Claire. »Ich hatte schließlich noch nicht das Vergnügen.«

»Ach ja. Na, dann pass mal auf.« Sie öffnete ihre Handtasche mit einem geheimnisvollen Lächeln, ganz so, als würde es sich um eine eben entdeckte Schatztruhe handeln. »Das wird Toni den Atem verschlagen, sag ich dir. Er kann sich nämlich bestimmt gar nicht mehr erinnern, wie das früher war, als er noch ein kleines Kind war.«

»Glaub mir, Claire, wenn er das alles sieht, wird er dahinfließen vor Rührung«, fügte Kamilla hinzu. »Selbst ich musste ein paar Tränen verdrücken, als Immi mir die Sachen gezeigt hat.«

Claire lugte neugierig hinein. Da war er also, der Blick in die Vergangenheit. Immi hatte eine erstaunliche Sammlung von Dokumenten zusammengetragen, allesamt aus der Zeit, als Toni noch ein kleiner Junge gewesen war und es in seiner Familie keinerlei Probleme gegeben hatte. Zumindest nicht nach außen.

Immi begann, die Dokumente nacheinander hervorzuziehen.

»Dieses Video hier zeigt Toni zusammen mit Curt. Unser

Bruder hatte ja damals schon eine Videokamera, als die gerade auf den Markt gekommen sind. Der Film wurde am Nordseestrand gemacht, im Urlaub, da war Toni drei Jahre alt.«

»Da weicht er seinem Vater nicht von der Stelle«, hauchte Kamilla sentimental. »Das musst du dir ansehen, Claire. Sie spielen Flugzeug, gehen durchs Watt, Toni auf Curts Schultern im Meer, an seinem Arm in der Brandung – es ist die reinste Wonne.«

»Weißt du noch, wie sie zusammen Muscheln suchen?«, fragte Immi. »Vater und Sohn, wie in einem Bilderbuch.«

»Und die Fotos?«, fragte Claire.

»Die sind hier.« Immi kramte eine Fototasche hervor. »Das sind Familienfotos von Weihnachtsfeiern, von Kindergeburtstagen, alles Mögliche. So wie es früher bei Toni und seinen Eltern eben war.«

Claire blickte sie flüchtig durch. Tatsächlich: eine Bilderbuchfamilie. Und immer wieder Toni und Curt, als wären sie unzertrennlich gewesen. Dabei hatte sich damals das Unheil doch schon angekündigt. Auch wenn das auf den Fotos nicht zu sehen war, es musste bereits Schatten gegeben haben im Paradies.

Sie gab die Fotos zurück.

»Hast du nicht auch Briefe?«, fragte sie.

»Genau. Die sind der größte Schatz, sag ich dir. Und Toni kennt sie ganz bestimmt noch nicht. Die hat Curt nämlich unserem Vetter Bernhard geschrieben, in den ersten Jahren nach Tonis Geburt.« Wie zum Beweis hielt Immi einen dünnen Stapel Briefe in die Luft. »Dort schreibt er, wie stolz er auf Toni ist und wie überglücklich sein Junge ihn macht. Unser Curt. Man käme gar nicht auf den Gedanken, dass er solche Wörter überhaupt kennt.«

Sie steckte alles zurück in die Tasche.

»Wir können froh sein, dass Bernhard uns die Briefe überlassen hat«, meinte Ebba. »Wahrscheinlich weiß Curt nicht einmal mehr von ihrer Existenz.«

Alle blickten Claire erwartungsvoll an. Offenbar sollte auch sie ihre Rührung durch ein paar Tränen demonstrieren. Doch stattdessen seufzte sie schwer.

»Ich weiß nicht, ob das alles richtig ist.«

»Wieso denn nicht?« Immi ließ das Schloss wieder zuschnappen. »Wir werden uns ganz feierlich mit Toni zusammensetzen, und dann zeigen wir ihm alles. Damit er sich erinnert, was diese Familie wirklich zusammenhält. Curt liebt Toni. Und Toni liebt seinen Vater. Wir müssen nur alle wieder zusammenbringen. Solange die Familie gespalten ist, wird es keinen Frieden geben. Dann wird keiner glücklich sein.«

»Mag ja sein. Aber trotzdem ...« Claire zögerte. »Ihr wollt also, dass Toni mit Curt seinen Frieden schließt. Gut. Aber meint ihr nicht, dass eigentlich Curt den ersten Schritt machen sollte? Schließlich ist er der Ältere. Er ist Tonis Vater.«

»Ach was!«, sagte Ebba. »Toni ist alt genug. Er ist ja kein Kind mehr. Außerdem kennst du doch Curt, diesen sturen Hund. Eher friert die Hölle zu, als dass der den ersten Schritt macht.«

Ebba schien also schon mit Curt gesprochen zu haben. Offenbar hatte er aber nicht mit sich reden lassen. Die Zeiten, in denen gemacht wurde, was Ebba sagte, waren – zumindest was ihn betraf – längst vorbei.

Claire fühlte sich nicht wohl bei der Sache.

»Sollte Toni denn nicht irgendwann die Wahrheit erfahren?«, fragte sie. »Ich meine die ganze Wahrheit. Und zwar *bevor* ihr ihn dazu bringt, sich mit seinem Vater zu versöhnen?«

»Unsinn! Gar nichts muss er erfahren. Wozu soll das gut sein?«

»Weil es irgendwann nicht mehr anders geht. Man kann ihm das nicht ewig verheimlichen.«

»Ach was! Warum denn nicht?« Ebba verschränkte die Arme. »Diese alten Geschichten. Die spielen doch längst keine Rolle mehr. Dieser dumme Glaube, dass die Wahrheit immer das Beste ist! Wer hat sich das bloß ausgedacht?«

Doch Claire überzeugte sie damit nicht. »Ebba, ich finde …«

»Nein, Claire! Es ist längst beschlossene Sache. Hör mir gut zu.« Sie beugte sich vor und hielt ihr den Finger vors Gesicht. »Er darf niemals erfahren, was damals wirklich geschah. Dieses Wissen bringt nur Unglück über alle.«

»Ich weiß nicht, Ebba.«

»Deine Zweifel hättest du vorher anbringen sollen. Jetzt machen wir es wie geplant. Es haben alle schon genug gelitten. Du musst es nicht noch schlimmer machen.«

Claire seufzte. »Also gut. Ich sage ihm nichts.«

Ebba quittierte das mit einem Nicken. Sie hatte sich durchgesetzt.

Gerade waren sie in einen U-Bahnhof eingefahren. Menschen stiegen aus und wieder ein. Ebba warf einen Blick auf das Stationsschild.

»O Gott!«, schrie sie. »Wir müssen aussteigen!«

Wie von der Tarantel gestochen, sprangen alle auf. Hektik brach aus. Koffer fielen um, Helga verlor ihre Sonnenbrille, und Immi stürzte mit ihrem ganzen Lebendgewicht auf einen jungen unbeteiligten Fahrgast.

»Jetzt passt doch auf, ihr blöden alten Wachteln!«

»Touristen! Det ist ja wieder ma typisch!«

Ebba ließ sich nicht beirren. »Schnell!«, rief sie. »Das schaffen wir! Passt auf euer Gepäck auf!«

Vom Bahnsteig ertönte: »Zurückbleiben bitte!«

Im letzten Moment preschten sie aus dem Zug heraus. Claire vergewisserte sich mit einem Schulterblick, dass nichts liegen geblieben war, und stieß dabei einem älteren Mann ihren Koffer in die Seite.

»Was denn!«, keifte der. »Bin ich im Weg?«

»Zurückbleim, ha ick jesacht!«, insistierte die Lautsprecherstimme.

Schließlich waren sie draußen. Alle Schwestern und alle Gepäckstücke. Erleichtertes Durchatmen. Das Signal erklang, und die Türen schlossen sich.

Keine hatte den Mann gesehen, der in letzter Sekunde hinter ihnen auftauchte. Er kam wie aus dem Nichts und war blitzschnell. Mit einer einzigen fließenden Bewegung riss er Immi die Handtasche von der Schulter und sprang mit seiner Beute zwischen die sich schließenden Türen. Nur ein jämmerliches »Nein!« war von Immi zu hören, dann war der Mann verschwunden.

»Meine Tasche!« Immi wollte hinterherspringen, doch die Türen waren definitiv zu. Sie konnte nicht mehr tun, als mit den Fäusten dagegenzuhämmern. Der Zug fuhr los, zusammen mit dem Handtaschendieb, und den Schwestern blieb nichts übrig, als dazustehen und der davonratternden Bahn fassungslos hinterherzublicken.

Toni tat die Sache mit Immis Handtasche natürlich leid. Trotzdem hatte er durch den Diebstahl wertvolle Zeit gewonnen. Er kippte den letzten Eimer Schmutzwasser in den Ausguss. Jetzt waren sogar die Fenster in den Schlafzimmern geputzt.

Lutz war bei Kayla untergekommen. Er würde auf ihrer Couch schlafen. Es war ja nur für eine Nacht. Je nachdem, wie viel Platz die Tanten für sich beanspruchten, würde Toni ihm Gesellschaft leisten. Nach dem ersten Schreck war die Aussicht auf die kommende Nacht gar nicht mehr so furchtbar. Seine Tanten waren ja die ganze Zeit mit den Landfrauen unterwegs. Er würde sie kaum zu Gesicht bekommen. Und morgen Nachmittag wäre der ganze Spuk schon wieder vorüber.

Das Gute war: So hatte die Wohnung noch nie geglänzt. Selbst Lutz war beeindruckt gewesen: »Mensch, Toni, ich wusste gar nicht, dass unsere Wohnung so groß ist.« Und nach anfänglichem Murren hatte er sogar seinen Karton eingeräumt. Nichts deutete mehr darauf hin, dass in ihrer WG nach zweiundzwanzig Uhr noch Männerbesuch empfangen wurde. Und die Kartons standen gut verborgen hinter ein paar alten Teppichen an der Rückwand der Kammer. Da konnte überhaupt nichts mehr passieren.

Beinahe andächtig schritt Toni Zimmer für Zimmer ab. Alles war perfekt.

Er sah auf die Uhr. Fehlten nur noch die Tanten. Langsam wurde es Zeit, denn er musste los zum Casting. Er blickte durchs Fenster die Straße entlang. Da hinten waren sie auch schon, wie bestellt. Sie zogen Taschen und Rollkoffer von der U-Bahn-Station zu seiner Wohnung. Zumindest waren drei Gestalten zu erkennen. Tante Ebba und Tante Immi waren wahrscheinlich noch bei der Polizei. Aber das störte ihn nicht. Es ging ja nur darum, den Schlüssel zu übergeben.

Toni schnappte sich sein Schlüsselbund und verließ die Wohnung, um seinen Tanten entgegenzugehen. Ein Stockwerk tiefer öffnete sich zu seiner Überraschung eine Tür. Auf der Schwelle erschien eine ungewaschene Gestalt. Dreadlocks, Nickelbrille und die vertraute Zahnlücke. Es war Henrik.

»Hey, Toni! Du bist ja zu Hause! Schön, dich zu sehen.«

»Henrik!« Es gelang ihm beim besten Willen nicht, Freude zu heucheln. »Was machst du denn hier? Ich denke, du bist auf einer Ausgrabung.«

Henrik war Historiker. Wobei das nicht ganz stimmte, denn genau genommen studierte er im zwanzigsten oder einundzwanzigsten Semester Altertumsgeschichte und bestand seinen Abschluss einfach nicht. Was auch kein Wunder war, denn das Einzige, wofür er sich interessierte, waren Ausgrabungen. Wochenlang wühlte er irgendwo in Mecklenburg-Vorpommern im Dreck, holte den versteinerten Kot unserer Vorfahren ans Tageslicht und war der glücklichste Mensch der Welt. Doch zurück in Berlin, saß er meist nur zu Hause herum, kiffte bis zum Gehtnichtmehr und ging seinen Nachbarn auf die Nerven. Für die Universität war er dann jedenfalls nicht zu haben.

»Ich bin seit gestern Abend wieder hier«, sagte er. »Ich habe mich schon gefragt, wann ich dich zu Gesicht bekomme.«

Er trat vor und gab Toni wie üblich eine warme, klebrige Umarmung. Ließ seine Hände auf ihm liegen, strich ihm über den Arm und flüsterte: »Hm, Toni? Sollen wir einen kleinen Joint rauchen?«

»Nein, Henrik. Jetzt geht's wirklich nicht.«

Aber das war nur der Auftakt. So fing es immer an.

»Ach, komm schon, Toni. Nur einen winzig kleinen Sticki? Hm? Zum Frühstück? Wir zwei?« Er versperrte Toni den Fluchtweg. Seine Stimme war lockend: »Komm schon. Zur Begrüßung. Weil wir uns so lange nicht gesehen haben.«

Es war das übliche Ritual. Toni hatte eigentlich nie Lust zu kiffen. Das Zeug vernebelte sein Hirn. Es war nur einen trügerischen Moment lang angenehm, und danach war der ganze Tag hinüber. Doch Henrik setzte alles daran, ihn zu überreden. Meistens hatte er ihn irgendwann so weit, und Toni folgte ihm in seine Höhle, wo als Nächstes der Joint aufflammte.

Für Henrik war es nur ein Spiel, das darin bestand, Toni so lange zu bequatschen, bis der schwach wurde. Sobald Toni nämlich bekifft war, interessierte sich Henrik nicht mehr für ihn. Dann konnte auch der Fernseher eingeschaltet werden.

»Es geht heute wirklich nicht, Henrik. Ich bin auf dem Weg zu einem Casting.«

»Ach so. Na, vielleicht kommst du ja später noch mal vorbei. Oder ich komme zu euch hoch.«

Ach herrje. Daran hatte Toni gar nicht gedacht. Er betrachtete Henrik von oben bis unten. Schmutziges Wollhemd, ausgebeulte Jogginghosen, und seine dreckigen Füße schielten durch die Löcher in den Socken.

»Hör zu, Henrik, du kannst heute nicht zu uns hochkommen. Hast du verstanden?«

»Wieso denn nicht? Ist was passiert?«

»Na ja. Ich …«

Aus dem Innern von Henriks Wohnung drang eine Stimme.

»Hey, Henrik! Wo bleibst du denn, verdammt noch mal?«

Das war Sandra, seine Freundin.

»Gleich, Baby, gleich«, rief er über die Schulter. Dann zu Toni: »Was ist denn los?«

»Meine Tanten sind zu Besuch. Du weißt schon, aus Papenburg. Sie sind mit der Landfrauengruppe hier, aber sie wollen nicht im Hotel übernachten.«

»Und du willst nicht, dass sie mich kennenlernen? Weil ihre Welt viel zu spießig ist für einen wie mich?«

Danke, Henrik. Dann muss ich es nicht aussprechen.

»Tust du mir den Gefallen? Zum Glück bleiben sie nur über Nacht, morgen Nachmittag fahren sie wieder.«

»Also gut, versprochen.« Henrik grinste breit. »Aber danach kommst du zum Kiffen vorbei?«

»O ja, Henrik, und ob! Ich sage dir, danach kann ich wirklich einen Joint gebrauchen.«

Henrik zwinkerte ihm zu und verschwand.

Toni atmete durch und ging weiter. Hoffentlich ging das gut. Wenn Henrik kiffend auf dem Sofa lag, ging von ihm keine Gefahr aus. Aber wehe, er kam auf die Idee, weniger Gras zu rauchen und dafür mehr unter Menschen zu gehen.

Im Treppenhaus unter ihm tauchte Kayla auf. Sie schleppte ihre Einkäufe nach oben. Offenbar hatte sie die Tanten knapp verpasst.

»Danke noch mal wegen der Couch, Kayla. Das weiß ich echt zu schätzen.«

»Ach, kein Ding. Mach ich doch gerne.« Sie ging weiter, blieb dann aber einen Treppenabsatz über ihm stehen. »Ach, Toni, eh ich's vergesse: Wenn deine Tanten hier sind, könnten wir doch heute Abend zusammen was kochen. Wir alle. Dann braucht ihr nicht ins Restaurant.«

Tonis Herz setzte einen Schlag aus.

»Das Gesicht wollte ich nur sehen!« Sie lachte ihr schmutziges Lachen. »Mehr nicht. Keine Angst, Lutz und ich werden uns nicht blicken lassen.« Und immer noch schmunzelnd: »Also gut, dann bis morgen. Und viel Spaß mit deinen Tanten.«

Damit verschwand sie im nächsten Stockwerk.

Draußen auf der Straße blinzelte Toni gegen das helle Sonnenlicht. Seine Tanten standen vor der Haustür, vermutlich hatten sie schon Sturm geklingelt.

»Hallo, da seid ihr ja!«, rief er und ging ihnen entgegen.

Doch dann merkte er, dass seine Tanten irgendwie geschlagen wirkten. Sie waren blass, und in ihren Augen lag Resignation. Er hatte nur eine Erklärung dafür und fragte: »War denn irgendwas besonders Wertvolles in Tante Immis Handtasche?«

6. Kapitel

Kommandozentrale. Tag. BORIS und BERND sitzen aneinandergefesselt auf dem Boden. Hinter ihnen an der Wand die Bombe mit dem Zeitzünder. Der Countdown steht bei acht Minuten und vierzehn Sekunden.

BERND (hoffnungslos): Es ist vorbei. Das Spiel ist aus.

BORIS: Sie haben uns in unserer eigenen Zentrale überwältigt. Wir sind Gefangene im eigenen Hauptquartier.

BERND (schöpft neuen Mut): Komm schon, Boris. Wir müssen einen kühlen Kopf bewahren. Wir dürfen nicht zulassen, dass sie uns ausgerechnet hier besiegen.

BORIS: Du hast recht. Wir kennen uns hier aus. Wir sind im Vorteil. Auch wenn es im Moment nicht so aussieht.

BERND: Genau. Wir werden es schaffen. Wir werden uns befreien. Und dann schicken wir sie zurück nach Hause. In den Knast, wo sie hingehören.

BORIS blickt zur Bombe. Dann entdeckt er ein Messer, das auf einem Tisch herumliegt. Gefesselt robbt er hin.

Heute konnte er den Text. Es würde alles gut gehen. Es konnte gar nichts passieren. Der chaotische Morgen, den er hinter sich hatte, war gar nicht so schlimm gewesen. So hatte er zumindest keine Gelegenheit gehabt, sich in seine Vorsprechängste hineinzusteigern. Er war ganz gelassen. Zuversichtlich. Und er beherrschte den Text.

Das Casting fand im Herzen von Kreuzberg in einer alten

Fabrikhalle statt. Ein großzügiges Ambiente. Hohe Fenster, ein toller Ausblick über die Stadt, freundliche Produktionsmitarbeiter. Das fing schon mal gut an.

Toni meldete sich am Empfang und wurde in einen Nebenraum geführt, wo die anderen Bewerber bei Kaffee und Keksen auf ihr Vorsprechen warteten. Zu seiner Überraschung war da ein bekanntes Gesicht.

»Richy? Richy Erdmann?«

»Ja. Wundert dich das?«

»Ich dachte, du hättest die Rolle bei ›Herzen in Aufruhr‹ bekommen.«

»Nein, habe ich nicht.«

»Aber …«

Toni ließ sich neben ihm auf die Couch sinken.

»Sie haben mir keine Begründung gegeben«, meinte Richy. »Aber Frederik Hohenfeld hat mich nach dem Casting mit meiner Freundin im Park getroffen. Da war er auf einmal wie ausgewechselt. Dabei hatte doch vorher alles so gut geklappt.«

»Mit deiner Freundin, sagst du?«

»Ja, wieso?«

»Ach, nichts.«

Das musste Toni erst mal verdauen. Er hatte geglaubt, dieses Mal nicht gegen Richy antreten zu müssen.

Die Tür zum Nebenraum wurde geöffnet.

»Vielen Dank und auf Wiedersehen«, hörte Toni jemanden sagen, und im nächsten Moment tauchte Noah Winter auf, bis vor Kurzem noch einer der Stars von GZSZ. Mit anderen Worten: ein Gesicht mit VIP-Faktor.

»Der ist auch hier?«, raunte Toni. »Wie ist das möglich? Ich denke, die haben nur Leute eingeladen, die kein Engagement haben, weil es ja schon nächste Woche losgeht.«

Richy lächelte. »Du meinst, hier sind nur so Loser wie wir?«

»Keine Ahnung. Aber willst du mir erzählen, einer wie Noah Winter steht ohne Engagement da?«

»Nein. Er hat sein aktuelles Engagement gecancelt.«

»Wie bitte?«

»Die Leute von der Produktion haben ihm wohl große Hoffnungen auf die Rolle gemacht. Sie wollen ein bekanntes Gesicht für ihre Hauptrolle. Also ist Noah kurzfristig aus allen Verträgen raus.«

»Dann hat er die Rolle also schon?«

»Nicht fest, aber so gut wie.«

Noah Winter ließ den Blick über die Wartenden schweifen und schenkte allen ein perlweißes Siegerlächeln. Dann verschwand er durch die Tür.

Eine Assistentin tauchte auf.

»Richy Erdmann? Sie sind der Nächste.«

Er stand auf und schlug Toni freundschaftlich auf die Schulter. »Also dann, Toni. Viel Glück.«

Toni fand kaum seine Sprache wieder. »Ja ... ich ... ich dir auch.« Und er sah Richy nach, wie er in den Nebenraum ging und die Tür hinter sich schloss.

Noah Winter. Tonis Stimmung erreichte einen neuen Tiefpunkt. Vor einem Jahr hatte Toni mal für die Rolle eines Kriminalkommissars vorgesprochen, und die Regisseurin war vollends begeistert gewesen von ihm. »So jemanden wie Sie suchen wir! Sie spielen das perfekt! Und Ihr Gesicht ist wie gemacht für die Rolle! Wirklich: genau das suchen wir!«

Doch dann hatte sich kurzerhand der Produzent eingeschaltet mit dem Urteil: »Toni Müller hat keinen VIP-Faktor. Tut mir leid, aber wir brauchen jemanden mit VIP-Faktor.« Und am Ende hatte man sich für einen gesichtslosen

Assistenzarzt aus einer Krankenhausserie entschieden, der zwar als Typ für die Rolle gar nicht funktionierte, aber eben über Bekanntheit verfügte. Genau wie Noah Winter.

Das musste Toni erst einmal verkraften. Nach einer Weile öffnete sich die Tür wieder, und Richy kam heraus. Er wirkte angeschlagen. Offenbar war es nicht gut gelaufen für ihn.

»Bitte rufen Sie uns nicht an«, schallte es von drinnen. »Haben Sie verstanden? Wir melden uns bei Ihnen!«

Richy nickte matt, durchquerte dann den Warteraum, schenkte Toni ein gequältes Lächeln und verschwand.

»Toni Müller?«

O Gott, es ging los. Er war der Nächste.

Er durfte jetzt nur nicht den Kopf verlieren. Du kannst deinen Text, sagte er sich immer wieder, du kannst deinen Text.

Das Tribunal bestand heute aus drei Männern. Der Regisseur saß in der Mitte, seine Assistenten links und rechts daneben. Sie blätterten in den Fotos von Noah Winter herum und beachteten Toni gar nicht. An der Wand lehnte ein Mann im mittleren Alter mit Brille und Halbglatze, der ein Textheft in der Hand hielt. Offenbar war das Tonis Ansprechpartner. Nicht gerade das, was man unter einem Actionhelden verstand, aber da war er Schlimmeres gewohnt. Bei einem Casting für einen Liebesfilm hatte er einmal vor einer zwei Meter großen, dürren und Kaugummi kauenden Frau stehen müssen, die ihren Text lustlos runtergeleiert hatte, während Toni sich den Wolf gespielt und voller Überzeugung gerufen hatte: »Aber glaub mir doch, ich möchte dich heiraten! Ich liebe dich!«

»Toni Müller?« Inzwischen war der Regisseur auf ihn aufmerksam geworden. Er beäugte ihn kritisch von oben bis unten.

»Richtig. Das bin ich.«

»Also gut. Legen Sie los. Werner wird Ihr Ansprechpartner sein.«

Die Halbglatze nickte ihm zu, und Toni grüßte freundlich zurück. Der Regisseur fing an, etwas auf einen Zettel zu kritzeln. Es wirkte, als hätte er gar keine Augen für Toni. Seine Assistenten saßen gelangweilt daneben und gafften ihn mit leerem Blick an.

»Was ist los?«, murmelte der Regisseur, ohne aufzusehen. »Fangen Sie an.«

Toni atmete durch. Also gut. Er rief sich den Text in Erinnerung. »Es ist vorbei. Das Spiel ist aus«, so ging es los. Dann würde der Glatzkopf etwas sagen und dann wieder Toni: »Du hast recht.« Und so weiter und so weiter. Es würde schon laufen.

Toni hockte sich auf den Boden und tat, als wären seine Hände gefesselt. Er holte Luft.

»Es ist vorbei«, leierte in diesem Moment der Glatzkopf. »Das Spiel ist aus.« Dann sah er zu Toni und wartete.

Claire, Kamilla und Helga saßen an Tonis Küchentisch. Sie hatten im Schrank Kaffeepulver und Filtertüten gefunden und sich dann erst einmal eine Kanne starken Kaffee gekocht. Die Stimmung war gedämpft. Natürlich fragten sie sich, ob Ebba und Immi bei der Polizei etwas erreicht hatten. Aber die Chancen dafür standen wohl schlecht. Sie waren nun mal einem dieser Taschendiebe zum Opfer gefallen, die sich auf arglose Touristen spezialisiert hatten. Wahrscheinlich würden sie die Sachen aus Immis Tasche nie wieder zu Gesicht bekommen.

Ihr ganzer Plan war mit einem Schlag zunichtegemacht worden. Natürlich konnten sie auch so mit Toni reden und versuchen, ihn wieder zurück in die Familie zu holen. Doch fehlten ihnen die überzeugenden Argumente. Zumal sie hier zu allem Überfluss sein ganzes Leben auf den Kopf stellten.

Claire hatte zwar von Anfang an wenig von dem Plan gehalten. Aber die allgemeine Niedergeschlagenheit hatte auch sie ergriffen.

»Wir hätten besser gleich zu Hause bleiben sollen«, seufzte Kamilla. »So haben wir alles nur schlimmer gemacht.«

»Aber ist es nicht trotzdem schön, Toni mal wieder zu sehen?«, fragte Claire. »Auch wenn wir alles verdorben haben?«

»Schon. Aber das bringt doch alles nichts.«

Helga setzte mit einem Ruck ihre Kaffeetasse auf dem Tisch ab. »So, Mädels, Schluss damit. Ich habe keine Lust mehr, mir euer Gejammer anzuhören. Wie oft kommt es vor, dass wir Schwestern mal zusammen unterwegs sind?«

Claire und Kamilla blickten überrascht auf.

»Ich für meinen Teil bin froh, mal ein paar Tage woanders zu sein. Wir fünf in einer fremden Stadt. Das sollten wir genießen. Egal, wie es mit Toni läuft.«

Die anderen beiden wechselten lange Blicke.

»Im Grunde hast du ja recht«, sagte Claire schließlich.

»Ja, schon. Irgendwie«, stimmte Kamilla zu.

»Heute Abend«, fuhr Helga fort, »wenn wir im Restaurant gewesen sind und mit Toni gesprochen haben – falls das überhaupt noch der Plan ist –, dann sollten wir anschließend ein bisschen feiern gehen. Cocktails trinken und Tanzmusik hören. Statt mit trüben Gesichtern herumzusitzen.«

»Und Toni nehmen wir einfach mit«, schlug Kamilla vor.

»So machen wir es. Hauptsache, wir amüsieren uns.«

»Toni wird schon seinen Spaß mit uns alten Weibern haben«, sagte Claire, »dafür sorgen wir!«

»Na also. Das hört sich schon viel besser an.«

Es klingelte an der Tür. Überrascht blickten die Schwestern sich an, dann stand Kamilla auf und öffnete. Es waren Ebba und Immi, die mit niedergeschlagenen Gesichtern in die Küche traten.

Die Aufbruchstimmung war damit fürs Erste verflogen.

»Und?«, fragte Claire. »Was hat die Polizei gesagt?«

»Ach! Gar nichts!« Ebba goss sich verärgert einen Kaffee ein. »Das waren Pat und Patachon, bei denen wir da gelandet sind. Ich hab noch nie so inkompetente Polizisten gesehen, das kann ich euch sagen.«

»Aber was hätten sie denn tun sollen?«, meinte Immi.

»Was weiß ich! Sie hätten uns Verbrecherkarteien zeigen können oder so. Ich hätte den Typen sofort wiedererkannt. Aber diese Nichtsnutze haben nur dagesessen und sich die Füße gekrault. Na ja, reden wir besser nicht mehr drüber.«

Sie blickte sich um. »Habt ihr euch die Zimmer schon angesehen?«

»Ja, das haben wir, und ich komme schon zurecht«, sagte Kamilla tapfer. Die kleine Märtyrerin.

»Es sind zwei große Räume«, meinte Claire. »Toni sagt, er und Lutz könnten bei einer Nachbarin schlafen. Dann haben wir ein Zimmer für Kamilla und ein sehr großes für uns vier.«

Ebba warf Kamilla einen Blick zu.

»Ich kann nicht mit anderen in einem Raum schlafen«, stieß die hervor. »Bitte, Ebba. Herbert und ich schlafen seit dreißig Jahren in getrennten Zimmern. Ich würde die ganze Nacht kein Auge zutun. Und ich habe schon gestern Nacht nicht geschlafen.«

Aber Ebba hatte sich längst damit abgefunden.

»Kein Problem, Kamilla. Am Platz soll es nicht scheitern.«

Sie leerte ihre Kaffeetasse. »Also gut, dann wäre das geklärt. Und jetzt? Was machen wir?«

»Ich habe eben mit Helene Bruns gesprochen«, sagte Claire. »Es gibt eine Führung durch den Reichstag, die könnten wir noch schaffen. Und danach geht es zum Fernsehturm.«

»Das hört sich doch gut an. Komm, Immi. Dann wollen wir uns mal das Zimmer ansehen.«

Es kam Bewegung in die Küche. Claire räumte den Tisch ab, Helga rief noch mal zu Hause an, um ihren Mann zu beruhigen, Immi und Ebba kramten ihre Siebensachen zusammen und brachten sie in Tonis Schlafzimmer.

Da klingelte es wieder an der Tür. Kamilla öffnete. Auf der Schwelle stand eine große, dunkelhäutige Frau, die in ihrem weißen Muskelshirt aussah wie eine Ringkämpferin. Sie grinste breit und zeigte dabei eine Reihe schneeweißer Zähne.

»Entschuldigen Sie«, sagte sie mit tiefer, rauchiger Stimme. »Ist Toni nicht da?«

Kamilla blickte sie an wie eine Marienerscheinung.

»Ich ... nein. Nein, er ist nicht da. Kann ich ... ich meine, kann ich Ihnen vielleicht helfen?«

Sie deutete mit dem Daumen in den Hausflur. »Ich wohne gegenüber. Mein Name ist Kayla Barnes. Ich bräuchte nur ein Ei zum Kochen. Toni und ich helfen uns da immer aus.«

»Ach so. Ja, natürlich. Ähm ... Kommen Sie doch rein.«

Claire lächelte. Es war wahrscheinlich das erste Mal in ihrem Leben, dass Kamilla mit einer schwarzen Frau sprach. Ihre Schwester bemühte sich nach Kräften, sich zu geben, als wäre das alles ganz selbstverständlich für sie. Doch Claire hatte sie längst durchschaut, und wie es aussah, ging es Tonis Nachbarin genauso.

»Wir sind Verwandte von Toni«, sagte Claire, die ihrer Schwester in den Wohnungsflur gefolgt war. »Sie wissen schon, auf Berlinbesuch. Seine Tanten, um genau zu sein.«

»Ach, wirklich? Dann sind Sie aus Papenburg?«

»Ja, das stimmt. Wir sind seit gestern hier. Kommen Sie doch mit in die Küche. Ich sehe mal im Kühlschrank nach. Möchten Sie nicht einen Kaffee?«

Kayla folgte den beiden und schien sich dabei prächtig über irgendwas zu amüsieren.

Helga, die am Küchenfenster stand und gerade das Gespräch mit ihrem Mann beendet hatte, bekam ebenfalls große Augen. Die Frau nahm Helgas zierliche Hand in ihre Pranke und drückte sie.

»Kayla Barnes. Nett, Sie alle kennenzulernen.«

»Das ist Tonis Nachbarin«, sagte Kamilla begeistert. »Sie möchte sich nur ein Ei ausleihen. Du weißt schon, zum Kochen.«

»Ach, wie schön.« Helgas Augen leuchteten. »Kommen Sie doch herein. Wir trinken gerade Kaffee. Setzen Sie sich zu uns.«

»Bestimmt können Sie uns eine Menge über Toni erzählen.«

Claire schüttelte den Kopf, ließ ihre Schwestern mit der Nachbarin allein und ging nach nebenan, wo Ebba und Immi das Schlafzimmer inspizierten.

»Ganz so schlimm wie gestern sieht's ja nicht mehr aus«, sagte Ebba. »Aber der Schmutz sitzt in den Ecken.«

»Schon als kleiner Junge war er immer so unordentlich«, meinte Immi. »Viel unordentlicher als andere Kinder in dem Alter.«

»Wie es aussieht, müssen wir das Programm der Landfrauen sausen lassen. Der Raum hier braucht dringend eine

Grundreinigung. Und der Rest der Wohnung wahrscheinlich auch.«

»Ebba, ich weiß nicht, ob das eine gute Idee ist«, mischte sich Claire in das Gespräch. »Vielleicht sollten wir so was vorher mit Toni absprechen.«

»Ach was! Der wird schon nichts dagegen haben. Und wenn *wir* hier nicht Hand anlegen, tut das keiner, das weißt du hoffentlich.« Sie wandte sich an Immi. »Wollen wir nachsehen, was er an Putzmitteln dahat? Vielleicht müssen wir noch in die Drogerie.«

»Ja, du hast recht.«

Sie verschwanden nach draußen in den Flur. Claire blieb allein zurück. Wieder hatte sie kein gutes Gefühl bei der Sache. Damit würden sie es sich vielleicht endgültig mit Toni verderben.

Ebbas Stimme drang von draußen herein. »Vielen Dank, Fräulein Barnes, aber bemühen Sie sich nicht. Toni wird doch irgendwo Scheuermilch haben. Das gibt's doch gar nicht!«

Claire sah in den Flur, wo Ebba und Immi gerade die Köpfe in die enge Kammer steckten.

»Hier sind schon mal Eimer und Wischmopp«, meinte Immi. »Und außerdem haben wir einen Staubsauger. Mal sehen, was noch zu finden ist.«

»Was ist denn da hinten in den beiden Kartons?«, fragte Ebba. »Sind da vielleicht noch Putzmittel drin?«

»Meinst du wirklich?«

»Na, sieh doch einfach nach.«

»Warte, ich komme nicht ran.«

»So dick bist du auch nicht, Immi. Stell dich nicht so an. Na also, geht doch. Und, was ist drin?«

Schweigen.

»Immi! Was da drin ist!«

Toni schleppte sich die Stufen hoch. Er wollte nur noch ins Bett. Und zwar alleine. Vielleicht würde Henrik ihm ja einen Joint schenken, dann könnte er sich zurückziehen und seine Wunden lecken.

Er hatte den falschen Text gelernt. Bernd, Boris – Boris, Bernd. Kein Wunder, dass er durcheinandergekommen war. Trotzdem. Es war ein Anfängerfehler. So etwas durfte einfach nicht passieren. Schon gar nicht, wenn alles davon abhing. Er hatte wieder mal versagt, und zwar auf ganzer Linie.

Endlich erreichte er das oberste Stockwerk und zog seinen Schlüssel hervor. Aus seiner Wohnung waren Stimmen zu hören. Er hielt inne und lauschte.

»Ich kann doch nicht wissen, was da drin ist!« Das war Tante Immi. »Wer soll denn das ahnen?«

»Scheuermilch!« Das war Tante Ebba. »Ich hab von Scheuermilch gesprochen! Doch nicht *davon*!«

»Mein Gott! Ich kann es immer noch nicht glauben!«

Sie zeterten herum. Wie üblich. Wenn seine Tanten miteinander sprachen, hörte sich das meistens an, als würde ein riesiger Streit vom Zaun gebrochen werden. Das war ihm als Kind schon auf die Nerven gegangen.

Warum waren die denn nicht bei den Landfrauen? Die Führung im Reichstag. Hatte es bei der Polizei so lange gedauert? Und worüber redeten sie denn gerade? Über Immis gestohlene Handtasche?

Lautlos trat er zurück. Den Schlüssel verstaute er wieder in seiner Tasche. Auf keinen Fall würde er jetzt seine Wohnung betreten. Nicht in seiner Verfassung. Das würde er nicht überleben. Er musste irgendwohin, wo er mit sich alleine war.

Er schlich die Treppe wieder hinunter und trat auf den Bürgersteig. Unschlüssig blieb er stehen. Dann ging er in den Park. Setzte sich unter einen Baum und sah Kindern beim

Ballspielen zu. Beinahe hätte er angefangen zu heulen. Das war die große Chance gewesen, sein Leben mit einem Schlag zu verändern. Und er? Er hatte einen Flüchtigkeitsfehler begangen.

Wären nur seine Tanten nicht zu Besuch gekommen. Dann hätten Micha und er sich nicht gestritten, und er hätte sich die E-Mail von der Agentin viel konzentrierter angesehen.

Aber vielleicht sollte es ja so sein. Vielleicht war das ja ein Zeichen. Der richtige Zeitpunkt, um abzuspringen. Er war noch jung, und er würde ohne Probleme das Abitur nachholen können, so wie Lutz. Na ja, so wie Lutz, wenn der nicht jede Nacht im Klub wäre und endlich mal regelmäßig zur Abendschule gehen würde. Er fragte sich, was er sonst noch aus seinem Leben machen könnte. Welche Interessen hatte er neben der Schauspielerei?

Plötzlich erinnerte er sich, wie Tante Ebba einmal bei Tante Claire zu Besuch gewesen war, am Nachmittag nach der Schulaufführung, bei der er die Rolle eines Marienkäfers gegeben hatte. Seine Tanten glaubten, er würde in seinem Zimmer spielen, doch er hatte sich hinterm Sofa versteckt, und so hörte er Tante Ebba sagen: »Das da auf der Bühne, das war nicht Toni. Das war ein anderer Junge.« Ihre Stimme war voller Bewunderung gewesen. »Ich sag dir, Claire: Das hat der Junge wirklich gut gemacht.«

Sollte er wirklich die Schauspielerei aufgeben? Sein Entschluss geriet ins Wanken. Vielleicht war es ja in Ordnung, wenn er sich noch ein weiteres Jahr gab, um es zu versuchen. Ein Jahr, in dem viel passieren konnte. Danach war er immer noch jung genug, um das Abitur nachzuholen.

Er sah auf die Uhr. Eigentlich müsste er jetzt probieren, eine seiner Tanten zu erreichen. Sie hatten den Ablauf des heutigen Abends noch nicht abschließend geklärt. Er zog sein Handy hervor und beschloss, lieber eine SMS zu schreiben.

»Essen um acht? Ich hole euch rechtzeitig in der Wohnung ab. Bis später.« Dann sendete er den Text an alle Handys seiner Tanten. Irgendeine würde ihr Gerät schon in den nächsten Stunden einschalten.

Jetzt hatte er also noch ein paar Stunden Zeit, um seine Wunden zu lecken. Wenn er zurück in seine Wohnung musste, hoffte er, würde es ihm vielleicht schon wieder etwas besser gehen.

Einige Stunden später ging Toni langsam die Treppenstufen hoch. Er wünschte sich, seine Tanten wären fort. Das Casting steckte ihm noch immer in den Knochen. Eigentlich bräuchte er jetzt seine Ruhe. Aber daraus würde wohl nichts werden.

Irgendwo im Haus schien eine Party stattzufinden. Er hörte Lärm, Gelächter und Rufe. Etwas selbstmitleidig stellte er fest: Woanders gibt es Menschen, die sich amüsieren. Die glücklich sind. Er schleppte sich die letzten Stufen hinauf ins oberste Stockwerk.

Dort wartete eine seltsame Überraschung auf ihn. Der Lärm kam aus seiner eigenen Wohnung. Lutz hatte doch nicht etwa Freunde eingeladen, nachdem die Tanten zu den Landfrauen gegangen waren? Noch eine Katastrophe würde er nicht verkraften.

Er schloss die Tür auf und trat ein. Es roch köstlich in der Wohnung. Nach guter Papenburger Hausmannskost. Die Party fand offenbar in seiner Küche statt.

Sein Atem wurde flach. Er trat zur Küchentür und zog sie auf. Hitze schlug ihm entgegen. Der Raum war voller Menschen. Am Esstisch war jeder Platz besetzt. Da saßen seine Tanten, Kayla, Lutz, Henrik und dessen Freundin Sandra. Der Tisch war gedeckt, Weinflaschen entkorkt, überall brannten Kerzen.

Gerade lachten alle über einen Witz, den Sandra gemacht hatte. Sie saß im Unterhemd bei Tante Claire auf der Stuhllehne, Tabak und Blättchen vor sich ausgebreitet, und drehte sich eine Zigarette.

»... und da kommt der Ausgrabungsleiter zu uns und sagt: Wenn ich euch noch einmal mit Drogen erwische, dann fliegt ihr raus. Ist das zu glauben? Der Typ hatte wirklich keine Ahnung, dass wir das Zeug in seinem Zelt gebunkert hatten.«

Jetzt hatte Tante Ebba ihn in der Tür entdeckt.

»Toni! Da bist du ja endlich!«

Es folgte ein großes Hallo.

»Dann kann ja jetzt das Essen auf den Tisch!«

»Tante Immi hat ihren berühmten Schmorbraten gemacht, du weißt schon, den du als Kind so gerne gegessen hast.«

»Wenn der so gut schmeckt, wie er riecht«, sagte Henrik und zündete sich einen Joint an, »... großartig!«

»Besser«, meinte Tante Helga. »Er schmeckt besser.«

Toni starrte fassungslos in seine Küche. Er suchte die Blicke von Kayla und Lutz, um eine Erklärung zu bekommen. Lutz hatte wenigstens noch den Anstand, einen Moment lang schuldbewusst zu gucken, doch Kaylas Blick sprach bereits eine andere Sprache: Jetzt schwing deinen Hintern rüber und spiel bloß nicht das Prinzesschen!

»Wer hätte gedacht, dass du so nette Freunde hast?«, rief Tante Immi. »Wir haben uns einen richtig netten Nachmittag gemacht.«

»Tante Immi, reichst du mir den Wein, bitte?«, sagte Lutz.

Und Tante Kamilla stemmte die Arme in die Hüften. »Und

warum, Antonius Müller, hast du uns nie gesagt, dass du schwul bist?«

Toni vergaß das Atmen.

»Hältst du uns denn für so konservativ?«, fragte Tante Ebba, »dass du das verschweigen musstest?«

»Christian Rodenbeck, der neue Kassenwart in unserem Schützenverein, ist auch schwul. Wusstest du das nicht?«

»So ein netter Mann. Nicht wahr?«

»Aber ehrlich gesagt hab ich mir das bei dir ja schon immer gedacht.«

»Kunststück, Helga. Ein Junge, der jedes Jahr zu Karneval als feine Dame gehen will.«

»Jedenfalls hättest du für uns wirklich keine Freundin erfinden müssen«, sagte Ebba und wandte sich an die anderen: »Der Junge ist schwul! Darauf hätten wir wirklich selber kommen können.«

In Tonis Kopf war nur noch Rauschen. Er starrte Kayla an. Ungläubig, fassungslos und zunehmend wütend.

»Ich hab nichts gesagt«, wehrte die ab. »Was denkst du denn von mir? Sie haben deine bescheuerten Umzugskartons gefunden. In der Kammer.«

»Meine Umzugskartons?« Er hielt sich am Türrahmen fest.

»Tut mir leid, Toni«, sagte Tante Immi. »Wir wollten nicht in deinen Privatsachen wühlen. Wir haben nur Putzmittel gesucht. Damit wir richtig sauber machen können.«

Bedeutete das, sie hatten hier geputzt? *Seine* Wohnung geputzt?

»Lernen wir denn Micha heute Abend kennen?« Tante Helga zwinkerte ihm zu. »Von wegen Freundin, was?«

»Wir wollten ihn ja schon anrufen«, meinte Tante Ebba, »aber Miss Barnes sagte, es wäre besser, wir würden dich vorher fragen.«

»Können wir deinen Micha denn anrufen? Wo wir doch jetzt alle Bescheid wissen?«

Toni, immer noch völlig durcheinander, ließ seinen Blick durch die Küche schweifen. Tante Kamilla, die neben Henrik auf der Bank saß, griff schmunzelnd und mit leuchtenden Augen nach seinem Joint. Mit spitzen Lippen nahm sie einen winzigen Zug und blies den Rauch zur Decke.

»Jetzt komm doch endlich rein und setz dich hin.«

»Du machst uns ganz verrückt, wenn du da in der Tür stehen bleibst.«

Toni fühlte sich wie nach einem Schleudergang. Er kam nicht herein und setzte sich. Im Gegenteil. Die plötzliche Wut überwältigte ihn.

»Seid ihr alle wahnsinnig geworden?«, rief er.

Mit einem Mal herrschte Stille in der Küche. In den Gesichtern der anderen spiegelte sich Erstaunen.

»Das hier ist meine Küche! Was soll das alles?«

»Aber, Toni …«

»Was macht ihr eigentlich hier? Mit meinen Freunden? In meinem Leben? Wer, bitte schön, hat euch dazu eingeladen? Was fällt euch überhaupt ein?«

Tante Claires Gesicht war mit einem Mal unendlich traurig. Doch er konnte sich nicht mehr bremsen.

»Kann mir das mal einer sagen?«, brüllte er. »Woher nehmt ihr euch das Recht, so in mein Leben einzudringen?«

»Toni, jetzt komm schon«, versuchte Kayla einzulenken. »Deine Tanten wollten nur …«

»Und euch habe ich gebeten zu verschwinden, solange mein Besuch da ist! Was ist denn daran so schwer zu verstehen?«

Tante Ebba mischte sich ein. »Toni, bitte, jetzt lass uns erst mal in Ruhe darüber reden.«

»Weil *du* das sagst, oder warum?«

»Reiß dich zusammen, Junge, ja?«

»Ach so, ja natürlich. Tante Ebba hat gesprochen. Und dann müssen alle tun, was sie gesagt hat.«

»Ganz richtig, Toni. Denn wenn man dich so reden hört, ist es wohl wirklich das Beste, wenn ich die Sache in die Hand nehme.«

»Das hier ist aber mein Zuhause, Tante Ebba, nicht deins.«

»Denkst du, ich lasse mir von dir den Mund verbieten?«

»Ebba, lass doch, bitte«, kam es leise von Tante Claire.

»Was denn? Soll ich hier klein beigeben?« Tante Ebba schnaubte. »Er ist doch genauso wie sein Vater, der sture Hund. Man muss ihn nur …«

Doch weiter kam sie nicht. Denn Toni explodierte.

»Vergleich mich nicht mit meinem Vater! Mein Vater und ich, wir haben nichts gemein. Hörst du?« Seine Stimme überschlug sich beinahe. »Ich habe nichts von meinem Vater geerbt! Gar nichts!«

»Wie denn auch?«, sagte Tante Kamilla leise.

Jemand sog erschrocken die Luft ein. Dann war Totenstille. Keiner brachte mehr etwas heraus. Da waren nur aufgerissene Augen und fassungslose Blicke.

Toni blickte von einer Tante zur nächsten. Was ging denn hier plötzlich vor?

»Ach, Toni, vergiss, was ich gesagt habe!«, jammerte Kamilla. »Bitte.« Dann blickte sie auf den Joint in ihrer Hand, als hätte der sich plötzlich in eine Schlange verwandelt, und drückte ihn eilig Henrik in die Hand.

Doch es war zu spät. Toni hatte begriffen.

»Mein Vater ist gar nicht … mein Vater?«

Stille. Er konnte nicht fassen, dass ihm keine seiner Tanten widersprach. Der Raum begann sich zu drehen. Schwarze

Punkte tauchten vor seinen Augen auf. Er klammerte sich am Türrahmen fest. Atmete tief durch.

»Ihr seid ... wir sind gar nicht verwandt? Ich ... gehöre gar nicht in diese Familie? Und ihr seid nicht meine Tanten?«

Raus. Er musste hier raus. So schnell wie möglich. Er stolperte einen Schritt zurück, dann drehte er sich um und begann zu laufen.

»Toni!« Das war Tante Claire.

Doch er achtete nicht auf sie. Er riss die Wohnungstür auf und stürzte die Treppen hinunter. Er rannte, als wären tausend Teufel hinter ihm her.

Lief weiter über die Straße und in den Park hinein. Erst als er so weit von seiner Wohnung weg war, dass ihn mit Sicherheit niemand mehr einholen würde, blieb er stehen und ließ sich ins Gras fallen.

Die Fenster waren hell erleuchtet, das konnte man von Weitem sehen. Micha war also zu Hause. Wenigstens eine Sache, die heute gut lief.

Toni war immer noch total durcheinander. Tausend Fragen gingen ihm durch den Kopf: Wer war sein wirklicher Vater? Und seine Mutter ... sie war doch seine Mutter, oder nicht? Doch, das musste sie sein, er war ihr ja wie aus dem Gesicht geschnitten. Sie musste fremdgegangen sein, während ihrer Ehe mit seinem Vater. Hatten denn alle in der Familie darüber Bescheid gewusst? Alle außer ihm?

Er konnte es nicht glauben. War das der Grund für die Depressionen seiner Mutter gewesen? Für ihren Selbstmord? Hatte sein Vater sie gehasst, nachdem er erfahren hatte, dass Toni gar nicht sein leibliches Kind war? Wann hatte er das überhaupt erfahren, oder wusste er es schon immer? Hatte er Toni deshalb nicht geliebt?

Und warum hatte ihm nie einer etwas gesagt? Er hatte doch ein Recht darauf zu erfahren, wer seine Eltern waren. Wieso hatten alle geschwiegen, die ganzen Jahre über?

Den Schlüssel zu Michas Wohnung hatte er nicht dabei, der lag noch in seiner Küche neben der Kaffeemaschine. Also klingelte er unten an der Tür. Es quietschte in der Gegensprechanlage. »Ja?« Als Toni sich meldete, kam vom anderen Ende nur ein übellauniges »Mhmpf!«, und die Leitung war wieder tot. Wenig später ertönte der Summer, und die Haustür ließ sich aufdrücken.

Micha erwartete ihn an der Wohnungstür.

»Was machst du denn hier?« Er lehnte sich in den Rahmen und versperrte Toni den Weg ins Innere. »Brauchst du Geld?«

Der Burgfriede, den sie gestern beschlossen hatten, als die Mail mit dem Vorsprechtext angekommen war, hielt also nicht mehr vor.

»Oder willst du mich abholen, um mich deiner Familie vorzustellen? Ihr trefft euch doch heute Abend, oder?«

»Kann ich nicht erst mal reinkommen?«

»Damit hier draußen keiner mitkriegt, dass wir ein Paar sind?« Er beugte sich vor und flüsterte verschwörerisch: »Ein homosexuelles Paar.«

Toni versuchte, sich an ihm vorbeizudrücken, doch Micha ließ ihm keine Chance.

»Was ist dein Problem, Toni? Du hast doch meine Familie auch kennengelernt. Du gehörst ja praktisch schon dazu! Letztes Jahr Weihnachten, dann die Hochzeit meiner Schwester, Mutters Sechzigster … Alle haben dich ins Herz geschlossen. Jedes Mal, wenn ich zu Hause anrufe, ist die erste Frage: Und wie geht's Toni?«

»Die sind ja auch in Ordnung«, sagte Toni kleinlaut.

»Und deine Familie ist ein Haufen von schwulenfressenden Monstern? Gerade dann solltest du mich mitnehmen. Damit du einen Waffenbruder an deiner Seite hast!«

»Ach, Micha. Ich glaub, ich muss das alleine durchziehen …«

»Ja, schon klar. Weil du dich sonst viel zu sehr festlegen würdest, oder?«

»Nein, das ist doch Unsinn. Es geht eher darum …«

»Wie lange überlegen wir schon, ob wir zusammenziehen sollen? An mir liegt es nicht, Toni. Und auch nicht am Wohnungsmarkt. Es liegt daran, dass du die Sache immer wieder ausbremst. Ich spreche es ja schon gar nicht mehr an.«

Micha musterte ihn herausfordernd, doch Toni wusste nicht, was er darauf sagen sollte.

»Bloß keine Fakten schaffen, nicht wahr? Immer schön unverfänglich bleiben. Sich nur nicht zu weit aus der Deckung vorwagen. So bist du, Toni Müller. Und ich weiß nicht einmal, ob es dir an Rückgrat fehlt oder einfach an Gefühlen zu mir.«

Toni blieb der Mund offen stehen. Hier ging etwas gewaltig schief. Er musste jetzt die richtigen Worte finden, und zwar auf der Stelle. Doch er war nicht darauf vorbereitet. Er dachte angestrengt nach und suchte nach guten Antworten. Aber in seinem Kopf lief nur Fahrstuhlmusik.

Micha sah ihn an und wartete. Vergebens.

»Was soll ich mit einem Mann, der sich nicht zu mir bekennt?«, fragte er schließlich.

Auch darauf hatte Toni so schnell keine passende Antwort. Er war geschlagen. Satz und Sieg an ein gemeines Schicksal.

Micha trat zurück und knallte ihm die Tür vor der Nase zu.

Toni saß am Schreibtisch und machte seine Biologiehausaufgaben: ein Bild ausmalen. Ein nackter Mann und eine nackte Frau, ohne Gesichter, aber dafür mit Geschlechtsteilen. Nach einer Weile rannte er nach unten zu seinem Vater, der mit Arbeitskollegen in der Küche hockte. »Papa! Papa! Ist das so gut ausgemalt?« Die Männer lachten und klopften ihm auf den Rücken, und Toni, angestachelt von so viel Zuspruch, gab sich nun besonders viel Mühe, die Geschlechtsteile auszumalen. Immer wieder lief er mit dem Blatt nach unten, bis sein Vater sagte: »So, Toni, Schluss jetzt. Wir müssen los, es wird Zeit.«

Seine Mutter war seit zwei Tagen mal wieder auf Kur, und alle sagten: »Sie muss sich nur ein bisschen ausruhen, Toni.« Und da sein Vater auf Montage musste und nicht länger auf ihn aufpassen konnte, sollte Toni diesmal zu Tante Kamilla gebracht werden.

Dabei waren die Tage, in denen er und sein Vater allein gewesen waren, einfach großartig gewesen. »Zwei Männer auf hoher See«, hatte sein Vater das kommentiert. »Das Leben ein einziges Abenteuer, und in jedem Hafen wartet eine Frau.« Und Toni hatte sich glücklich in seine Armbeuge gekuschelt.

Als sie später bei Tante Kamilla vor der Tür standen, wuschelte sein Vater ihm durch die Haare und betrachtete ihn nachdenklich. »Dein Kaugummi«, sagte er schließlich. »Oder willst du bei Tante Kamilla gleich einen schlechten Eindruck machen?« Toni machte Anstalten, ihn auf die Erde zu spucken, aber sein Vater hielt ihm ein Plastiktütchen hin: »Warte. Tu ihn lieber hier rein.« Merkwürdigerweise verstaute er die Tüte mit dem Kaugummi im Handschuhfach, aber darüber dachte Toni nicht weiter nach.

Erst viel später, als sein Vater sich längst verabschiedet hatte und Toni drinnen bei Tante Kamilla Marmorkuchen aß, erinnerte er sich an den Blick, mit dem sein Vater ihn angesehen hatte. Etwas Trauriges hatte darin gelegen, als wäre dies kein Abschied für ein paar Tage. Vielmehr sah es so aus, als würde er für immer aus Tonis Leben verschwinden wollen.

Der Schlüssel für den Hintereingang lag auf der Fensterbank hinter einem der Blumenkästen. Toni wusste genau, es war jetzt keiner mehr da. Die Veranstaltung an diesem Abend endete früh, und danach wurde das Theater abgeschlossen. Er öffnete die Hintertür und trat ein. Hier würde er übernachten können. Keiner würde ihn bemerken. Wenn am späten Vormittag die Probe anfing, wäre er längst wieder verschwunden.

Es war ein kleines Jugendtheater, in dem Toni vor einiger Zeit mal gearbeitet hatte. Hauptsächlich politisch ambitionierte Stücke für Schulklassen, die in Berlin auf Klassenfahrt waren. Er hatte sich damals gut mit dem Hausmeister verstanden, und irgendwie hatte er erfahren, wo der Schlüssel für den Hintereingang versteckt war.

Toni hatte keine Ahnung, was für ein Stück gerade gespielt wurde. Zu seiner Überraschung stand mitten auf der Bühne ein Bett. Ein französisches Bett mit plüschiger Wäsche. Dahinter waren Fenster auf eine Pappwand gemalt, mit einem Ausblick auf die untergehende Sonne über Paris. Alles wie für ihn gemacht.

Toni kletterte auf die Bühne und legte sich ins Bett. Der typische Geruch von Requisiten. Er sah zur Decke. Da waren Scheinwerferkonstruktionen und Schienen für die Vorhänge. Alles war so vertraut, und irgendwie fühlte er sich gleich zu Hause. Es dauerte nicht lange, da fielen ihm die Augen zu, und er glitt in einen tiefen und traumlosen Schlaf.

7 Kapitel

Was für ein wunderschöner Morgen! Strahlend blauer Himmel, die Sonne fiel warm durch die Fenster, und die Luft war erfüllt von Vogelgezwitscher. Als Claire aufwachte, kam es ihr vor, als wäre der Hinterhof eine einzige Voliere. Das gab es in Papenburg nicht. Die Wärme, die Sonne, die Luft, das alles war so wunderbar, selbst der Streit von gestern Abend schien da Lichtjahre entfernt zu sein. Aber natürlich war das nur eine Illusion.

Sie schlich in die Küche und kochte eine große Kanne Kaffee. Nach und nach erwachte das Leben in Tonis Altbauwohnung, und mit den anderen, die ihre verschlafenen Gesichter durch die Tür streckten, kehrte dann auch das Geschehen vom Vorabend zurück.

»Ist Toni heute Nacht zurückgekommen?«, fragte Kamilla, die mit ihren rosa Plüschpantoffeln in die Küche schlurfte. »Mir war so, als hätte ich irgendwann heute Nacht was gehört. Eine Tür oder so, da bin ich kurz aufgewacht. Ich dachte schon: Gott sei Dank, er ist wieder da.«

»Nein, leider nicht«, meinte Claire. »Außer uns ist keiner da.«

»Das war bestimmt ein Schock für ihn gestern Abend. Was geht ihm jetzt wohl alles durch den Kopf? Das möchte ich mir gar nicht ausmalen. Der arme Junge.«

»Wir müssen mit ihm reden. Er muss begreifen, was damals war. Jetzt, wo die Katze aus dem Sack ist, müssen wir ihm auch den Rest erzählen.«

»Wenn er doch nur heute Nacht zurückgekommen wäre.«

Ebba stand im Bad und murmelte irgendetwas Unverständliches an ihrer Zahnbürste vorbei.

»Wir können dich nicht verstehen, Ebba!«

»Vielleicht hat er ja draußen geschlafen«, wiederholte Ebba lauter. »Die Nacht war sehr mild.«

»Unter einer Brücke, oder was?«, rief Helga aus dem Schlafzimmer, wo sie die Betten machte. »Das wollen wir doch wohl nicht hoffen.«

»Er hat bestimmt bei Freunden übernachtet«, meinte Immi. »Mein Gott, der Ärmste. Da hauen wir ihm so etwas um die Ohren, und er kann sich nicht mal in seine Wohnung zurückziehen.«

»Das ist nun nicht mehr zu ändern.« Ebba erschien gewaschen und gekämmt auf der Schwelle. »Vielleicht ist er ja drüben bei Miss Barnes, und wir machen uns ganz umsonst Sorgen. Ich geh mal schnell rüber und sehe nach.«

»Ebba, warte!«, rief Claire. »Um diese Uhrzeit? Die liegen bestimmt alle noch in ihren Betten.«

Ebba sah auf ihre Armbanduhr. »Es ist gleich halb acht. Wer schläft denn um diese Uhrzeit noch?«

»Ich weiß nicht. Wir sind in Berlin.«

»Ach so.« Ebba dachte nach. Das Argument schien seine Wirkung zu haben. Eine Weile ging sie auf und ab, ohne recht zu wissen, was sie mit sich anfangen sollte, dann schüttelte sie barsch den Kopf. »Ach was! Ich geh einfach mal rüber. Halb acht. Bei uns liegt da kein Mensch mehr im Bett.«

Die anderen gingen vorsichtshalber in Deckung. Keine von ihnen wollte gesehen werden, wenn Ebba im Hausflur stand und Kayla aus dem Schlaf klingelte. Sie versteckten sich hinter der Küchentür und lauschten. Umso größer war die Erleichterung, als gegenüber die Tür schwungvoll aufgerissen wurde und Kayla mit frischer Stimme sagte: »Guten Morgen, Ebba, Sie sind ja schon auf. Ich hoffe, Sie haben gut geschlafen?«

»Das schon, Miss Barnes, danke. Ich frage mich nur, wo Toni heute Nacht geschlafen hat. Ist er vielleicht bei Ihnen aufgetaucht?«

»Nein, hier ist er nicht. Ich dachte eigentlich, er wäre bei Ihnen drüben.«

»Nein. Wir machen uns schon Sorgen. Wegen gestern Abend und dem, was er ... ach, Sie wissen schon.«

Eine Weile sagte Kayla nichts.

»Ich schmeiß mal Lutz aus dem Bett. Vielleicht hat der eine Idee. Toni ist ja normalerweise nicht so stur, und er taucht nach einem Streit schnell wieder auf. Aber das gestern hat ihm wohl ziemlich zugesetzt.« Sie stieß einen schweren Seufzer aus. »Wir kommen gleich zu Ihnen rüber, ja? Dann überlegen wir gemeinsam, was zu tun ist.«

In diesem Moment verlor Kamilla das Gleichgewicht und stolperte in ihre Schwestern hinein. Ein spitzer Schrei ertönte, die Küchentür flog zur Seite, und Helga, Immi und Claire tauchten, Arme rudernd und Halt suchend, in Kaylas Blickfeld auf.

»Guten Morgen, die Damen!« Kayla zeigte ihre schneeweißen Zähne. »Sie sehen phantastisch aus heute Morgen. Haben Sie gut geschlafen?«

Verlegen murmelten die drei Schwestern etwas Unverständliches, und Helga warf Kamilla, die noch immer hinter der Tür verborgen stand, einen bösen Blick zu. Dann räusperten sie sich dezent und gingen mit erhobenen Köpfen zum Küchentisch zurück, wo ihre Kaffeetassen dampften.

Ebba schloss die Wohnungstür und folgte ihnen.

»Toni ist weg«, sagte Ebba mit belegter Stimme. »Drüben hat ihn auch keiner gesehen.«

Claire schenkte wortlos Kaffee ein. Ebba nahm einen Schluck und starrte vor sich hin.

»Du darfst dir keine Vorwürfe machen, Ebba«, sagte Immi schließlich.

Doch ihre Schwester schien sie gar nicht zu hören.

»Ich habe versagt«, meinte Ebba. »Auf ganzer Linie versagt. Der Plan ist gescheitert.«

»Ach was, das muss nicht so sein«, meinte Immi.

»Was soll denn noch passieren? Wie könnte es jetzt noch schlimmer werden?«

»Na gut, vielleicht sieht es gerade nicht toll aus, Ebba, aber …«

»Nein, Immi. Wir wollten Toni zurück in die Familie holen, deshalb sind wir hier. Wir wollten, dass er sich mit Curt versöhnt. Damit es so wird wie früher, bevor Curt diesen verfluchten Vaterschaftstest gemacht hat, als wir alle noch eine große Familie waren, die zusammengehalten hat.«

Claire schluckte ihren Kommentar dazu herunter.

Als wenn dieser DNA-Test schuld gewesen wäre. Es war doch vorher schon alles in Unordnung geraten, auch wenn sie da noch versucht hatten, es zu überspielen. Tonis Mutter hatte schon lange unter Depressionen gelitten, und die Ehe zwischen ihr und Curt war aus den Fugen geraten. Und im Prinzip hatten sie längst geahnt, was später durch den Test zur Gewissheit geworden war: dass Toni das Produkt einer außerehelichen Affäre seiner Mutter war.

»Toni hat gestern Abend erfahren, was er niemals hätte erfahren dürfen«, sagte Ebba niedergeschlagen. »Und jetzt hasst er uns dafür.«

»Er hasst uns doch nicht«, sagte Immi mit Nachdruck.

»Wenn doch Curt nur nicht so stur gewesen wäre«, meinte Ebba. »Er hat den Jungen über alles geliebt, genau wie seine Frau. Warum musste er dieses Testergebnis so wichtig nehmen? Das wäre doch gar nicht nötig gewesen. Keiner hätte erfahren müssen, was ohnehin nicht zu ändern ist. Immer dieser Drang, alles wissen zu wollen. Das ist doch grässlich.«

Sie redete sich in Rage. »Und überhaupt. Jetzt sitzen wieder alle da und lecken ihre Wunden. Wer hat denn da was von? Mit einem bisschen guten Willen hätte sich von Anfang an alles regeln lassen. Wenn nur alle nicht immer so selbstsüchtig wären.«

Typisch Ebba, dachte Claire. Als wäre das die Lösung für alles: Jeder muss sich nur am Riemen reißen, seine Probleme ignorieren und so tun, als wäre alles in bester Ordnung. Denn mit einem bisschen Disziplin hat bislang noch alles funktioniert.

»Und jetzt sind wir mit unserm Plan grandios gescheitert.« Ebba sank tief in ihren Stuhl. »Wir können hier nichts mehr tun. Wir sollten unsere Sachen packen und aus Tonis Wohnung verschwinden. Vielleicht sieht ja alles anders aus, wenn ein bisschen Gras über die Sache gewachsen ist.«

Schweigen senkte sich über den Küchentisch. Alle waren so beeindruckt von Ebbas Worten, dass Claires Kommentar wie eine Granate wirkte, die in der Stille hochging.

»Verflucht, Ebba! Einen Teufel werdet ihr tun!«

Danach wurde es so still wie vorher, nur starrten alle Claire an.

»Wenn ihr jetzt aufgebt«, sagte Claire nach einer Weile, »dann habt ihr mit diesem Besuch tatsächlich alles nur schlimmer gemacht. Und Toni ist für alle Zeit verloren. Glaubt mir, wenn wir jetzt gehen, dann wird er nie wieder ein Teil der Familie sein.«

Keine ihrer Schwestern erwiderte etwas, und sie fuhr fort: »Wisst ihr, ich war von Anfang an skeptisch, was diesen Plan angeht. Aber gut, ihr wolltet das unbedingt machen, und da habe ich mich nicht quergestellt. Aber jetzt, wo alles in Scherben liegt, da werdet ihr euch nicht einfach davonmachen, hört ihr? Jetzt bringen wir die Sache auch wieder in Ordnung.«

Ebba fixierte sie, aber Claire konnte ihren Blick nicht deuten. Ihr kam es vor, als spielten sie Poker. Keine durfte wissen, was die andere für ein Blatt hatte.

»Aber wie sollen wir das machen?«, fragte Immi. »Toni will doch nichts mehr von uns wissen. Außerdem fährt heute Nachmittag unser Bus zurück nach Papenburg. Und wir wissen nicht mal, wo Toni jetzt ist.«

»Das werden wir schon herausfinden«, sagte Claire. »Wir sind die einzige Familie, die er hat. Das war schon immer so. Und was kaputtgegangen ist, müssen wir jetzt eben wieder kitten.«

Ebba legte die Stirn in Falten und presste die Lippen aufeinander. Claire wollte schon weiterreden, doch da klopfte es draußen an der Tür.

Ebba stand auf und öffnete. Wenig später kam sie zurück, gefolgt von Kayla und Lutz.

Kayla lächelte gewinnend. »Noch mal einen guten Morgen zusammen. Oh, ich sehe, Sie haben Kaffee gekocht.«

Kamilla sprang auf, um ihr eine Tasse zu holen. »Er ist noch ganz heiß.«

»Claire macht den besten Kaffee überhaupt«, meinte Immi.

»Davon bin ich überzeugt.« Kayla nahm zwischen den Schwestern Platz.

Inzwischen war auch Lutz in der Küche aufgetaucht. Barfuß, mit zerzausten Haaren und verquollenen Augen. Das Licht schien ihn zu blenden, und die Anzahl der Menschen im Raum war erkennbar zu hoch für ihn. Offenbar stand er für gewöhnlich um einiges später auf. Er steuerte den Sessel an, der abseits in einer Ecke stand, ließ sich hineinsinken und zog die Knie eng an den Oberkörper.

»Tut mir leid, dass wir Sie geweckt haben«, sagte Ebba. »Aber es ging nun mal nicht anders.« Sie warf einen kritischen Blick auf die Uhr. »Was machen Sie denn eigentlich beruflich? Sind Sie nicht der Bankkaufmann?«

Die Frage klang wie ein Vorwurf. Lutz, der zunächst gar nicht begriffen hatte, dass er gemeint war, sah sich hilfesuchend um.

»Ähm … ich … also, in der Gastronomie.« Er schluckte. »Ich arbeite in der Gastronomie. Da muss ich natürlich immer sehr lange arbeiten. Sehr, sehr lange. Manchmal sogar bis in die frühen Morgenstunden hinein, ob ich nun will oder nicht.« Jetzt wurde er hellwach. Er ging in die Offensive. »Wissen Sie, Tante Ebba, die Leute hier in Berlin feiern jeden Abend, auch in der Woche. Oft stehe ich dann hinterm Tresen, möchte einfach nur noch ins Bett und frage mich: Was machen die eigentlich alle? Müssen die am nächsten Tag gar nicht arbeiten? Es ist schon verrückt in Berlin. Aber wenn man so einen Job hat wie ich, dann muss man halt damit leben.«

Kayla lächelte verstohlen und zog eine Augenbraue hoch. Doch Lutz blickte Ebba an, als könnte er kein Wässerchen trüben. Doch die hatte längst das Interesse verloren. Es war wohl auch eher eine rhetorische Frage gewesen, weshalb jemand den ganzen Morgen im Bett lag.

»Ich schätze mal, Toni ist bei Micha«, mischte sich Kayla ein. »Lutz hat die Nummer im Handy. Am besten versuchen wir es zuerst da.«

Lutz zog hastig sein Handy hervor.

»Wir können es ja mal versuchen«, sagte er. »Aber gut möglich, dass Toni sich verleugnen lässt. Ich muss ihn ständig … na, egal. Jedenfalls ist unsere Chance, dass er rangeht, wohl am größten, wenn er meine Nummer auf dem Display sieht.« Er blickte Kayla mit großen Augen an. »Soll ich?«

»Ja, wer sonst?«

»Na, ich dachte, es geht nur darum, dass meine Nummer am anderen Ende erscheint. Willst du nicht lieber mit ihm reden?«

»Gib schon her.« Kayla nahm das Handy, drückte die Verbindungstaste und hielt es sich ans Ohr. Sie wartete einen Moment, dann hob sie plötzlich den Finger in die Luft, denn offenbar nahm am anderen Ende einer ab.

»Micha?«

Micha schlief, sein Atem ging ruhig und gleichmäßig. Toni lag in seinen Armen und blickte zur Decke. Wenn er so dalag, nachts neben Micha, dann schien irgendwie alles möglich zu sein. Keiner konnte ihm etwas anhaben, er liebte und wurde geliebt. Es war ein berauschendes Gefühl.

Während er noch darüber nachdachte, merkte er, dass er auf die Toilette musste. Vorsichtig befreite er sich aus der Umarmung und schlich hinaus. Auf dem Weg ins Bad entdeckte er auf Michas Schreibtisch eine aufgeschlagene Zeitung. Es war der Immobilienteil. Überall waren Angebote mit gelbem Leuchtstift markiert worden. Toni wusste, was das zu bedeuten hatte.

Machte Micha das jede Woche? Ohne ihm etwas davon zu sagen? Toni spürte ein heftiges Gefühl der Zuneigung. Vielleicht war Micha ja der Richtige. Vielleicht sollte er wirklich mit ihm zusammenziehen. Was hatte er schon zu verlieren? Er musste sich nur einen Ruck geben und springen. Angst ist die Währung, mit der man Abenteuer bezahlt.

Zurück im Schlafzimmer, stand er eine ganze Weile da und betrachtete seinen schlafenden Freund. Micha wartete schon lange darauf, dass Toni ernst machte. Darauf, dass er ihm seine Liebe bewies. Endgültig.

Toni fasste einen Entschluss. Er wollte warten, bis der Besuch seiner Tanten vorüber war. Das wäre nebenbei eine gute Gelegenheit, sich selbst zu beweisen, dass er ein für allemal mit seiner Vergangenheit abgeschlossen hatte. Danach wäre er frei, frei für Micha, und er würde endlich mit ihm zusammenziehen.

»Micha? Leg nicht auf. Hier ist Kayla.«

»Wieso sollte ich auflegen? Und wieso rufst du von Lutz' Handy an?«

»Dann ist Toni also nicht bei dir?«

»Nein, wieso sollte er? Ist er nicht zu Hause?«

»Du weißt also noch gar nicht, was passiert ist?«

Michas Herz setzte einen Schlag aus. Das Einzige, was er wusste, war, dass sie sich gestern gestritten hatten.

»Ist ihm etwas zugestoßen?«, fragte er erschrocken.

»Nein. Na ja, nicht wirklich.«

»Jetzt sag schon, Kayla. Was ist los?«

Kayla erzählte, und Micha brauchte nicht lange, um zu begreifen. Toni war gestern Abend zu ihm gekommen, um sich bei ihm auszuheulen. Sein ganzes Leben war gerade über seinem Kopf zusammengebrochen, und er war schnurstracks zu ihm gelaufen, zu Micha, um sich trösten zu lassen. Und was hatte er getan? Er hatte ihm eine riesige Szene gemacht.

»Und jetzt seid ihr auf der Suche nach ihm?«, fragte er.

»Richtig. Irgendwo muss er ja sein. Seine Tanten wollen mit ihm reden, bevor sie heute Nachmittag wieder nach Hause fahren. Er sollte sich anhören, was sie zu sagen haben. Das ist er ihnen schuldig.«

Micha spürte sein schlechtes Gewissen. Er hatte wirklich schlechtes Timing bewiesen gestern Abend.

»Micha? Alles in Ordnung?«

»Toni war gestern hier. Ich war sauer auf ihn, weißt du? Als er vor meiner Tür stand, hab ich ihn zusammengefaltet und weggejagt.« Mit einem gequälten Lächeln fügte er hinzu: »Er muss gerade von euch gekommen sein.«

»Entschuldige, dass ich lache.« Sie unterdrückte es. »Aber das ist mal wieder typisch Toni.«

»Ich telefoniere mal ein bisschen herum. Kann ja nicht so schwer sein, ihn zu finden. Wenn ich ihn hab, melde ich mich noch mal, okay?«

»Super, Micha. So machen wir's.«

Micha versuchte es zuerst in dem Café, in dem Toni kellnerte.

»Nein, der ist nicht hier. Seine nächste Schicht ist erst am Mittwoch. Und in seiner Freizeit ist er nur selten hier.«

»Gut. Wenn er auftaucht, sag ihm, er soll sofort bei mir anrufen. Oder warte. Sag ihm besser nichts, und ruf du mich stattdessen an. Hast du meine Nummer?«

Micha gab sie durch und nahm sich die nächste Nummer vor.

Erst acht Telefonate später wählte er wieder Lutz' Handynummer. Kayla meldete sich.

»Kayla? Bleibt, wo ihr seid. Ich komm zu euch rüber. Dann suchen wir zusammen.«

»Miss Barnes? Haben Sie wirklich keine Idee mehr, wo wir es noch versuchen könnten?«

»Nein, Kamilla. Ich wünschte, ich könnte Ihnen helfen, aber ich bin genauso ratlos wie Sie«, meinte Kayla seufzend.

Sie konnte ja verstehen, dass Toni die Neuigkeit erst einmal verdauen musste. Aber war es denn nötig, gleich ganz von der Bildfläche zu verschwinden?

Diese verfluchte Dramaqueen.

»In ein paar Stunden fährt der Bus«, presste Immi unglücklich hervor.

»Keine Sorge, Immi«, sagte Ebba. »Gleich kommt Micha, der wird Rat wissen.« Plötzlich war Entschlossenheit in ihrer Stimme, und sie wandte sich an Claire. »Wir werden mit Toni reden, Claire, das verspreche ich dir. Wir sind ihm die Wahrheit schuldig, die ganze Wahrheit. Und ehe wir nicht mit ihm gesprochen haben, fahren wir nicht zurück nach Papenburg.«

»Die ganze Wahrheit? Also auch ...«, meinte Immi zweifelnd.

»Genau das meine ich. Und das bedeutet«, fuhr Ebba fort, »wir müssen uns langsam was Besseres einfallen lassen, als hier herumzusitzen und das Telefon anzustarren.«

Es klingelte an der Tür. Wie auf Bestellung.

»Das wird Micha sein«, sagte Ebba und stand auf. »Wollen wir doch sehen, ob der nicht noch ein paar Ideen hat.«

Sie betätigte die Gegensprechanlage. »Hallo!«, rief sie. »Ja, wir sind alle hier! Kommen Sie nur hoch, wir warten schon auf Sie.«

Kayla nutzte die Pause und goss sich einen Kaffee ein.

»Ich weiß, es geht mich im Grunde nichts an«, sagte sie. »Aber wer ist denn Tonis biologischer Vater? Lebt der noch?«

»Ja, Tonis biologischer Vater ...« Claire seufzte. Dann blickte sie auf, als wäre damit alles gesagt, was es zu dem Thema zu sagen gab.

»Er ist einer der Gründe, weshalb wir damals beschlossen haben, Toni nichts zu sagen«, meinte Helga.

»Wir wissen nicht mal, ob er noch lebt«, sagte Immi. »Er

war Schausteller, wissen Sie. Er hatte einen Schießstand auf der Kirmes. Gehörte zum fahrenden Volk.«

»Ein windiger Hund war das«, fügte Kamilla hinzu. »Er sah zwar toll aus, und er hatte auch diese Art selbstbewusste Arroganz, die einen schnell den Verstand verlieren lässt.«

»Aber ihm fehlte es an Herz«, fiel Helga ein. »An Herz und Verstand. Und ein Säufer war er obendrein.«

»Er hat unserem Sabinchen das Herz gebrochen. Und zu allem Überfluss wurde sie auch noch schwanger«, meinte Kamilla. »Damals hat keiner geglaubt, die Ehe würde das überstehen.«

»Von Anfang an war da der Verdacht, das Kind könnte von diesem Mann gezeugt worden sein. Curt hat sich zwar nicht scheiden lassen, obwohl er bestimmt darüber nachgedacht hat, aber er ist seiner Frau von da an aus dem Weg gegangen«, erzählte Helga. »In die innere Emigration sozusagen.«

»Und Sabinchen ist an seiner Seite verhungert, obwohl er sie eigentlich über alles geliebt hat. Aber sein Herz war gebrochen, verstehen Sie, Kayla? Er konnte ihr nicht vergeben«, fuhr Immi fort.

»Dafür hat er Toni mit Liebe überschüttet. In den ersten Jahren jedenfalls. Toni sieht nämlich aus wie seine Mutter, die Ähnlichkeit ist frappierend. Da war es leicht für Curt, sich einzureden, er wäre der Vater.«

»Aber dann kamen diese DNA-Tests auf den Markt. Sie wissen schon, da kann man ein Haar abgeben oder einen Kaugummi, und dann stellen die im Labor fest, ob man der leibliche Vater ist.«

»Und genau das hat Curt gemacht. Dieser Idiot. So bekam er dann die Gewissheit: Toni ist nicht sein Sohn, zumindest nicht in biologischer Hinsicht«, meinte Immi. »Aber wenn ihr mich fragt, war Curt bis zu diesem blöden Test mehr Vater, als die meisten je von sich behaupten können.«

»Aber Curt hat das wohl anders gesehen«, bemerkte Claire. »Er hat sich von Toni zurückgezogen. Genau wie zuvor von Sabinchen.«

»Und die wurde krank, müssen Sie wissen. Sie litt unter starken Depressionen. Zeitweise wurde sie in eine Klinik eingewiesen, dann war sie für Wochen fort. Und Curt weigerte sich, Toni in dieser Zeit zu versorgen. Weil es ja nicht sein Sohn war, wie er uns gegenüber betonte.«

»Toni kam also zu uns, reihum.«

»Wir haben versucht, ihm ein Zuhause zu geben.«

»Er sollte wissen, dass er nicht alleine ist.«

»Aber dann hat sich Sabinchen das Leben genommen. Sie hat sich ein Bad eingelassen und die Pulsadern aufgeschnitten. Und Toni hat sie gefunden, können Sie sich das vorstellen?«

»Danach war er wie ausgewechselt. Er hat sich vollkommen zurückgezogen. Und wir haben eine Entscheidung von Curt gefordert: Entweder kümmert er sich um den Jungen, oder er gibt ihn weg.«

»Nach einigem Zögern hat sich Curt entschieden. Er hat Toni wieder bei sich aufgenommen.«

»Wir hätten mit dem Kind zum Psychologen gehen sollen. Aber damals hat man über so etwas noch nicht nachgedacht. Schon gar nicht in Papenburg.«

»Also haben wir Toni einfach in den Ferien wieder bei uns wohnen lassen. Um ihm ein gutes Zuhause zu geben.«

»Ob das gereicht hat, weiß keiner. Wenn ich mir aber ansehe, wie wenig Toni mit uns zu tun haben will, dann nehme ich mal an … na ja …«

Es wurde still am Küchentisch. Schließlich lächelte Claire etwas gequält. »So, jetzt kennen Sie die ganze Geschichte.«

»Ich verstehe«, sagte Kayla. »Keine schöne Sache, das alles.«

Im Treppenhaus polterte es, und dann tauchte Micha im Wohnungsflur auf, wo Ebba ihn herzlich in Empfang nahm. Er trat etwas schüchtern in die Küche und lächelte unbeholfen. Nachdem sich alle vorgestellt hatten, ließ Micha sich schließlich auf einen Stuhl sinken.

»Ich habe überall angerufen, wo er meines Wissens sein könnte, aber nichts«, sagte er. »Es ist, als wäre er vom Erdboden verschluckt.«

»Dann müssen wir uns etwas anderes einfallen lassen«, sagte Ebba.

»Wisst ihr was?«, meinte Kamilla. »Wir sollten erst einmal etwas frühstücken. Auf leeren Magen wird uns nichts Vernünftiges einfallen.«

»Da hast du recht, Kamilla«, sagte Claire. »Allerdings ist Tonis Kühlschrank so gut wie leer. Ich habe schon nachgesehen.«

»Kein Problem.« Kamilla erhob sich. »Ich gehe schnell zum Bäcker und hole Brötchen. Bestimmt gibt es dort auch ein bisschen Marmelade und Aufschnitt.«

»Warte! Ich komme mit!«, sagte Claire.

»Nein, das ist nicht nötig. Bleib du ruhig hier bei den anderen, und denk über Toni nach.«

Die anderen wechselten beunruhigte Blicke.

»Denkt ihr etwa, ich schaffe es nicht, alleine zum Bäcker zu gehen?«, fragte Kamilla. »Der ist nur ein paar Hundert Meter entfernt, den haben wir doch auf dem Weg von der U-Bahn hierher gesehen! Was soll mir denn passieren? Denkt ihr, ich gehe verloren?«

Den Gesichtern nach zu urteilen, traf sie mit ihrer Vermutung ins Schwarze.

»Wäre es denn so schlimm, wenn Claire dich begleiten würde?«, fragte Ebba vorsichtig.

Kamilla reckte ihr Kinn. »Jetzt schon. Ich gehe alleine. Ihr werdet sehen.« Sie blickte sich um. »Wo ist meine Handtasche? Ich hab sie doch eben noch gesehen.«

Kayla entdeckte sie unter dem Küchentisch. Sie hatte einen Einfall. Unauffällig tastete sie ihre Hosentasche ab. Ein kleiner Gegenstand ließ sich ertasten. Tatsächlich. Was für ein Glück. Sie zog ihn heraus und ließ ihn in die Handtasche gleiten. Keiner hatte es gesehen. »Hier, ich hab sie«, sagte sie und reichte sie Kamilla.

Die nahm sie mit einem schmallippigen »Danke« entgegen und verschwand durch die Wohnungstür.

Micha war es, der die Schwestern wieder auf andere Gedanken brachte. »Wenn er wenigstens an sein Handy gehen würde«, jammerte er. »Er sieht doch, dass ich anrufe. Warum tut er mir das an?«

»Moment mal«, sagte Kayla. »Heißt das, er hat es gar nicht ausgeschaltet?«

»Genau. Aber er geht auch nicht ran.«

Kayla lachte. So war Toni eben: Erst machte er eine Riesenszene, schottete sich dann von der Welt ab und wollte von keinem mehr gefunden werden – aber das Handy ließ er an, um genau zu sehen, wer wie oft anrief und um Vergebung bitten wollte.

»Also gut«, begann Ebba. »Dann lasst uns jetzt überlegen, wo er sich verstecken könnte. Micha – ich darf dich doch Micha nennen, oder? Schließlich gehörst du ja zur Familie. Also, Micha, du sagst uns am besten …«

Kayla entschuldigte sich mit einem Lächeln und stand auf. Im Zimmer nebenan zog sie ihr Handy aus der Hosentasche und wählte eine vertraute Nummer.

Am anderen Ende meldete sich eine dunkle Stimme. »Kessler.«

»Rolf, hier ist Kayla.«

»Kayla«, sagte er überrascht. »Was gibt's?«

»Pass auf, Rolf. Als du neulich den libanesischen Drogenring mit meiner Hilfe ausheben konntest, da hast du gesagt, ich hab was bei dir gut, richtig?«

Die Skepsis in seiner Stimme war nicht zu überhören. »Ja, stimmt. Wieso?«

»Du musst mir einen kleinen Gefallen tun.«

»Geht es dabei um was Legales?«

Sie lächelte. »Im Wesentlichen schon.«

Lutz hockte noch immer in seinem weichen Sessel, der etwas abseits stand. Am Tisch wurde weiter Kriegsrat gehalten, keiner beachtete ihn. Tante Kamilla war unversehrt vom Bäcker zurückgekehrt, was für ziemliche Erleichterung gesorgt hatte. Jetzt frühstückten die Tanten und redeten dabei über Toni. Die Stimmen am Tisch lullten ihn ein. Nur kurz die Augen ausruhen, dachte er. Ein oder zwei Sekunden, länger nicht. Danach bin ich wieder voll dabei.

»Und was ist mit Ihnen?«

Lutz schreckte auf und blinzelte gegen das Licht. Tante Ebba stand plötzlich vor ihm. Sie sah riesengroß aus. Und gefährlich. Ob das eine optische Täuschung war? Als wäre sie um einen Meter gewachsen.

Wieder ihre durchdringende Stimme: »Was haben Sie sich überlegt?« Es klang wie: Stellen Sie sich an die Wand.

War er etwa eingeschlafen?

»Wie bitte?«, stotterte Lutz.

»Wie bitte?«, äffte sie ihn nach. »Wie bitte was, junger Mann? Ich frage, was Sie sich überlegt haben. Wie wollen *Sie* helfen?«

O Gott, und er war noch gar nicht richtig wach.

»Ähm … ich?«

»Mit wem rede ich wohl?«

Lutz sah sich verstört um. Doch Kayla war nicht mehr da, und Micha saß mit den anderen am Tisch und beachtete ihn nicht. Keiner würde ihm helfen. Er war allein mit dieser Frau.

»Oder ist Ihnen Ihr Mitbewohner egal?«

Haltung. Du musst Haltung annehmen. Sitz aufrecht. Und lächle.

»Natürlich nicht.«

»Dann machen Sie sich irgendwie nützlich.«

Sie verschränkte die Arme vor der Brust. Und wartete.

»Jetzt!«, bellte sie.

»Ja.« Er sprang auf. »Ja.« Ein leichter Schwindel. »Ja, ich mache mich nützlich.«

Dann stolperte er los. Erst mal raus hier. Sein Zimmer war voller Koffer, dort konnte er nicht hin. Also floh er weiter, durch den Flur und dann in Kaylas Wohnung. Das war gut. Kaylas Wohnung war neutrales Terrain. Dort würde Tante Ebba ihn nicht suchen. Er warf die Tür hinter sich ins Schloss.

Es wurde still. Er atmete durch.

»Mensch, Toni«, stieß er aus. »Hauptsache, du tauchst bald wieder auf.«

Kayla riss die Tür auf und betrat Tonis Küche.

»Ich hab ihn!«

Damit hatte keiner gerechnet. Alle starrten sie an. Sprachlos und voller Bewunderung.

Kayla sonnte sich für ein paar Sekunden auf dem Feld ihres Sieges. Dann warf sie sich die Lederjacke über, nahm ihren Motorradhelm und steuerte die Tür an.

»Ich werde ihn herschaffen«, sagte sie. »Ich bin bald wieder da.«

»Aber …« Ebba war völlig durcheinander. Ihre Souveränität war für den Moment wie weggeblasen. Noch ein Sieg für Kayla. »Wie haben Sie das geschafft?«

Eigentlich wollte Kayla es ja für sich behalten, aber die Versuchung war zu groß. Sie brauchte mehr von diesem süßen Gift. Gleich würden sie alle anhimmeln.

»Ach, das war keine große Sache«, sagte sie lässig. »Ich habe einfach sein Handy orten lassen.«

Die Blicke allein waren ihr Belohnung genug.

»Ein Kumpel von mir ist bei der Polizei«, erklärte sie. »Der hat das für mich arrangiert.«

»Aber darf der das denn so einfach? Ohne richterlichen Beschluss?« Das war Micha. »Das geht doch gar nicht.«

Na toll. Irgendjemand hatte doch immer was zu mäkeln.

»Und wenn schon. Ist doch nicht mein Problem. Das war ganz leicht, ihn zu überreden. Und wichtig ist ja auch nur, dass wir jetzt wissen, wo Toni ist.«

Helga rief: »Darf ich mitkommen?«

»Sorry, Helga, aber auf dem Motorrad ist nur Platz für zwei. Und ich muss Toni auf dem Rückweg mitnehmen.« Sie zwinkerte ihr zu. »Aber wenn Sie wollen, drehen wir später noch eine Runde, bevor Sie nach Papenburg zurückmüssen.«

»Aber Miss Barnes«, sagte Kamilla. »Was ist, wenn Toni nicht mitkommen will?«

Kayla zeigte ihre strahlend weißen Zähne. »Glauben Sie mir, Kamilla. Dann werde ich ihn an den Haaren packen und hinter mir her schleifen.«

Und es gab niemanden im Raum, der das anzweifelte.

8
Kapitel

Toni war völlig ausgehungert. Er schlurfte an Cafés und Frühstückslokalen vorbei und schielte mit wässrigem Mund durch die Fenster. Seine blöde Brieftasche lag noch in der Wohnung. Er hatte nichts dabeigehabt, als er gestern die Flucht ergriffen hatte. Kein Geld, keine Zahnbürste und schon gar keine Kleidung zum Wechseln.

Und so sah er jetzt auch aus.

Sein T-Shirt war bereits gestern nicht mehr ganz taufrisch gewesen, aber er hatte sich gedacht: Egal, für einen Tag geht es schon. Er hatte es eben unbedingt beim Casting tragen wollen, und jetzt hatte er auch noch darin geschlafen. Doch am schlimmsten war der Hunger. Einen kurzen Moment hatte er überlegt, ob er sich nicht irgendwo ein Frühstück bestellen und nach dem Essen einfach verschwinden sollte, ohne zu zahlen. Aber so, wie er aussah, würde er vielleicht gar nicht bedient werden. Wenn er sich doch wenigstens irgendwo waschen könnte.

Aber wo? Zu Freunden oder Bekannten konnte er nicht. Die Gefahr, dass seine Tanten ihn dort aufstöbern würden, war zu groß. Und er wollte sie auf keinen Fall mehr sehen, um nichts auf der Welt. Ihr blöder Bus ging heute Nachmittag, bis dahin würde er in Deckung bleiben.

In diesem Moment fielen ihm zwei aufgetakelte Frauen in einem Straßencafé auf, die sich erhoben, ihre Einkäufe nahmen und auf hochhackigen Sandalettchen davonstöckelten.

Toni hatte nur Augen für das halb verzehrte Schokocroissant, das auf dem Tisch zurückblieb. Er näherte sich unauffällig, doch gerade als er zuschnappen wollte, versperrte ihm ein Kellner den Weg. Er war wie aus dem Nichts aufgetaucht, warf Toni böse Blicke zu, räumte den Tisch ab und trug alles ins Innere.

Toni ging mutlos weiter. Schon wieder nichts. Doch er hielt die Augen offen. Er würde eine neue Chance bekommen.

Plötzlich kam ihm eine Idee. Er wusste, wohin er gehen konnte. Dort würden ihn seine Tanten niemals suchen. Natürlich. Er machte auf dem Absatz kehrt und lief zur S-Bahn.

Es dauerte nur eine halbe Stunde, dann hatte er sein Ziel erreicht: eine alte Gründerzeitvilla im Grunewald, das Domizil seiner Agentin Viktoria Glück.

Das Gebäude sah aus wie ein düsteres Schloss, mit verwitterten Zinnen und brüchigem Fassadenschmuck. Viktoria Glück hatte die Villa vor Jahren geerbt, doch ihre Einnahmen reichten nicht aus, um das Gebäude zu unterhalten.

Er betätigte die Klingel, irgendwo im Innern ertönte ein Unheil verkündender Gong, und kurz darauf stand seine Agentin auf der Schwelle. Wie immer mit strengem Gesicht, übertrieben aufrechter Haltung und einem festen Haarknoten, der die Funktion eines Liftings perfekt erfüllte. Ihre Haut sah grau und ungesund aus, und eine Nebelbank aus Zigarettenqualm umhüllte sie.

Als sie Toni vor sich sah, verlor ihr Gesicht alles Strenge. Sie wirkte vielmehr besorgt.

»Mein Gott, wie siehst du denn aus?«

»Ich … kann nicht nach Hause. Da wartet meine Familie.«

»Deine Familie?«, fragte sie erstaunt.

»Ja. Ich habe in meinem alten Theater geschlafen. Auf der Bühne, deshalb sehe ich so zerknittert aus.«

»Und in deine Wohnung kannst du nicht?«

»Nein, das habe ich doch gesagt. Da ist meine Familie.«

Das ganze Unglück seiner Situation überwältigte ihn. Sein Selbstmitleid wurde so groß, dass er sich nicht dagegen wehren konnte.

»Ich hab seit gestern Mittag nichts gegessen.«

Viktoria Glück ließ sich erweichen. »Komm erst mal rein.« Sie führte ihn in einen schmalen, dunklen Flur mit unfassbar hohen Decken. »Vielleicht gehst du zuerst ins Bad. Frische Handtücher liegen neben dem Waschbecken. Ich werde in der Zwischenzeit sehen, ob ich dir nicht etwas zum Frühstück machen kann.«

»Danke. Echt. Vielen Dank.«

Beinahe hätte er vor Dankbarkeit zu heulen begonnen. Er wandte sich ab und steuerte das Bad an.

»Du hast also die falsche Rolle einstudiert?«, warf sie ihm in den Rücken. »Hast du etwa geglaubt, ich erfahre das nicht?«

Er blieb stehen. »Bernd, Boris – wer soll das auseinanderhalten? Das hätte jedem passieren können, wirklich. Die Namen waren sich eben furchtbar ähnlich.«

»Und deshalb habe ich dir geschrieben: Du bist Boris. BORIS. Es stand dick in meiner Mail. Eigentlich nicht zu übersehen.«

Toni wartete, ob noch etwas hinterherkam, aber seine Agentin schüttelte nur den Kopf und ging davon. Dieses blöde Casting. Die Leute von der Produktion hatten ihm nach seinem Patzer eine halbe Stunde gegeben, um den richtigen Text zu lernen, und währenddessen mit dem Vorsprechen der anderen weitergemacht. Aber die halbe Stunde hatte natürlich nicht gereicht, und Toni war viel zu aufgeregt gewesen, um sich den Text zu merken. Auch sein zweiter Auftritt war alles andere als souverän gewesen.

Nachdem er sich gründlich gewaschen hatte, ging er ins Wohnzimmer und setzte sich an den Esstisch. Auch hier sah es aus, als wäre die Zeit vor Ewigkeiten stehen geblieben. Schwere Vorhänge, gedrechselte Möbel, Stofftapeten, eine riesige Standuhr. Als könnte jeden Moment Zarah Leander aus der Küche kommen.

Stattdessen kam Viktoria Glück. Sie trug ein Tablett mit Rührei und Speck, Tomaten, Weißbrot und Würstchen, dazu eine Kanne starken Kaffee. Toni wurde schwach. Glücklich stürzte er sich aufs Essen.

Viktoria Glück beobachtete ihn eine Weile, dann sagte sie: »Wieso gehst du nicht an dein Handy?«

Toni versuchte mit vollem Mund etwas zu sagen, doch sie konnte sich die Antwort bereits selbst geben: »Ach ja, deine Familie.«

Sie zündete sich eine Zigarette an. »Wie auch immer. Ich bin froh, dass du hier bist. Dann kann ich dich ja darüber in Kenntnis setzen, dass du heute einen Termin hast.«

»Was denn, zum Vorsprechen?«

Sie nickte. »Bernd und Boris wollen dich noch mal sehen. Zum Recall. Du bist aber nicht der Einzige, den sie einladen, deshalb mach dir keine allzu großen Hoffnungen.«

Toni starrte sie ungläubig an. »Der Abenteuerfilm? Aber da habe ich doch total versagt.«

»Na, dann kannst du ja heute noch mal versagen.«

»Aber ich verstehe nicht …«

»Glaub mir, Toni, ich auch nicht. Vielleicht ist das ein Zeichen für ihre Verzweiflung, weil sie immer noch keinen Hauptdarsteller haben. Aber das muss uns gar nicht interessieren. Du bist weiterhin im Spiel. Nur das zählt. Kneif die Arschbacken zusammen, und mach das Beste draus.«

In seiner Brust kämpften Hoffnung und Resignation.

»Aber gegen Noah Winter habe ich doch eh keine Chance.«

»Noah Winter ist raus.«

»WAS? Wieso denn das? Er soll großartig gewesen sein beim Vorsprechen. Außerdem war er der Einzige mit VIP-Faktor. Das wollten die doch unbedingt.«

»Er kommt aus einer Daily Soap. Das war dem Produzenten dann doch zu ordinär. Jetzt heißt es, lieber ein unbekanntes Gesicht als Noah Winter.«

»Und ich bin in der engeren Wahl? Trotz meines totalen Versagens?«

»Richtig. Aber das heißt nicht, dass du die Rolle schon hast. Du darfst nur wiederkommen.«

»Und Richy Erdmann?«

»Ist auch raus.«

»Ich fass es nicht.«

»Willkommen im Showbusiness.«

Es folgte ein Hustenanfall. Viktoria Glück legte die halb gerauchte Zigarette geziert in den Aschenbecher, damit sie beide Hände frei hatte, um gegen das Ersticken anzukämpfen. Ihr Kopf wurde hochrot, es sah aus, als würde sie gleich platzen, doch sie hörte einfach nicht mehr auf zu husten.

Toni machte sich Sorgen.

»Was soll ich denn machen?«, keuchte sie schließlich zwischen zwei Hustenattacken. »Etwa aufhören zu rauchen?«

»Ich weiß nicht«, meinte er, doch das ging bereits wieder im nächsten Anfall unter.

Danach nahm sie wieder Haltung an, fischte die Zigarette aus dem Aschenbecher und zündete sie erneut an.

»Gibt es Text, den ich lernen muss?«

»Dafür wäre es wohl ein bisschen spät. Aber sei froh, dass sie diesmal keinen Text haben, dann kannst du ihn wenigstens nicht vergessen oder für die falsche Rolle lernen. Es geht wohl um Improvisation oder so etwas, du wirst es ja sehen.«

»Und wann geht's los?«

»Ach, du hast noch genügend Zeit. Erst um eins.«

Also noch vier Stunden. Da konnte er es sich noch ein bisschen gemütlich machen. Er verspeiste die Reste seines Frühstücks, wischte sich den Mund mit einer Stoffserviette ab, lehnte sich zurück und seufzte. Er war satt und zufrieden. Seine schreckliche Familie war beinahe vergessen. Unglaublich, wie viel Trost ein Besuch bei seiner Agentin spenden konnte. Das hätte er nie gedacht.

Glücklich gähnte er und schlug die Beine übereinander. Ob er jetzt auch eine Zigarette rauchen sollte?

»Du musst jetzt gehen, Toni.«

»Wie bitte?«

»Du musst gehen, hörst du schlecht? Ich erwarte Besuch. Du hast schon lange genug meine Zeit geraubt. Sieh zu, dass du pünktlich beim Vorsprechen bist. Mehr kann ich nicht für dich tun.«

Und fünf Minuten später stand er wieder auf der Straße. Ohne Ziel und ohne Zuhause. Ein letztes Mal blickte er zum düsteren Schlösschen zurück, aus dem er gerade vertrieben worden war, dann wandte er sich ab und trottete zurück zur S-Bahn.

»Diese alte Hexe rückt einfach nicht mit der Sprache raus.«

Ebba hatte das Telefon auf laut gestellt und es mitten auf den Küchentisch platziert. So konnten alle Kaylas Flüche hören.

»Die weiß doch genau, wo Toni ist, da geh ich jede Wette ein. Aber die ist aus Granit. Aus der hole ich nichts raus. Tut mir leid, Ladys, aber da komme ich nicht weiter.«

»Machen Sie sich keine Vorwürfe, Miss Barnes«, rief Ebba ins Telefon. »Sie haben sich alle Mühe gegeben.«

Kayla Barnes stand mit ihrem Motorrad vor dem Haus von Tonis Agentin. Dort war sein Handy von der Polizei geortet worden. Doch als Kayla dort eintraf, war Toni bereits über alle Berge gewesen.

»Aber sein Handy, das befindet sich immer noch bei dieser Frau?«, fragte Kamilla.

»Ja«, meinte Kayla. »Er hat es bei ihr auf dem Tisch liegen lassen. Und jetzt halten Sie sich fest: Nicht mal das verfluchte Handy wollte sie mir geben. Sie sagte: Das händige ich Toni lieber persönlich aus.«

»Und Toni ist ganz bestimmt nicht mehr im Haus?«, rief Immi. »Vielleicht versteckt er sich ja bei ihr.«

»Nein, nein. Glauben Sie mir, Toni ist weg. Ich hab mich auf dem Grundstück ein bisschen umgesehen, bevor ich bei ihr geklingelt habe. Wie es aussieht, hat er sein blödes Handy einfach bei ihr vergessen. Ohne jeden Hintergedanken.«

»Das bedeutet, wir haben ihn verloren?«, fragte Helga.

»Ja, sieht so aus. Im Moment jedenfalls.«

»Aber in fünf Stunden geht unser Bus!«, rief Kamilla. »Was machen wir denn jetzt?«

»Micha soll genau nachdenken, wo Toni sein könnte«, sagte Kayla. »Wenn seine Agentin weiß, wo er sich versteckt, dann kennt Micha das Versteck bestimmt auch. Ich komme gleich zu Ihnen zurück. Vorher folge ich aber noch einem anderen Verdacht. Gut möglich, dass Toni heute ein Casting hat und deshalb bei seiner Agentin war. Ich werde mal mit ein paar Freunden aus dem Filmgeschäft telefonieren. Vielleicht erfahre ich ja, wo heute überall Castings stattfinden. Also gut, Ladys, ich melde mich.«

Und schon war sie aus der Leitung.

Ebba wandte sich an Micha. »Du hast gehört, was du zu tun hast. Denk nach, wo noch ein Versteck sein könnte.« Dann richtete sie das Wort an ihre besorgten Schwestern: »Wir werden es schaffen, hört ihr? Wir werden Toni finden und mit ihm reden. Und danach bleibt immer noch genug Zeit, um zum Busbahnhof zu fahren.«

»Was ist denn hier los?« Eine dunkle Stimme hinter ihnen. »Frauen am Rande des Nervenzusammenbruchs? Und überhaupt: Wo ist Toni?«

Henrik war in der Küche aufgetaucht. Alle starrten ihn an. Er trug ein ausgeleiertes und schmutziges Unterhemd, das ein paar Nummern zu groß war und deshalb eine Menge von seiner ungesund weißen Haut preisgab. Seine Dreadlocks trug er heute zusammengebunden, weshalb die Tätowierungen am Hals zu erkennen waren: ausschließlich Monster und Totenköpfe. Seine nackten Füße sahen aus, als hätte er die letzte Ausgrabung in Mecklenburg allein mit ihnen bestritten. Mit einem Satz: Nicht nur Kamilla sorgte sich um Krankheitserreger.

Henrik deutete die Blicke falsch. »Die Tür war offen, und da bin ich einfach rein. Tut mir leid, ich wollte keinen erschrecken.« Er sah sich um. »Ist Toni denn immer noch nicht wiedergekommen?«

»Nein«, sagte Immi. »Wir suchen ihn schon überall.«

»Um fünfzehn Uhr geht unser Bus zurück nach Papenburg«, fügte Kamilla hinzu. »Aber wir können doch so nicht gehen. Nicht nach dem, was gestern Abend passiert ist. Wir müssen mit Toni reden.«

»Aber er hat wohl beschlossen abzutauchen«, meinte Claire. »So lange, bis wir weg sind.«

Henrik stieß einen Pfiff aus. »Toni ist doch ein Idiot.« Er sah sich um. »Und? Was ist jetzt der Plan?«

»Wir suchen ihn«, sagte Micha. »Aber das stellt sich als ziemlich schwer heraus. Kayla ist mit dem Motorrad unterwegs. Und ich soll mir überlegen, welche Verstecke infrage kommen. Schließlich kenne ich Toni am besten.«

Henrik zog sich eine Selbstgedrehte hinterm Ohr hervor und zündete sie an. Dann kratzte er sich am Hinterkopf.

»Und habt ihr es schon auf seinen Internetprofilen versucht?«, fragte er. »Toni ist doch einer von diesen Typen, die jeden Furz melden, als wär 'ne Bombe eingeschlagen.«

Micha schlug sich gegen die Stirn. »Natürlich. Wieso hat keiner daran gedacht? Einen Versuch ist es zumindest wert.«

»Soll ich mich darum kümmern?«

»Hast du Zeit für so was?«

»Klar. Was soll ich sonst machen?« Er lächelte. »An meiner Magisterarbeit schreiben?«

Micha lächelte zurück. »Stimmt auch wieder.«

Claire mischte sich ins Gespräch. »Wieso kann uns das Internet dabei helfen, Toni zu finden? Wenn wir mit Kaylas Polizeimethoden nicht weiterkommen?«

»Waren Sie schon mal auf Tonis Facebook-Profil? Kennen Sie sich mit dem Internet aus?«

»Ja, natürlich. Ich weiß, was Google ist, und außerdem habe ich E-Mail. Das nutze ich alles.«

Zwar war das ein bisschen gelogen, denn sie musste jedes Mal eines ihrer Kinder anrufen, wenn sie in diesem E-Mail-Dings was nachgucken wollte. Aber die Theorie war ihr durchaus geläufig, da brauchte ihr keiner was zu erzählen.

»Na, wenn Sie Lust haben, können Sie ja mitkommen und mir über die Schulter sehen. Dann zeige ich Ihnen, was ich meine.«

Claire sah sich unsicher um. An Kamillas Blick konnte sie erkennen, dass ihre Schwester nicht für alles Geld der Welt einen Fuß in Henriks Wohnung setzen würde. Doch Ebba hob nur die Schultern: Geh ruhig, wenn du Lust hast.

»Also gut«, sagte sie. »Ich komme mit.«

Und so schlimm war Henriks Wohnung auch gar nicht. Natürlich war es dort nicht sehr ordentlich, aber Tonis Zimmer, in das sie zu Anfang hineingestolpert waren, hatte weitaus schlimmer ausgesehen. Hier wurde regelmäßig geputzt, das konnte Claire sofort erkennen. Und eine weitere Überraschung wartete auf sie: Henrik hatte einen Sinn fürs Häusliche. Zwar schienen die Möbel allesamt vom Sperrmüll zu kommen, aber Henrik hatte dekoriert: Schutzdeckchen auf Tischen und Kommoden, bestickte Sofakissen, Gestecke aus Trockenblumen, Zinnteller an der Wand. Das alles sah beinahe spießig aus. Gar nicht so, als wäre das tatsächlich er. Und irgendwie passte das alles auch nicht zu den Wasserpfeifen und den Kifferutensilien, die überall herumstanden.

Er nahm sie am Arm – Claire hatte schon gemerkt, dass Henrik die Leute gerne anfasste – und führte sie zum Sofa. Auf dem Couchtisch stand sein Laptop. Das Hintergrundmotiv auf dem Bildschirm: ein Foto von einem schlammigen Bodenloch, über dem Planen aufgespannt waren, um den Nieselregen abzuhalten. Offenbar war da ein schöner Moment aus seinem Leben festgehalten.

»Setz dich doch auf mein … Ach, entschuldige.« Er lächelte verlegen und zeigte dabei seine Zahnlücke. »Das ist mir so rausgerutscht. Ist es okay, wenn ich dich duze?«

»Aber sicher. Ich bin Claire.«

»Henrik.« Er ließ die Hand auf ihrer Schulter liegen. »Möchtest du einen Kaffee, Claire?« Unschuldig fügte er hinzu: »Oder einen Joint?«

»Nein, danke. Weder noch. Glaub mir, mit Haschzigaretten bin ich durch. Aber ich kann dir gerne eine drehen, wenn du möchtest.«

Er lachte. »Kaum zu glauben. Das Angebot nehme ich gerne an. Du findest alles in der Dose da vorne.«

Er setzte sich und zog seinen Laptop heran. »Du bist anders als deine Schwestern. Das ist mir gleich aufgefallen.«

»Weil ich in meiner Jugend Marihuana geraucht habe?« Sie schüttelte den Kopf. »Nein, nein, das täuscht. Ich bin wie sie. Und das ist auch nichts Schlechtes.«

»Natürlich nicht. Ich meine nur …« Er sah sie von der Seite an. »Du bist 'ne verdammt schöne Frau, weißt du das?«

Claire errötete. »Ach was, das ist doch Unsinn. Weißt du überhaupt, wie alt ich bin?«

»Nein, keine Ahnung. Aber wie's aussieht, zu alt für mich. Trotzdem. Schönheit ist keine Frage des Alters. Und ich kann nur sagen: Wenn du in den Raum kommst, verändert sich was.«

Es war lange her, dass sie so etwas zuletzt gehört hatte. Da war Rainer noch in Papenburg gewesen. Damals, bevor er aus ihrem Leben verschwunden war.

Sie stieß ihn spielerisch in die Seite. »Kümmere dich lieber ums Internet. Deshalb sind wir doch hier, oder?«

Er schenkte ihr ein weiteres Lächeln, dann schob er den Rechner herüber, damit sie mit auf den Bildschirm blicken konnte. Während er sprach, nahm sich Claire die Dose und begann, eine Haschzigarette zu drehen. Auch das hatte sie zuletzt für Rainer getan.

»Also, fangen wir mit Tonis Twitter-Seite an. Das geht am

schnellsten. Den Link hab ich mal gespeichert, weiß der Himmel, weshalb. Du kennst Twitter?«

Sie schüttelte den Kopf. »Ich kenne nur E-Mail.«

»Also, bei Twitter schreiben die Leute rein, was sie gerade machen oder was ihnen durch den Kopf geht. Hier: Tonis letzter Eintrag ist schon ein paar Tage alt. ›War heute schwimmen. Danach Essen im Taj Mahal.‹«

Claire staunte. »Und wen interessiert so was?«

Er lachte. »Auf die Frage gibt es keine Antwort. Darum geht es auch nicht. Egal. Also weiter zu Facebook. Das ist ganz ähnlich, nur kann man da miteinander kommunizieren. Siehst du, das ist Tonis Seite.«

Ein Foto von ihm, aus seiner Zeit am Theater. Daneben eine Reihe von Einträgen, die jedes Mal mit Toni Müller überschrieben waren. Dann waren da andere, kleinere Bildchen von anderen Leuten und dahinter die Kommentare.

»Vierhundertachtzig Freunde«, las Claire. »Und wer sind all diese Menschen?«

»Deine Fragen sind besser, als du vielleicht glaubst.« Er zeigte auf den letzten Eintrag. »Hier, siehst du? ›Toni Müller: Ich habe heute wieder ein Casting, diesmal für einen Abenteuerfilm der Titania Produktion. Alle mal Daumen drücken.‹ Ich sag doch, der stellt jeden Furz da rein.«

Claire reichte ihm den Joint. Der sah vielleicht etwas zerknittert aus, aber für den ersten seit fast vierzig Jahren war er durchaus vorzeigbar. Und Henrik beschwerte sich nicht, sondern zündete ihn mit zufriedenem Lächeln an.

»CatCat8, Bärchen und sieben anderen gefällt das«, las Claire. »Was gefällt denen? Dass Daumen gedrückt werden sollen?«

»Denk nicht so viel darüber nach, Claire. Wichtig ist nur, dass wir Toni aufspüren.« Er zog sein Handy hervor und rief

Micha an. »Pass auf, Micha, gestern war er bei der Titania Produktion. Heute hat er aber noch nichts gepostet.«

Claire starrte auf den Bildschirm und las einen Beitrag von einem Richy Erdmann, den Toni offenbar auch zu seinen Freunden zählte: »Das machst du bestimmt total toll bei dem Casting, Toni, freu mich für dich!«

»Aha, na gut. Bis später«, sagte Henrik gerade und legte das Handy beiseite. Dann wandte er sich wieder an Claire. »Wie's aussieht, hat Toni gerade keinen Computer zur Verfügung. Und ein Smartphone hat er sich bisher noch nicht zugelegt. Micha meint, wenn Toni online ist, geht er immer zuerst auf Facebook. Das heißt, er war seit gestern nicht mehr im Internet.« Henrik nahm einen weiteren Zug von seinem Joint und blies Rauchringe in die Luft. Claire betrachtete nachdenklich den Bildschirm.

»Vielleicht habe ich ja doch ein bisschen übertrieben, als ich gesagt habe, ich kenne mich mit Internet aus.«

»Stell dir vor, das habe ich schon gemerkt.«

»Was man so über andere Leute erfahren kann ... Kaum zu glauben.«

»Ich sag dir, wenn du den Dreh raus hast, kannst du quasi *alles* über andere erfahren. Du musst einfach nur wissen, wie man es macht. Den gläsernen Menschen gibt es längst.«

Claire dachte nach. Dann deutete sie auf den Rechner.

»Und du meinst, jeder ist da drin?«, fragte sie.

»Im Netz? Ja, so gut wie jeder. Sollen wir mal nachsehen, was wir über dich in Erfahrung bringen?«

Doch sie war mit ihren Gedanken schon woanders.

»Henrik, meinst du, du könntest mir einen kleinen Gefallen tun?«

»Jeden.« Er zeigte wieder seine Zahnlücke. »Das weißt du doch.«

»Und kann ich auch auf deine Verschwiegenheit zählen?«

»Ich bitte dich.« Er legte die Hand auf die Brust, als würde ihn diese Frage beleidigen. »Was denkst du von mir?«

»Also gut. Ich möchte nämlich etwas über eine bestimmte Person wissen.«

»Ein Mann?«

Sie nickte. »Jemand, den ich mal vor langer Zeit gekannt habe.«

»Claire, da bist du ja endlich. Wir haben einen Schlachtplan entwickelt.« Ebba winkte sie herein. »Micha hat nämlich inzwischen ein paar Ideen, wo Toni stecken könnte.«

»Es gibt in Schöneberg ein Jugendtheater«, sagte Micha, »da hat er eine Zeit lang gespielt. Er weiß, wo der Schlüssel versteckt ist, und nachts ist da nie was los. Zum Schlafen wäre das ideal.«

Ebba schlug ihm auf die Schulter. Sie platzte vor Stolz. Der perfekte Schwiegersohn.

»Oder, was auch gut sein könnte«, fuhr Micha fort. »Toni könnte in der Wohnung von Freunden sein, die gerade auf Gran Canaria sind. Er hat nämlich die Schlüssel, um die Blumen zu gießen.«

Ebba nickte zufrieden. »Eines von diesen beiden Verstecken ist es bestimmt. Da bin ich sicher.«

»Aber hat er diese Wohnungsschlüssel denn überhaupt bei sich?«, mischte sich Henrik ein. »Er hatte ja gestern nicht mal Geld dabei, als er hier abgehauen ist.«

»Der Schlüssel ist hier nirgendwo«, meinte Micha. »Wir haben alles abgesucht. Deshalb gehe ich mal davon aus, dass Toni ihn bei sich hat.«

»Egal, das sehen wir dann schon«, meinte Ebba. »Jedenfalls werden wir uns aufteilen. Eine Gruppe geht zum Theater und eine zu dieser Wohnung. Pass auf, Claire, wir haben uns Folgendes überlegt: Du und Kamilla, ihr fahrt zu der Wohnung. Die ist gar nicht weit von hier. Immi und ich nehmen uns das Theater vor. Und Helga bleibt hier und macht den Telefondienst.« Sie wandte sich an Immi. »Wie viel Zeit bleibt uns noch?«

»Vier Stunden. Etwas mehr sogar.«

»Das schaffen wir. Zur Not bringen Helga und Micha das Gepäck schon mal zum Busbahnhof. Dann müssen wir nicht mehr hierher zurück.«

Ebba hielt inne und sah Claire erwartungsvoll an. Es war eindeutig: Sie sollte ihr ein Kompliment machen. Was für ein grandioser Plan.

Doch Claire hatte nur Augen für die Schwachstellen.

»Und was ist, wenn ihr Toni gefunden habt?«, fragte sie.

»Wie meinst du das?« Ebba runzelte die Stirn. »Was soll schon sein? Dann bringen wir ihn zu den anderen. Wir machen einen Treffpunkt aus und trommeln alle zusammen.«

»Ja, aber … wenn er nicht will?«

»Er wird schon wollen, dafür sorge ich.«

»Ebba. Hast du das denn nicht gemerkt? Du kannst ihm nichts mehr befehlen. Er ist erwachsen. Das ist doch deutlich geworden, oder etwa nicht?«

Ebba schwieg. Sie presste die Lippen aufeinander.

»Also noch mal. Sag mir, Ebba: Was ist, wenn er nicht will?«

Ihre Schwester dachte nach. Schließlich ließ sie sich mit einem Seufzer auf einen Stuhl sinken.

»Dann lassen wir ihn ziehen.« Ebbas Stimme war kraftlos. »Wir sagen ihm einfach die Wahrheit. Die hat er schließlich verdient. Dann kann er selbst entscheiden, was er damit macht.« Sie blickte auf. »Ist es so richtig, Claire?«

»Ja, Ebba.«

»Und meinst du, das könnte passieren?«

»Dass er uns fortschickt? Dass er kein Teil mehr von dieser Familie sein will?«

Ebba nickte. Sie wirkte ganz verloren.

»Ja, Ebba. Das könnte passieren.«

Schweigen. Dann holte ihre Schwester tief Luft.

»Wollen wir vom Besten ausgehen! Also gut, Schwestern!« Sie sprang auf, wieder ganz die Alte. »Es geht los, wir machen uns auf die Suche nach unserem Jungen. Wäre doch gelacht, wenn wir ihn nicht finden!«

Betriebsamkeit. Alle kramten ihre Siebensachen zusammen.

Claire blickte sich unsicher um. Henrik stand direkt hinter ihr. Er nickte ihr aufmunternd zu. Komm schon, du machst das Richtige.

»Ich kann das nicht«, flüsterte sie. »Ich muss mich an der Suche beteiligen.«

»Deine Schwestern kommen ohne dich klar.« Sie konnte erahnen, was er in Gedanken hinzufügte: Und Toni erst recht. »Und wenn sie ihn gefunden haben, werden sie dich anrufen. Du kannst nichts verpassen.«

Trotzdem. Claire konnte sich nicht lösen. Sie fühlte sich irgendwie schuldig.

Henrik trat noch näher an ihr Ohr.

»Claire! Wann wirst du jemals wieder Gelegenheit dazu bekommen?«

»Also gut. Du hast recht.«

Sie nahm sich ein Herz und drehte sich zu den anderen.

»Ebba? Hörst du mal zu?«

»Natürlich. Was gibt es?«

»Ich habe furchtbare Kopfschmerzen. Ganz ehrlich, ich

würde lieber hierbleiben und mich ein bisschen hinlegen.« Sie fühlte sich schrecklich bei dieser Lüge. »Es tut mir leid, Ebba.«

»Aber das ist doch kein Problem, Liebes. Dann begleitet Helga einfach Kamilla, und du bleibst hier.«

»Ich kann den Telefondienst übernehmen«, sagte Micha.

Ebba lächelte ihren Musterschüler an.

»Siehst du, Claire? Ist alles kein Problem.«

»Sie kann sich bei mir hinlegen, da ist es ganz ruhig«, sagte Henrik.

Kamilla machte zwar ein erschrockenes Gesicht, verkniff sich aber jeden Kommentar.

Ebba wandte sich an die Gruppe. »Also, ihr Lieben, ihr habt es gehört: Planänderung. Kamilla und Helga zu dieser Wohnung und Immi und ich ins Theater. Micha koordiniert.«

Kamilla war ganz aufgeregt. »Ich habe ein gutes Gefühl, was die Wohnung angeht. Bestimmt finden wir ihn da. Toni muss die Schlüssel bei sich tragen.«

»Gut möglich«, sagte Ebba und hob dann die Stimme. »Also, meine Damen, aufgepasst: Holt alle eure Handys raus. Wir schalten sie jetzt an, damit wir in Kontakt bleiben können, verstanden?«

Feierlich zogen alle ihre Mobiltelefone hervor. Das Einschalten ging zwar mit einigem Stirnrunzeln und Gefummel vonstatten, aber dann war der Raum erfüllt von Pieptönen, Jingels und Tonleitern. Die Handys waren bereit.

»Hervorragend«, rief Ebba. »Dann geht es jetzt los.«

Was für ein Lärm da plötzlich im Treppenhaus war. Schrecklich. Waren das schon wieder die Tanten, die so herumpolterten?

Lutz drehte sich auf die andere Seite und zog Kaylas

Decke bis ans Kinn. Dabei rutschte etwas aus seiner Hosentasche und landete auf dem Sofakissen. Lutz, der irgendwie nicht die richtige Schlafposition fand, rutschte herum, bis der Gegenstand schließlich unter seinem Hintern klemmte.

Mist. Mit der Hand zog er ihn hervor und warf ihn achtlos auf den Teppich. Es klirrte. Ach so. Das war der Schlüssel von der Wohnung, die er und Toni hüten sollten. Er hatte ganz vergessen, ihn wieder ans Schlüsselbrett zu hängen.

Er schmatzte ein bisschen, wühlte noch ein bisschen herum und schwebte schließlich wieder zurück ins Reich der süßen Träume.

Die Tür öffnete sich, ein junger Mann kam mit hochrotem Kopf heraus. Drinnen Gelächter: »Wo hat *der* sich denn überlegt, Schauspieler zu werden?«

Toni legte die Illustrierte weg. Es war schlimmer als beim Zahnarzt. Die Unterhaltung nebenan ging weiter.

»Wieso haben wir den überhaupt zum Recall geholt?«

»Keine Ahnung, echt nicht. Wie geht's weiter?«

»Mit Mittagessen, würde ich sagen.«

»Kommt, einen machen wir noch. Den Letzten.«

Schweres Seufzen. »Also gut. Wer ist dran?«

»Toni Müller.«

»Dann holt ihn rein. Aber schnell.«

Das war also der Moment, an dem über sein Leben entschieden wurde. Über seine Zukunft. Falls er überhaupt noch eine hatte.

Er ließ sich hineinführen. Die gleichen Typen wie beim letzten Mal. Der Regisseur und seine beiden Assistenten. Sie hatten teigige, unauffällige Gesichter, weder schön noch hässlich, sondern eher grau und nichtssagend. Das war häufig so bei den Leuten hinter der Kamera: Sie hatten selbst völlig kameratautaugliche Gesichter. Manchmal fragte Toni sich, ob diese Typen vielleicht auch gern einmal Schauspieler geworden wären und nur deshalb in der Produktion arbeiteten, weil das für sie der einzige Weg zum Film gewesen war.

»Also gut, Toni«, begann der Regisseur. »Gestern hatten wir ja eine Dialogszene, heute möchten wir mit Ihnen eine Actionszene durchgehen. Manni?«

Manni, einer der Assistenten, deutete auf einen Sandsack, der hinter Toni von der Decke hing.

»Siehst du den Dummy? Das ist einer von den Bösen. Den rennst du um. Du teilst richtig aus, und dabei sagst du: ›Hier, das ist für dich!‹ Danach rüttelst du an einer imaginären Glastür hinter dem Dummy und sagst: ›Verdammt!‹, siehst dich um und entdeckst den Postkartenständer da vorne. Du nimmst ihn, wirfst ihn durch die Scheibe und fliehst ins Freie. Alles verstanden?«

»Ich glaube schon.«

»Heißt das ja oder nein?«

»Ja.«

Der Actionheld hätte wahrscheinlich sofort Ja gesagt. Aber Toni war ja auch noch nicht in der Rolle. Das hieß gar nichts: Ein guter Schauspieler konnte sich nämlich in alles verwandeln, und deshalb würde Toni auch einen Actionhelden spielen können.

»Dann fangen wir an«, sagte der Regisseur.

Toni konzentrierte sich. Er war hart. Entschlossen. Ohne Zweifel. Und lief los. Zum Sandsack.

»Hier!«, rief er. »Das ist … huch!« Der Boden war rutschig, er flutschte am Sandsack vorbei, ruderte mit den Armen und fiel auf den Boden. Dabei rutschte ihm zu allem Überfluss noch ein »Hups« heraus.

Die drei Typen betrachteten ihn ohne erkennbare Emotion.

Toni war natürlich klar, dass ein Actionheld nicht »Hups« sagte, wenn mal etwas schiefging. Er stand wieder auf.

»Entschuldigung. Darf ich noch mal?«

Ernüchterte Gesichter. Das Nein lag deutlich greifbar in der Luft, also sagte Toni schnell: »Ich mach einfach«, und stellte sich wieder in die Ausgangsposition. Er atmete durch. Du musst wütend sein. Wütend und entschlossen.

Als wären das die Schlüsselworte, brach plötzlich alles über ihn herein: Die ganze Wut auf seine Familie. Die Wut auf seinen Vater, der ihn jahrelang mit kalter Verachtung gestraft hatte, statt zu sagen: »Pass auf, du bist nicht mein Sohn, also verschwinde.« Die Wut auf seine Mutter, die keine Verantwortung für ihn übernommen hatte, sondern schließlich ganz aus seinem Leben verschwunden war. Und die Wut auf seine Tanten, die den Betrug gedeckelt und ihm eine heile Familie vorgegaukelt hatten. All die Lügen, die Intrigen und der Hass. Und Toni mittendrin, ein ahnungsloses Kind, das nicht begreift, weshalb es von seinen Eltern nicht geliebt wird.

Er war jetzt kein Actionheld mehr. Er war Toni Müller. Und er war wütend.

Er rannte auf den Sandsack los. »Du!«, rief er mit sich überschlagender Stimme, als wäre er Miss Piggy auf Speed. »Das ist für dich!« Er prügelte auf den Sandsack ein, rutschte noch mal an derselben Stelle aus und fiel wieder hin, doch jetzt trat er am Boden liegend weiter. »Für dich!«, brüllte er. Dann machte er seiner Wut mit einem langen hysterischen Schrei Luft, sprang auf, rüttelte an der imaginären Tür, zischelte mit wachsender Wut: »Verdammt, verdammt, verdammt!«, schnappte sich den Postkartenständer, der ihm prompt aus der Hand rutschte und klirrend zu Boden fiel, packte ihn erneut und warf ihn mit einem Kampfschrei –

einem durchdringenden und gellend lauten hohen C – durch die Scheibe. Er hüpfte durch das zerbrochene Fenster in die Freiheit und blieb auf der anderen Seite schwer atmend stehen.

Versteinerte Gesichter bei den Filmleuten. Ihm war klar: Er war kein Actionheld gewesen. Eher eine Oma, die mit ihrer Handtasche auf einen Lustmolch losgeht. Trotzdem. Er fühlte sich um einiges besser. Diese Rolle hätte er ohnehin niemals bekommen. Das war er nicht, genauso wenig, wie er König Lear war. Er würde so etwas niemals spielen können, und am besten wäre, das einfach zu akzeptieren.

Einer der Assistenten fing an zu kichern. »Oh, Scheiße!«

Und damit war offenbar alles gesagt, denn weitere Kommentare folgten nicht.

»Vielen Dank«, sagte der Regisseur schließlich und wandte sich dann an die anderen: »Ich würde sagen, jetzt haben wir uns unsere Mittagspause verdient.«

Toni ging hinaus. Er fühlte sich seltsam befreit. Irgendwie störte es ihn gar nicht, dass seine Karriere einmal mehr den Bach runtergegangen war. Im Gegenteil. Er hatte ohnehin mit nichts anderem gerechnet. Und jetzt konnte er sich in den Park setzen, die Sonne genießen und warten, bis seine Wohnung wieder frei war.

Im Treppenhaus stand plötzlich Kayla vor ihm. Eine Schrecksekunde lang passierte gar nichts. Dann versuchte Toni zu fliehen.

Doch Kaylas Arm versperrte ihm bereits den Weg, und als er zur anderen Seite wollte, nahm sie den zweiten Arm hinzu. Er war gefangen, es gab kein Entkommen.

»Wenn du meinst, du kannst dich so leicht vor mir verstecken, Toni Müller, dann hast du dich geirrt.«

Flucht war also keine Option mehr. Half nur noch der Angriff.

»Was willst du?«, rief er.

»Ich will, dass du mitkommst und deinen Tanten die Chance gibst, dir alles zu erklären.«

»Aber klar. Danke schön übrigens, Kayla. Ihr habt euch natürlich sofort gegen mich gewendet. Das hätte ich mir denken können. Ihr habt …«

Da war etwas in ihrem Blick, das ihn verstummen ließ. Sie zog ihre Arme zurück und lehnte sich gegen die Wand. Er hätte gehen können. Aber so, wie sie ihn anfunkelte, war das unmöglich.

»Also gut«, sagte sie genervt. »Jetzt bist du eben ein Bastard. Meine Güte. Und der Mann, von dem du dachtest, er wäre dein Vater, will nichts mit dir zu tun haben. Auch klar. Und jetzt? So ist das Leben, Toni. Es gibt Schlimmeres.«

Er war sprachlos. Bei ihr hörte sich das so an, als wäre nur ein Liter Milch verschüttet worden.

»Du bist nicht der Mittelpunkt der Welt. Versuch also einfach damit klarzukommen, und spiel hier nicht die Dramaqueen.«

»Ich spiele …?« Das war ungerecht. Und es tat weh. »Mein ganzes Leben ist eine Lüge, und alle außer mir wussten Bescheid. Ist das etwa gar nichts?«

»Mein Gott, Toni, denkst du, du bist der Einzige mit einer kaputten Familie?«

Er sah sie erstaunt an. Kayla? Er hatte noch nie drüber nachgedacht.

»Also gut, meine Mutter ist auf den Strich gegangen.« Sie blickte sich im Treppenhaus um. »Haben es alle gehört? Eine Nutte war sie. Und ich war ein gottverfluchter Unfall. Auch noch mit einem Schwarzen, als wäre es so nicht schon schlimm genug gewesen.«

»Aber … Ich denke, sie hat in Neukölln in einer Trinkhalle gearbeitet?«

»Ja, später, als sie zu alt war, um in ihrem Job noch Geld zu machen.«

»Und dein Vater?«, fragte er.

»Was weiß ich, keine Ahnung. Er soll ein amerikanischer GI gewesen sein, aber vielleicht war das auch eine Lüge. Sicher ist nur, dass er schwarz war. Sonst weiß ich nichts über ihn, nicht einmal seinen Namen.«

»Ich denke, er hieß Barnes?«

»Ach, Unsinn. Den Namen habe ich mir ausgedacht. Ich fand, wer aussieht wie ich, kann schlecht Kaluschke heißen. Das ist doch bescheuert.« Sie seufzte. »Glaub mir, meine Mutter war keine von diesen netten Nutten, wie man sie aus dem Fernsehen kennt. Sie war kaltherzig und hart. Und sie war eine Rassistin. Der Umstand, dass sie ein farbiges Kind hatte, konnte nichts daran ändern. Und jetzt, wo sie alt und hilflos ist, da erinnert sie sich daran, dass sie ein Kind hat. Und tyrannisiert mich. Weil sie sonst keinen mehr hat, den sie schlecht behandeln kann. Und was mache ich? Ich kümmere mich um sie. Ich helfe ihr beim Einkauf, beim Putzen und bringe sie zum Arzt. Schön blöd, was?«

Toni sagte nichts. Es wurde still im Treppenhaus. Dann wedelte Kayla mit den Händen, als wollte sie die Gedanken an ihre Mutter verscheuchen.

»Verstehst du, was ich dir sagen will, Toni? Natürlich bist du verarscht worden. Und du hast auch viel Dreck fressen müssen. Aber diese Frauen, die dich da besuchen, das sind feine Menschen. Die dachten, sie hätten gute Gründe, dich zu belügen. Und weißt du was, Toni? Du solltest nicht dasitzen und dich nicht fragen, wer dich betrogen hat. Stattdessen solltest du dich fragen: Wer ist es, der dich liebt? Hörst du? Wer liebt dich? Denn darum geht es: um Liebe. Alles andere ist egal.«

Toni spürte alle längst vergessenen Wunden. Sie lagen offen da, er konnte nichts dagegen unternehmen.

»Diese Frauen würden für dich durchs Feuer gehen«, sagte Kayla. »Und was machst du? Du benimmst dich wie ein beleidigtes Prinzesschen.«

Er sagte nichts. Ihm fehlten die Worte.

»Also, was ist jetzt?«, fragte sie. »Kommst du mit?«

Er wusste: Irgendwie hatte Kayla recht. Aber er konnte trotzdem nicht. Er war noch viel zu verwirrt, zu verletzt und zu enttäuscht.

Kayla wartete. Doch Toni hielt den Blick eisern auf den Boden gerichtet.

»Na gut«, sagte sie. »Dann eben nicht.«

Sie wandte sich ab und ging zur Treppe. Nach ein paar Stufen blieb sie stehen.

»In ein paar Stunden fahren sie nach Hause«, sagte sie. »Falls du es dir anders überlegst, in deiner Wohnung erreichst du bis dahin auf jeden Fall immer eine deiner Tanten.«

9 Kapitel

Henrik fuhr langsamer. Kopfsteinpflaster, hohe Kiefern am Wegesrand und hinter Heckenrosen und Weißdornbüschen hübsche Häuschen, die von ebenso kleinen Gärten umgeben waren. Bunte Markisen waren zu erkennen, Rasensprenger, Birnbäume und überall ältere Leute, die in Gartenstühlen saßen, Zeitung lasen und sich die Sonne ins Gesicht scheinen ließen. Es war eine heile Welt. Claire atmete flach.

Schließlich hielt Henrik den Wagen und stellte den Motor ab. Sie waren an ihrem Ziel angekommen. Ein kleines Hutzelhäuschen mit schiefem Giebel und hölzernen Fensterläden. Ein Sandweg führte zur Veranda, und überall blühten Geranien. Alles sah so schrecklich gemütlich aus. Es war ein richtiges Zuhause.

Hinter einem Fenster bewegte sich der Vorhang. Porzellan schepperte, eine Gestalt war schemenhaft zu erkennen, danach wurde wieder alles ruhig. Rainer arbeitete zu Hause, das hatten sie herausgefunden. Er schrieb Drehbücher fürs Fernsehen. Irgendeine Krimiserie, die im Vorabendprogramm lief.

Henrik legte den Arm aufs Lenkrad.

»Komm schon. Worauf wartest du?«

Claire blieb reglos sitzen und sah zu dem Häuschen hinüber. Damals in Papenburg, da hatte sie sich oft ausgemalt, wie das Leben mit Rainer werden würde. Sie hatte alles schon vor sich gesehen: Rainer und sie würden die ganze Welt bereisen, er als Journalist, denn das wollte er damals werden, und Claire als Schauspielerin. Sie würde beim Film sein oder beim Theater, überall dort, wo Rainer gerade arbeitete. Ein bisschen wie in Fellinis »La dolce vita«.

So hatte sie es sich damals vorgestellt. Rainer und sie in der Künstlerboheme. Sie würden Partys feiern, tagsüber in der Sonne liegen, alle möglichen Lebensentwürfe ausprobieren. Anders als bei Fellini würden sie sich aber dabei lieben. Sie würden alles gemeinsam machen. Claire wäre ihm überallhin gefolgt. Nur raus aus Papenburg. Mit ihm wollte sie sich ins pralle Leben werfen. Alles hinter sich lassen.

»Weinst du etwa, Claire?«, fragte Henrik.

Sie lächelte. »Ich weiß nicht, mein verehrter Herr, es ist ins Aug mir was gekommen.«

»Ins Auge? Wo?«

Jetzt ein ersticktes Lachen. »Du kennst ja den Text!«

»Keine Ahnung, wovon du sprichst.«

»Das macht nichts.«

Das Käthchen, das sie in Papenburg gespielt hatte, bekam am Ende ihren Prinzen. Claire dagegen war als Bäckerin alt geworden. Es war ein gutes Leben gewesen, und sie wollte nichts davon missen. Am wenigsten ihre Kinder. Doch jetzt, wo sie vor diesem Hexenhäuschen stand, da wurde ihr das Herz so unendlich schwer.

Sie erinnerte sich an die Hoffnungslosigkeit, die sie gespürt hatte, als sie in Papenburg zurückgeblieben war. Ihr war klar gewesen, dass damit alle Träume ausgeträumt waren. Es gab keine zweite Chance. Sie saß in der Falle. Da hatte es sich angefühlt, als wäre ihr Leben zu Ende gewesen.

»Woran denkst du?«, fragte Henrik.

»Wie hätte mein Leben wohl ausgesehen? Wo würde ich heute stehen, wenn es damals anders gelaufen wäre?«

»Das wirst du nie erfahren.«

»Nein.« Sie atmete durch. »Du hast recht, und darum geht es auch nicht.«

Sie wischte sich die Tränen aus den Augen und wandte sich der Straße zu.

»Danke, dass du mich hergebracht hast. Ich möchte jetzt wieder fahren.«

Der Plan war natürlich gewesen, Rainer zu sehen. Mit ihm zu sprechen. Doch jetzt, wo sie vor seinem Haus stand, hatte sie es sich anders überlegt, und Henrik war klug genug, sie nicht zu drängen.

Er startete den Motor.

»Wo möchtest du hin?«, fragte er. »Du weißt, mein Schatz, ich bringe dich bis ans Ende der Welt.«

Er lächelte sie an, und seine Zahnlücke ließ ihn jetzt wie einen Achtjährigen aussehen.

»Bring mich zum Busbahnhof.« Sie hatten das Gepäck bereits auf dem Rücksitz und im Kofferraum verstaut, um so viel Zeit wie möglich für den Besuch bei Rainer zu haben. »Wir sind zwar ein bisschen früh dran«, fuhr Claire fort, »aber vielleicht leistest du mir ja noch bei einer Tasse Kaffee Gesellschaft.«

»Das mache ich gerne.« Er fuhr los. »Auf zum Bahnhof Zoo.«

Und dann ließen sie das Wohnviertel, in dem Rainer lebte, hinter sich und machten sich auf den Weg zurück in die lärmende Stadt.

Ebba hatte die Orientierung verloren. Die Straßen sahen aber auch alle gleich aus. Immi sah auf dem Stadtplan nach, doch das schien ewig zu dauern.

»Findest du es nicht?«, fragte Ebba.

»Doch, natürlich. Wie heißt diese Straße noch?«

»Immi, du hältst den Stadtplan falsch herum!«

»Unsinn, ich hab hier ... Jetzt lass mich doch ...«

»Zeig doch mal her! So. Hier ist das Theater. Und wir sind ...?«

»Ach! Wo bist du denn mit deinem Finger! Wie sind hier unten, ganz bestimmt.«

»Wir sind doch nicht hier unten. Das ist totaler Quatsch.«

»Doch, guck mal ... jetzt ... Ebba, gib doch mal her! Da, siehst du? Da sind wir aus der U-Bahn ausgestiegen. Und dann sind wir diese Straße hier runtergelaufen.«

»Das stimmt doch gar nicht. Die Straße hat ganz anders geheißen! Zeig mal her.«

»Aber wenn ich dir doch sage ...«

»Immi, jetzt nimm deine Hand da weg, ich warne dich!«

»Ja, aber wie soll ich denn sonst gucken? Ich seh doch gar nichts mehr.«

»Ich will doch nur ... Aua!«

So wurde das nichts. Ebba blickte sich ratlos um. An der Straßenecke war eine Haltestelle. Ein Bus hielt gerade, und Leute stiegen ein. Sie lief eilig hinüber und machte mit Handzeichen auf sich aufmerksam.

Der Busfahrer, ein unglaublich dicker Mann mit herabhängenden Gesichtszügen, sah sie kommen und wartete sichtlich genervt darauf, dass sie einstieg.

»Entschuldigen Sie. Können Sie uns sagen, wo das Theater Krass ist?«

Er musterte sie angewidert. Dann blaffte er: »Bin ick die Auskunft?«, schloss die Türen und fuhr davon.

Ebba blieb fassungslos an der Haltestelle stehen.

»Na, dit is Berlin!«, amüsierte sich eine junge Frau, die zufällig vorbeiging.

Ebba glaubte eine Seelenverwandte gefunden zu haben.

»Können Sie uns vielleicht …?«

Doch weiter kam sie nicht. Die Frau winkte bereits ab: »Nee, ick bin nich von hia.« Und dann war sie ebenfalls verschwunden.

Ebba kehrte zu Immi zurück, die immer noch den Plan studierte.

»Ich glaub, ich hab's jetzt, Ebba. Es ist gar nicht weit von hier. Wir müssen nur …«

Ein Handy klingelte. Ebba brauchte eine Weile, ehe sie begriff, dass es ihres war. Umständlich zog sie es hervor und lächelte Immi triumphierend an: Na also, es funktionierte doch mit der Erreichbarkeit!

Es war Helga: »Ebba, die Wohnung ist leer. Hier ist keiner.«

»Bist du ganz sicher?«

»Ja, das ist eine Parterrewohnung. Kamilla und ich haben durch die Fenster gesehen. Da ist keiner.«

»Ich verstehe.«

»Seid ihr mit dem Theater weitergekommen?«

»Noch nicht. Wir suchen noch die Straße. Aber wie es aussieht, wird Toni wohl dort sein.«

»Das denke ich auch. Was sollen wir jetzt tun?«

»Fahrt zurück zur Wohnung. Wenn wir Toni haben, kommen wir nach.«

»Also gut, dann bis später.«

»Ja, bis später. Ich rufe Micha an, damit er weiß, dass ihr kommt. Macht's gut.«

Dann suchte sie in dem Gerät nach der Nummer, die Micha ihr vor einer Stunde eingegeben hatte. Auch die war leichter gefunden als gedacht.

Das war doch seine Nummer, oder? Sie drückte die Verbindungstaste und wartete. Und tatsächlich, Micha war sofort am Apparat. Der Umgang mit Mobiltelefonen wurde für Ebba immer problemloser.

»Hallo, Micha. Hier ist Tante Ebba. Hör zu, ich habe gerade mit …«

»Da ist er!«, schrie Immi. »Da im Auto!«

Ebba ließ das Handy sinken.

»Der Taschendieb! Ebba!«

Immi zeigte mit ausgestrecktem Arm auf einen verbeulten schwarzen Golf, der an einer roten Ampel stand.

Sie hatte recht. Er war es. Ebba würde das Gesicht unter Hunderten wiedererkennen. Aber was konnten sie jetzt schon tun? Die Ampel würde gleich auf Grün springen.

Doch Immi rannte bereits los. Direkt auf die Kreuzung zu.

»Immi! Halt! Bist du verrückt?«

Im nächsten Moment wurde es Grün, und der Golf fuhr davon. Der Dieb hatte nicht einmal etwas von Immis Existenz bemerkt.

Immi sprang mitten auf die Straße. Ebba erkannte ihre Schwester nicht wieder. So entschlossen hatte sie sie selten gesehen. Sie stellte sich einem Taxi in den Weg, und noch ehe Ebba merkte, wie ihr geschah, war sie schon auf die Rückbank gesprungen und fuhr davon.

»Sieh du im Theater nach, Ebba«, rief sie durch das heruntergekurbelte Fenster. »Ich werde so lange …« Schon war sie außer Hörweite, und das Taxi bog um eine Ecke. Ebba starrte entgeistert hinterher.

»Tante Ebba?«, röhrte es aus dem Apparat. »Bist du noch dran?«

Sie hielt sich nicht lange mit Micha auf. Drückte ihn eilig weg und wählte Immis Nummer.

»Verdammt, geh schon ran!«

Das tat sie dann auch. »Ebba ...«

»Bist du von allen guten Geistern verlassen?«

»Ich hole nur unsere Sachen zurück. Noch ist es nicht zu spät.«

»Immi, lass das sein! Das ist ein Verbrecher! Was willst du denn gegen den ausrichten?«

»Ich ...« Ihre Stimme wurde plötzlich energisch: »Nein, nicht der Wagen! Der schwarze! Sie sollen dem schwarzen folgen! Machen Sie so etwas denn zum ersten Mal? Also wirklich!«

»Immi!«

»Ja, doch! Ich will nur wissen, wohin er fährt, Ebba. Mehr nicht. Dann hole ich die Polizei, damit die ihn sich vornehmen können.«

»Und wenn er dich bemerkt? Immi, damit ist nicht zu spaßen. Diese Leute sind gefährlich. Bitte, lass es bleiben.«

Eine dunkle Stimme im Hintergrund. Offenbar der Fahrer.

»Egal!«, sagte Immi. »Fahren Sie schneller! Wenn wir angehalten werden, zahle ich das Bußgeld. Hauptsache, Sie fahren!«

Ebba wurde schwindelig. Sie musste diesen Unfug beenden.

»Immi, hör mir mal zu!« Es wurde Zeit, autoritär zu werden. Sie legte die entsprechende Schärfe in ihre Stimme. »Ich will, dass du sofort ...«

»Ebba, ich kann jetzt nicht länger sprechen. Ich melde mich später wieder.«

Und damit war die Verbindung beendet.

Ebba blieb alleine auf dem Bürgersteig zurück. Sie atmete tief durch, dann steckte sie das Handy wieder ein. Immi würde schon vernünftig sein.

Dann würde sie die Sache mit dem Theater eben alleine fortsetzen.

Ein junger Mann mit Brille und Bart schlenderte an ihr vorbei. Ebba machte sich schon auf ein weiteres »Ick bin nich von hia!« gefasst, als sie ihn nach dem Weg zum Theater Krass fragte. Doch zu ihrer Überraschung kannte der sich aus: »A Stückle d' Schdroß nonder und dann an dr nägschda rechts, und do ischs dann scho.«

Helga und Kamilla erklommen währenddessen mühsam die letzten Stufen zu Tonis Wohnung und ließen sich dann erschöpft auf die Küchenstühle fallen. Nachdem alle Neuigkeiten ausgetauscht waren, ging Micha los, um Pizza zu holen. Helga und Kamilla blieben allein zurück.

»Wie viel Zeit haben wir noch?«, fragte Kamilla.

Helga, die ihre hochhackigen Schuhe ausgezogen hatte und sich die Füße massierte, warf einen Blick auf ihre Armbanduhr. »Eine gute Stunde noch, dann müssen wir uns auf den Weg zum Busbahnhof machen.«

Kamilla stand auf und schleppte sich zum Herd. »Möchtest du Kaffee?«

»Gerne, aber für mich ...« Ihr Handy klingelte. »Moment.«

Sie kramte es hervor und sah aufs Display. Es war Wolfgang, ihr Mann. Mist. Sie hätte ihn längst anrufen müssen. Alle zwei Stunden, das war die Vereinbarung gewesen.

»Das ist Wolfgang«, murmelte sie, wofür sie von Kamilla einen ängstlich-besorgten Blick erntete.

Helga holte tief Luft und ging ran.

»Du wolltest mich doch anrufen«, begrüßte er sie.

Seine Stimme machte sofort klar, dass er stocksauer war. Er hatte diese Reise zwar erlaubt, aber nur unter der Bedingung, über jeden Schritt in Kenntnis gesetzt zu werden.

»Tut mir leid, Wolli, ich hab's vergessen.«

»Vergessen? Willst du mir sagen, du hast *mich* vergessen?«

»Nein, ich ...«

»Was macht ihr denn? Seid ihr nicht auf dem Fernsehturm?«

»Nein, das haben wir nicht geschafft. Wir ...«

»Nicht geschafft? Was ist denn da bei euch los? Soll ich kommen? Ich kann mich sofort ins Auto setzen.«

»Nein! Bitte, Wolli! Wir hatten nur einen Streit mit Toni.«

»Einen Streit? Und das erfahre ich erst jetzt?«

»Es war hier eine Menge los, tut mir leid.«

»Pass auf, Helga, das hat ja keinen Sinn. Ich setz mich jetzt ins Auto und komme. Du hast gesagt, ihr macht das Landfrauenprogramm und sonst nichts. Da stimmt doch was nicht.«

»Wir fahren gleich zurück. Wenn du jetzt startest, kommen wir uns auf der Autobahn entgegen.«

»Dann sag mir: Was geht da bei euch vor?«

»Na ja, wie gesagt, wie haben uns mit Toni gestritten. Und dann haben wir ihn gesucht.«

»Ihr wart in der Stadt unterwegs? Ohne die Landfrauengruppe?«

»Toni war doch verschwunden!«

Wolfgangs Schweigen lastete schwer, und prompt fühlte Helga sich schuldig.

»Wie kann es sein, Helga, dass ich hier sitze und gar nicht weiß, was ihr macht?«

»Tut mir leid, Wolfgang. Tut mir wirklich leid.«

Seine Stimme war eisig. »Und wo wart ihr überall?«

»Wie meinst du das?«

»Na, auf der Suche nach Toni. Wo wart ihr da überall in der Stadt unterwegs?«

Bestimmt hatte er einen Stadtplan vor sich ausgebreitet, um dabei die Glaubwürdigkeit ihrer Aussage zu überprüfen. Und um sicherzugehen, dass Helga nicht in einem der Stadtbezirke gewesen war, deren Betreten er ihr verboten hatte: Kreuzberg, Neukölln, Wedding.

Sie erklärte ihm haarklein jeden Schritt, und schließlich gab er sich widerwillig zufrieden.

»Wenn du nachher nach Hause kommst, reden wir noch mal miteinander«, sagte er. »Auch darüber, was künftige Abenteuer angeht. Und denk dran, in zwei Stunden rufst du mich noch mal an.« Dann war die Leitung tot.

Helga steckte das Handy wieder zurück.

»Ärger?«, wollte Kamilla wissen.

»Ach was. Reden wir nicht drüber.«

Kamilla reichte ihr die Kaffeetasse, und Helga wechselte das Thema.

»Verträgst du überhaupt so viel Kaffee?«, fragte sie. »Das ist schon deine dritte oder vierte Tasse heute.«

»Wieso denn nicht?« Kamilla blickte sie an, als wisse sie gar nicht, was sie da andeuten wollte.

»Na ja, ich dachte, du trinkst nur zum Frühstück anderthalb Tassen und dann nichts mehr. Weil du so viel Kaffee nicht verträgst.«

»Unsinn. Außerdem ist das jetzt eine Ausnahmesituation, und da kann man schon mal gegen seine Gewohnheiten handeln. Ist doch ganz normal, oder?«

»Wenn du das sagst.«

Zur Bekräftigung ihrer Worte goss Kamilla ihre Tasse randvoll. Dann lächelte sie wie in einem Werbespot für Frühstücksflakes und stellte die Kanne wieder weg.

Helga verkniff sich jeden weiteren Kommentar. Stattdessen legte sie die Füße hoch.

»Was für ein Tag!«

»Das kannst du laut sagen«, meinte Kamilla. »Denkst du, wir werden Toni noch finden?«

»Keine Ahnung. Aber viel Zeit bleibt uns nicht mehr. Ich schätz mal, es sieht nicht gut für uns aus.«

Kamilla stieß einen schweren Seufzer aus.

»Vielleicht hat es ja auch etwas Gutes, Kamilla. Wenn wir erst weg sind, kann Toni ganz in Ruhe über alles nachdenken.«

»Aber er muss die Hintergründe erfahren. Er weiß doch praktisch gar nichts über das, was damals war. Nur, dass Curt nicht sein wirklicher Vater ist.«

»Was den Rest angeht, da kann er sich eine Menge zusammenreimen, meinst du nicht? Und wenn er Fragen hat, meldet er sich bestimmt.«

»Aber Claire meinte, wenn wir jetzt nicht mit ihm reden, wo alles noch frisch ist, dann ist er für unsere Familie für immer verloren.«

»Ach was. Das muss man erst einmal abwarten.«

Jede hing ihren Gedanken nach. Schweigen legte sich über den Raum.

»Und was ist mit Curt?«, fragte Kamilla schließlich.

»Was soll mit ihm sein? Er weiß doch gar nicht, weshalb wir diese Fahrt gemacht haben.«

»Schon. Aber trotzdem. Das muss doch irgendwann mal aufhören, dass es ihm so schlecht geht.«

»Ich weiß, Kamilla, ich weiß.«

»Die ganze Sache zerfrisst ihn. Er muss sich mit Toni versöhnen, eher kann er keinen Frieden finden. Am besten wäre es, er würde das selbst erkennen.«

»Aber das tut er nicht. Und er wird niemals den ersten Schritt machen. So gut kennen wir unseren Bruder doch inzwischen. Wenn wir Toni nicht dazu bewegen, auf Curt zuzugehen, dann wird die Sache nie aus der Welt geschafft werden.«

»Siehst du, das meine ich. Wir brauchen Toni, wenn wir Curt helfen wollen.«

Erst jetzt bemerkten sie, dass jemand in der Küchentür stand. Es war Toni. Kamilla hielt sich erschrocken die Hand vor den Mund. Aber es war zu spät. Sie konnten die Worte nicht mehr zurücknehmen. Und Toni starrte sie fassungslos an.

»Curt? Ihr habt das alles wegen Curt gemacht?«

»Toni …«, begann Kamilla.

»Ihr seid nach Berlin gekommen, weil ihr wolltet, dass es Curt besser geht?«

Ach herrje, dachte Helga. Was haben wir da nur angerichtet?

»Toni, bitte, du verstehst das falsch.«

Doch er war nicht mehr zu bremsen. »Und mit mir hatte das alles gar nichts zu tun?« Er stolperte einen Schritt zurück. »O Gott! Und ich Trottel bin zurückgekommen, um mich bei euch zu entschuldigen. Was bin ich nur für ein Idiot!«

Helga und Kamilla wechselten hilflose Blicke. Doch beide wussten nicht, was sie sagen sollten.

»Verschwindet aus meinem Leben«, sagte Toni. »Ich will euch nie wieder sehen!«

Und damit drehte er sich um und knallte die Tür hinter sich zu.

Der Reisebus stand bereits in der Parkbucht, und der Fahrer zog die Kofferraumklappe hoch, um das Gepäck zu verstauen. Nach und nach trafen die Landfrauen in kleinen Gruppen ein. Claire stand auf dem Bürgersteig und wartete.

Sie war umgeben von den Gepäckstücken ihrer Schwestern, die Henrik aus dem Auto hergeschleppt hatte.

Helene Bruns hatte sie entdeckt und lief mit ausgestreckten Armen auf sie zu.

»Na, wer sagt's denn? Eine der Müller-Schwestern.« Eine herzliche Umarmung. »Wir haben euch ja kaum zu Gesicht bekommen.«

»Ja, leider«, sagte Claire. »Von Berlin haben wir wohl nicht viel gesehen.«

»Familiäre Probleme?« Helene Bruns bemühte sich um einen verständnisvollen Blick, doch Neugierde und Sensationslust waren stärker. »Ihr habt doch euren Neffen besucht?«

»Richtig.« Claire wollte ihr keine Lügengeschichten auftischen. »Es war nicht ganz einfach mit ihm, wir hatten uns das leichter vorgestellt.«

»Ich verstehe. Mach dir nichts draus, es gibt keine Familie, in der immer nur die Sonne scheint.« Sie rückte näher heran. »Was war denn genau los?«

Claire machte einen Schritt zurück. Dann doch lieber eine Lüge, dachte sie.

»Ach, nichts Besonderes. Es ist jetzt auch alles wieder in Ordnung. Wir haben uns versöhnt.«

Helene Bruns wirkte enttäuscht. »Ihr habt aber wirklich eine Menge verpasst«, sagte sie. »Unser Besuch im Friedrichstadtpalast gestern Abend war einfach großartig. Schade, dass ihr nicht dabei wart, wo doch auch die Karten so teuer waren. Und das war längst nicht alles.«

Der Busfahrer nahm Claires Gepäckstapel in Augenschein. »Sind das Ihre Koffer? Kann ich die schon einpacken?«

»Ja, natürlich. Vielen Dank.«

Jetzt entdeckte Helene Bruns Henrik, der hinter Claire auf dem Bürgersteig stand, und sie beäugte ihn von oben bis unten. Selbst Claire musste zugeben, dass er ein bisschen wie ein Penner aussah. Und Henrik wirkte plötzlich, als würde er am liebsten abhauen.

»Ist das dein Neffe?«, fragte Helene Bruns abfällig und machte dabei ein Gesicht, als könnte sie sich schon denken, welche Art Probleme es mit ihm gegeben hatte.

Claire reckte stolz ihr Kinn. »Nein, das ist ein Freund von mir.« Sie hakte sich bei ihm unter. »Henrik, das ist Helene Bruns. Helene, das ist ... Jetzt weiß ich gar nicht, wie du weiter heißt.«

Er grinste. »Schumann.«

»Helene, das ist Henrik Schumann.«

Falls Helene Bruns sich bemühte, Contenance zu wahren, so sah man es ihr nicht an. Sie stolperte zurück, als hätte Claire ihr mitgeteilt, von einer ansteckenden Krankheit befallen zu sein.

»Wie auch immer. Ich kümmere mich mal um die anderen.«

Und dann war sie verschwunden.

»Meine Güte.« Henrik lachte. »Wird sie sich jetzt nicht das Maul über dich zerreißen?«

»Das kann sie gerne tun.« Claire sah sich um. »Wo bleiben denn nur die anderen?«

»Die kommen bestimmt gleich. Es ist ja noch genügend Zeit, bis es losgeht.«

Claire seufzte. »Dann heißt es für uns jetzt wohl Abschied nehmen.«

Henrik lächelte und zeigte ein letztes Mal seine süße Zahnlücke.

»Danke für alles«, sagte Claire. Sie stellte sich auf die Zehenspitzen und gab ihm einen Kuss auf die Wange.

Er verbeugte sich tief. »War mir eine Ehre.« Dann legte er

seine Hand an ihre Wange und wurde ernst. »Leb wohl, Claire.«

»Ja. Leb wohl. Es war schön mit dir.«

Der Abschied galt nicht nur ihm. Er galt auch Rainer, und Claire sah Henrik an, dass er das begriffen hatte.

Sie blickte ihm nach, bis er sich mit seinem Wagen in den Stadtverkehr eingefädelt hatte. Dann wischte sie sich eine einzelne letzte Träne aus dem Auge.

»Ihre Koffer sind verstaut«, sagte der Busfahrer.

»Oh, wirklich? Danke sehr!«

Ein Schwung weiterer Landfrauen kam aus der U-Bahn. Claire hielt nach ihren Schwestern Ausschau, doch sie waren nirgends zu sehen. Aber das musste nichts bedeuten, es war noch genügend Zeit.

Nicht mehr lange, dann würden sie Berlin den Rücken kehren. Und wie es aussah, würde Claire nie mehr zurückkommen.

Helga und Kamilla stiegen am Bahnhof Zoo aus der U-Bahn. Die Stimmung war gedrückt. Sie fühlten sich schuldig, weil die Versöhnung mit Toni nun endgültig in die Hose gegangen war. Hätten sie doch geschwiegen. Hätten sie nur Curt aus dem Spiel gelassen.

Helga trat auf den Bahnsteig und blickte sich um. Irgendwie sah alles anders aus als beim letzten Mal. Kamilla trat neben sie. Irgendetwas schien sie zusätzlich zu bedrücken. Etwas ganz Handfestes.

»Helga …«

»Was ist los?«

»Ich … ich muss mal.«

»Jetzt?«

»Ja, ganz dringend.«

»Aber …«

»Ich weiß, ich hätte nicht so viel Kaffee trinken dürfen. Es tut mir auch schrecklich leid, aber jetzt ist es zu spät. Und ich kann's kaum noch zurückhalten.«

»Aber wo willst du denn hin?«

»Das weiß ich eben nicht. Vielleicht kann ich ja im Bus, jetzt ist die Toilette bestimmt frisch geputzt. Außerdem komme ich an mein Desinfektionsset ran, solange der Bus noch nicht losgefahren ist.«

»Also gut. Das schaffen wir, Kamilla. Wir sind gleich da.«

Helga versuchte sich zu orientieren. »Hier lang«, sagte sie und deutete auf einen Aufgang. »Das müsste er sein.«

Kamilla tippelte hinter ihr her, sie stiegen die Treppe hinauf – und landeten in der Bahnhofshalle. Ein quirliges Durcheinander. Bars, Zeitungsläden, Uniformierte, Reisende, Leuchtreklamen.

»Nein, das ist es nicht«, sagte Kamilla. »Wir müssen irgendwo draußen auf der Straße rauskommen.«

Helga wusste auch nicht weiter.

»Und wenn wir von hier aus auf die Straße gehen?«

»Dann verlaufen wir uns nur«, meinte Kamilla. »Besser, wir gehen wieder runter und nehmen einen anderen Aufgang.«

So wurde es gemacht. Kamillas Schritte wurden dabei immer kleiner. Es sah aus, als ginge sie auf Eiern.

»Helga, ich *muss*!«

»Kamilla, halt durch. Da vorne. Der Aufgang sieht doch so aus wie beim letzten Mal, oder?«

Sie blickte sich um. »Kamilla?«

Die stand einfach da und hatte schon wieder angefangen zu zählen.

»Komm mit! Da hoch!« Sie packte ihre Schwester am Arm und zog sie zum nächsten Aufgang. Jetzt blickten sie auf eine riesige Baustelle, dahinter die Gedächtniskirche. Baulärm, Kranbewegungen, ein Betonmischer mitten auf dem Bürgersteig und zahllose Passanten, die in einer nicht enden wollenden Kette drum herumliefen.

»Wo ist denn dieser verfluchte Busbahnhof? Der war doch genau an der Stelle, wo man von der U-Bahn hochkam.«

Helga war nicht gemacht für solche Situationen. Und Kamilla war alles andere als eine Hilfe.

Sie sprach den erstbesten Passanten an.

»Entschuldigen Sie, wir suchen den Busbahnhof.«

Er sah auf und lächelte freundlich. Zum ersten Mal, dass ihnen so etwas in Berlin passierte. Helga konnte ihr Glück nicht fassen. Der Mann war die Herzlichkeit in Person.

»Pardonnez-moi«, sagte er. »Je ne parle pas l'allemand. Je regrette.«

Dann lächelte er noch einmal herzerwärmend und war verschwunden.

»Helga«, jammerte Kamilla. »Ich kann nicht mehr.«

»Also gut. Noch mal runter.«

Sie kehrten in die unterirdische Halle zurück. Helga überblickte Aufgänge, Geschäfte, Fahrkartenautomaten. Doch nichts schien vertraut.

Sie zückte ihr Handy und wählte die Nummer von Claire.

»Wo bleibt ihr denn?«, begrüßte ihre Schwester sie. »Es geht gleich los.«

»Wir sind am Zoologischen Garten. Unten in der U-Bahn. Welchen Aufgang müssen wir denn nehmen? Wir hätten uns schon fast verlaufen.«

»Na, den Aufgang zum Busbahnhof. Würde ich wenigstens meinen.«

»Hier steht nirgendwo ›Busbahnhof‹. Ich versteh die Systematik auch nicht.«

»Vielleicht steht da ja irgendwo Zoo? Helga, ist da ein Ausgang, der zum Zoo führt? Der muss es nämlich sein.«

Helga trat ein paar Schritte nach vorn und hielt nach Wegweisern Ausschau. Daher bemerkte sie nicht, wie Kamilla mit blassem Gesicht und flackernden Augen zurückstolperte, hinter eine Reisegruppe geriet, von einem Rollstuhlfahrer aus dem Weg gepfiffen wurde, sich dabei um ihre eigene Achse drehte, die Orientierung verlor und schließlich völlig verstört in die falsche Richtung davonlief.

Ebba umrundete das Theatergebäude. Es sah aus wie eine riesige Turnhalle. Kaum Fenster und nur wenige Eingänge, und an den blanken Betonwänden rankte der Knöterich. Vorne am Haupteingang waren die Türen abgeschlossen gewesen, und auch auf ihr resolutes Klopfen hatte keiner reagiert. Doch dann hatte sie einen kleinen Seiteneingang entdeckt, und nun stieg sie durchs Unterholz, um ihn zu erreichen.

»He, Sie da! Was machen Sie da? Sie können hier nicht einfach aufs Gelände.«

Ein Hausmeister mit blauem Kittel war aufgetaucht. Ein hagerer Kerl mit nervösem Zucken und hervortretenden Augen. Keine wirkliche Bedrohung, trotzdem wollte Ebba freundlich sein. Vielleicht konnte er ihr ja weiterhelfen. Umständlich befreite sie sich aus den Anlagen und trat auf den Hauptweg.

»Entschuldigen Sie bitte. Ich habe es am Vordereingang versucht, aber da hat keiner geöffnet.«

»Weil keiner da ist. Die Proben sind vorbei, und die Theaterleute kommen erst heute Abend wieder.«

»Ich suche jemanden, der nicht zu den Schauspielern gehört. Vielleicht können Sie mir weiterhelfen? Er heißt Toni Müller.«

»Toni?« Das nervöse Zucken verschlimmerte sich, und Ebba erkannte, dass sie sich getäuscht hatte und von diesem Mann durchaus Gefahr ausgehen konnte. In seinem Gesicht spiegelte sich nämlich der Wahnsinn. »Toni war das also? Ich hätte es mir denken können.«

»Was hätten Sie sich denken können?«

»Gestern Nacht war jemand im Theater und hat die Requisite auf der Bühne ruiniert. Alle dachten …« Er unterbrach sich, sah an Ebba vorbei in die Ferne und schüttelte den Kopf. »Toni also. Na, der kann was erleben. Wie ist der denn hier reingekommen?« Dann richtete er den Blick wieder auf Ebba. »Hatte er einen Schlüssel?«

»Ich …«

»Hat er sich einen Schlüssel nachmachen lassen?«

»Ich weiß es nicht!« Sie wollte Toni nicht noch tiefer reinreiten. »Ich weiß auch gar nicht, ob er gestern Nacht überhaupt hier war. Ich habe mir nur sagen lassen, er gehört zum Ensemble. Ich wollte eine Autogrammkarte. Für meine Enkelin.«

Der Hausmeister fixierte sie. Ebba hielt seinen Blicken stand. Auch wenn das mit der Autogrammkarte wohl totaler Schwachsinn war. Toni hatte so etwas sicher noch nie besessen.

»Toni spielt hier nicht mehr«, grunzte er. »Da waren Sie falsch informiert.«

Er hatte es ihr abgekauft. Und dabei völlig übersehen, dass sie gerade noch gesagt hatte, sie würde jemanden suchen, der nicht zu den Schauspielern gehörte. Ebba entschuldigte sich eilig und verschwand, bevor er weitere Fragen stellen konnte.

Toni hatte die Nacht also im Theater verbracht. Aber dieses Wissen half ihr jetzt auch nicht weiter. Jedenfalls war er nicht mehr da. Sie blickte auf die Uhr. Sie musste sich langsam auf den Weg zum Busbahnhof machen. Wie es aussah, würde die Versöhnung mit Toni noch auf sich warten lassen.

Sie dachte an das, was sie Immi gesagt hatte: Wir werden Toni finden und mit ihm reden. Und danach bleibt immer noch genug Zeit, um zum Busbahnhof zu fahren.

Das schlechte Gewissen drückte sie. Da hatte sie den Mund wohl zu voll genommen. Aber das war jetzt nicht mehr zu ändern. Sie mussten zum Bus. Ebba zog das Handy hervor und wählte Immis Nummer, um zum Rückzug zu blasen.

»Ebba, das ist jetzt wirklich ungünstig«, flüsterte Immi am anderen Ende. »Ich bin an ihm dran. Wir sind am Hermannplatz. Mit ein bisschen Glück zeigt er mir gleich sein Versteck.«

»Immi, bist du verrückt? Du musst das die Polizei machen lassen! Du …«

Plötzlich war das Gerät tot.

»Immi? Bist du noch dran?«

Doch nichts. Ebba betrachtete ihr Handy. Es dauerte, bis sie begriff: Die Batterie war leer. Was sollte sie denn jetzt machen?

Verfluchte Technik.

Ein weiterer Blick auf die Uhr. Bestimmt hatte Immi über ihre Verbrecherjagd die Zeit vergessen. Ebba sah sich hilflos um. Dann fasste sie einen Entschluss. Noch war genügend Zeit.

Sie trat an die Straße und winkte das nächste Taxi heran. Warf sich auf die Rückbank, zog eilig die Tür zu und sagte mit drängender Stimme: »Zum Hermannplatz.«

Der Bus war startbereit. Im Innern nahmen die Frauen Platz, sie holten Spielkarten und Handarbeitszeug hervor, plauderten über die Erlebnisse der vergangenen Tage und machten es sich gemütlich. Nur Claire stand draußen auf dem Bürgersteig. Sie hielt die Hand schützend über die Augen und blickte zum Bahnhof hinüber.

Helene Bruns kam auf sie zu marschiert.

»Claire, wo bleiben denn deine Schwestern? Wir sind schon zwanzig Minuten über der Zeit.«

Der Busfahrer schloss die Klappe des Gepäckraums und klopfte sich die Hände sauber.

»Sie kommen bestimmt jeden Moment«, sagte sie.

»Lange können wir nicht mehr warten.«

»Ja, das weiß ich doch. Nur noch zehn Minuten, komm schon, Helene, bitte.«

Helene Bruns murmelte ein »hmpf« und ging weiter zum Busfahrer, um etwas mit ihm zu besprechen. Claire deutete das als ein Ja.

Sie wusste nicht, was los war. Wenigstens Helga und Kamilla müssten doch inzwischen hier sein. Die beiden waren keine hundert Meter entfernt gewesen. Sie zog ihr Handy hervor und wählte Helgas Nummer. Waren die denn immer noch unten auf dem U-Bahn-Steig?

Besetzt. Bestimmt sprach sie mit Wolfgang. Claire wusste aus eigener Erfahrung, dass der sich nicht abwimmeln ließ, egal, wie eilig Helga es hatte.

Also versuchte sie es bei Ebba. »Der Teilnehmer ist vorübergehend nicht erreichbar«, sagte eine Computerstimme. Hatte Ebba ihr Handy etwa ausgeschaltet? Ausgerechnet Ebba?

Claire blickte sich ratlos um. Sie versuchte es bei Immi und ließ es endlos klingeln, bis schließlich die Mailbox ansprang. Wieso ging die denn nicht ran? Hörte sie ihr Handy etwa nicht? Was war denn hier nur los?

Zuletzt versuchte sie es bei Kamilla. Das Gleiche wie bei Ebba: »Der Teilnehmer ist vorübergehend nicht erreichbar.« Hatte auch Kamilla ihr Handy ausgeschaltet? Oder hatte sie keinen Empfang dort unten im U-Bahn-Schacht? Aber dann wäre bei Helga ja nicht besetzt gewesen. Die beiden waren schließlich zusammen unterwegs. Oder etwa nicht?

Frustriert betrachtete Claire das Handy in ihrer Hand. Was sollte sie denn jetzt tun?

»Hast du mit deinen Schwestern gesprochen?« Helene Bruns trat auf sie zu. Offenbar hatte sie Claire telefonieren sehen. »Wie lange brauchen sie noch bis hierher?«

»Nicht mehr lange«, log sie. »Ich habe gerade mit Ebba gesprochen. Sie sind jeden Moment da.«

»Also gut. Lange warten wir nicht mehr, Claire. Alle wollen nach Hause.«

Und damit verschwand sie wieder. Claire blieb auf dem Bürgersteig stehen. Kommt schon, dachte sie. Jetzt beeilt euch doch. Wo steckt ihr denn nur?

Kamilla wusste nicht mehr, wo sie war. Um sie herum ein heilloses Durcheinander. Ratternde U-Bahn-Waggons, zahllose Menschen, blinkende Reklametafeln, Lautsprecherdurchsagen. Sie wollte alles erfassen, doch es blieb nur ein Zahlenchaos.

Sie musste ein Klo finden, und zwar schnell. Lange würde sie es nicht mehr aushalten. Wo war denn nur Helga? Wieso hatte sie Kamilla allein gelassen? Ihre eigene Schwester?

Hier eine saubere Toilette zu finden war bestimmt unmöglich. Aber sie musste es versuchen. Sie hatte keine andere Wahl. Wenn sie doch wenigstens ihr Desinfektionsset dabeihätte!

In dem allgegenwärtigen Chaos zeichnete sich plötzlich

ein vertrautes Bild ab. Ein WC-Wegweiser. Die Farbe war stumpf und ein wenig abgeblättert, aber Kamilla dachte nicht weiter darüber nach. Sie humpelte einfach in die vorgegebene Richtung. So schnell sie konnte. Der Gang leerte sich, es waren kaum noch Menschen zu sehen, dann war sie ganz allein im Neonlicht. Aber das störte sie nicht. Sie musste das Klo finden.

Eine offene Tür, dahinter ein Gang mit einer Metallschranke. Eine nackte Glühbirne baumelte von der Decke, und es stank nach Urin. Kamillas Atem beschleunigte sich. Sie fasste sich ans Dekolleté, zwang sich zur Ruhe und ging tapfer weiter.

An der Metallschranke blieb sie stehen, zog ihre Strickjacke über den Ellbogen und drückte sie damit vorsichtig zur Seite. Du musst jetzt stark sein, nahm sie sich vor und trat ein. Ging mutig in die Damentoilette. Der Gestank wurde stärker. Das Herz klopfte ihr jetzt bis zum Hals.

Was sie sah, brachte sie aus der Fassung. Auf dem Boden schwamm Abfall in Wasserlachen, irgendwo tropfte es von der Decke, das Waschbecken war schmutzig und verkalkt, der Seifenspender von der Wand gerissen, Rost hatte sich in die Armaturen gefressen, und die Fliesen drum herum waren matt und mit Filzern bekritzelt.

Panik erfasste sie. Da war eine Stimme, die immer lauter wurde: Raus hier, Kamilla! Lauf um dein Leben!

Doch es gelang ihr, die Panik zu unterdrücken. Sie wollte einfach nicht mehr Sauerstoff verbrauchen, als fürs Überleben notwendig war. Dann würde es schon gehen. Und mit dem Ellbogen stieß sie todesmutig eine der Zellentüren auf.

Das Klo vor ihr stand ebenfalls in einer Wasserlache. Ein Rinnsal schmutziger Flüssigkeit lief an der Spülung herab. Die Brille war halb herausgerissen und mit schmutzigem

Toilettenpapier umwickelt. Die Schüssel voller Spuren, und mittendrin schwamm ein benutzter Tampon.

Sie stolperte zurück. Das war zu viel. Sie musste raus hier. Sofort. Sie taumelte zur Schranke und stieß blindlings mit dem Ellbogen dagegen. Irgendwas hakte, und sie verstärkte den Druck. Doch nichts. Jetzt raubte die Panik ihr den Atem. Raus. Nur raus hier.

Dann war da plötzlich jemand. Ein Kittel flatterte hinter dem Eingang, ein angedeutetes Pfeifen, dann ging das Licht aus, und die Tür wurde von außen zugezogen.

Schreckensstarre. Kamilla wollte schreien, um sich schlagen, irgendwie auf sich aufmerksam machen. Doch sie war wie gelähmt. Ein Schlüssel war zu hören, dann wurde er abgezogen, und Schritte entfernten sich.

Es wurde still. Kamilla blieb allein zurück. Es gurgelte im Abfluss, irgendwo tropfte es von der Decke. Sonst nichts. Da waren nur sie und die unheilvolle, lauernde, uringeschwängerte Dunkelheit.

Wenn Ebba erst am Hermannplatz angekommen war, würde sie schon wissen, was zu tun wäre. Sie musste sich nur einen Überblick verschaffen. So groß konnte der Platz ja nicht sein. Sie würde schon wissen, wo sie nach Immi suchen musste. Hoffentlich machte Immi bis dahin keine Dummheiten. Mit diesen Kriminellen spielte man besser keine Spielchen.

Ebba sah aus dem Fenster. Auf der Straße herrschte reger Verkehr. Die Bürgersteige waren voller Menschen. Sie sah Dönerbuden, Ein-Euro-Shops, Gemüseläden und Internetcafés. Es sah hier ganz anders aus als in dem Teil der Stadt, den sie bisher gesehen hatte.

»So, wir sind da«, sagte der Taxifahrer. »Wo soll ich Sie rauslassen?«

Ebba blickte überrascht nach vorne. Vor ihnen war ein Wochenmarkt mit zahllosen Markisen, Gemüseständen, Buden und Schauflächen. Kinderkleidung an Bügeln flatterte in der Luft, Uhrenimitate funkelten im Sonnenlicht. Eine riesengroße Fläche war das, umgeben von mehrspurigen Straßen und großen Verkehrskreuzungen. Sie entdeckte eine Karstadt-Filiale, die sich über einen ganzen Häuserblock erstreckte, und drum herum Geschäftsstraßen mit Banken, Videotheken und Sonnenstudios. Eine McDonald's-Filiale, Crêpesstände, ein mobiler Würstchenverkäufer. Und dazwischen Taschenspieler, Jugendgangs, Schulklassen, Großfamilien. Überall Menschenmassen.

»Ist das der Hermannplatz?«, vergewisserte sie sich.

»Ganz richtig. Wo soll ich Sie rauslassen?«

»Einfach da vorne, hinter der Ampel.«

Sie zahlte, stieg aus und trat auf den Platz. Ihr wurde klar: Es war unmöglich, in diesem Gewusel jemanden zu finden. Sie taumelte ein paar Schritte zurück.

»Können Sie nicht aufpassen?« Eine fette Frau in Leggings und mit blondierter Dauerwelle stieß sie unsanft zur Seite. »Was stehen Sie denn so blöd rum?«

Ebba schwieg. Ließ sich willenlos herumstoßen.

Dabei zählte jede Sekunde, denn sie musste in Windeseile ihre Schwester finden, um sie ins nächste Taxi zu stecken und mit ihr so schnell wie möglich zum Bahnhof Zoo zu fahren.

Sie waren immer noch nicht da. Claire hatte schon zweimal bei Helene Bruns um einen weiteren Aufschub gebettelt, doch langsam kippte die Stimmung im Bus. »Erst haben die das Programm sausen lassen, und dann so was«, hörte Claire jemanden sagen, und: »Um mit uns zusammen zu sein, dafür waren sie sich zu schade. Aber jetzt dürfen wir alle auf sie warten.«

Wenn ihre Schwestern nicht langsam eintrafen, würde es eng werden. Lange würde Claire die anderen nicht bei Laune halten können. Es ging langsam ans Eingemachte.

Da tauchte Helga im Aufgang der U-Bahn auf. Sie war allein. Als sie Claire entdeckte, wirkte sie erleichtert. Mit großen Schritten kam sie auf den Bus zu.

»Kamilla ist weg!«

»Wie meinst du das?«

»Na, weg. Verschwunden.«

»Aber ihr wart doch zusammen unterwegs.«

»Schon. Ich weiß auch nicht, wie das passieren konnte. Gerade war sie noch da, und im nächsten Moment ist sie verschwunden. Ich habe alles abgesucht, aber ohne Erfolg.«

Helene Bruns trat neugierig dazu. Da klingelte Helgas Handy, sie zog es hervor und ging mit einem leisen Fluch ran. »Wolfgang, es geht jetzt nicht ... ja, ich weiß, aber wir haben auch Probleme ...«

Helene Bruns und Claire wechselten Blicke.

»Nein, das geht jetzt nicht«, zischte Helga und legte auf. An Claire und Helene gewandt sagte sie: »Kamilla geht nicht ans Handy. Wahrscheinlich hat sie keinen Empfang, da, wo sie jetzt ist.« Dann hielt sie inne und blickte sich um. »Wo sind denn Ebba und Immi? Sind die etwa noch nicht da?«

Helene Bruns schnaubte. Helgas Handy klingelte wieder. Sie sah aufs Display und drückte das Gespräch weg. Wolfgang.

»Ebba hat das Handy ausgeschaltet«, sagte Claire. »Und Immi geht nicht ran. Ich weiß auch nicht, was da los ist.«

Helga blickte sorgenvoll. »Was machen wir denn nur?«

Helene Bruns verschränkte die Arme. »Tut mir leid, aber

ihr müsst euch entscheiden. Entweder ihr fahrt mit, oder ihr bleibt hier. Der Bus fährt jetzt jedenfalls los.«

Und genau das tat er. Die beiden Schwestern blieben an der Haltebucht zurück. Standen allein auf dem Bürgersteig, sprachlos und mit besorgten Gesichtern, bis der Bus um die Ecke fuhr und endgültig aus ihrem Blickfeld verschwand.

10. Kapitel

Überall ragten Plattenbauten in den Himmel. Spielklötze, die ein Riese verstreut hatte. Dazwischen schlängelte sich eine winzig kleine Straßenbahn, in der Toni saß und zu den kantigen Gebäuden hinaufsah. Je länger die Straßenbahn unterwegs war, desto mehr veränderten sich die Fahrgäste. Russen, Ukrainer und Kasachen bestimmten zunehmend das Bild, während die Deutschen nach und nach ausstiegen. Nur Toni blieb sitzen. Er musste bis zur Endhaltestelle.

Die Tanten hatten wohl inzwischen die Stadt verlassen. Ihr Bus musste längst auf der Autobahn sein. Tonis Wohnung war bestimmt wieder frei. Trotzdem hatte er noch keine Lust, nach Hause zu gehen. Er wollte weder Lutz noch Kayla sehen. Diese Verräter waren ihm in den Rücken gefallen, so fühlte es sich zumindest an. Er wollte erst einmal alleine sein. Und nachdenken.

Er musste verdauen, was passiert war. Sein Vater war gar nicht sein Vater. Toni fühlte sich schutzlos dem Universum ausgeliefert. Er war verunsichert. Allein gelassen. Sein ganzes Leben war auf den Kopf gestellt, es war nichts mehr wie zuvor. Ihm waren die Wurzeln genommen worden. Er hatte jetzt kein Zuhause mehr.

Dabei sollte es im Grunde für ihn keine so große Überraschung sein. Er hatte doch schon immer gespürt, dass etwas nicht stimmte. Schon als Kind war er ein Außenseiter gewesen. Er hatte nie so richtig reingepasst. Zwar hatte er sich andere Gründe dafür zurechtgelegt: seine Liebe zur Schauspielerei, seine Veranlagung, Männer zu lieben, und dann dieser Drang, aus der Provinz herauszumüssen. Aber offenbar lagen die wahren Gründe für dieses Gefühl, nicht dazuzugehören, viel tiefer.

Eigentlich machte es die Sache einfacher für ihn. Er begriff nun. Sein Vater – oder der, von dem er geglaubt hatte, er wäre sein Vater – hatte ein fremdes Kind aufgezogen. Ein Kind, das die Frucht des Seitensprungs seiner Ehefrau war. Er musste es versorgen. Er musste ihm jeden Tag ins Gesicht blicken. Endlich begriff Toni, weshalb er immer so mürrisch gewesen war. Ein unfreundlicher und kaltherziger Mann, der ihn auf Distanz gehalten hatte.

Zu seiner Überraschung schmerzte ihn der Verlust seiner Tanten am meisten. Die schönsten Kindheitserinnerungen standen mit ihnen in Verbindung. Als er aus Papenburg fortgegangen war, hatte er seinen Tanten viel zu leichtfertig den Rücken gekehrt. Damals hatte er nur weggewollt. Er hatte die ganze spießige und langweilige Welt seiner Kindheit hinter sich lassen wollen. Doch jetzt schmerzte es ihn, das alles für so selbstverständlich genommen zu haben. Jetzt, wo er mit diesen Frauen nicht mehr verwandt war. Natürlich waren sie wegen Curt nach Berlin gekommen und nicht seinetwegen. Das war ja ganz normal. Jeder war in erster Linie für seine eigene Familie da. Und Toni gehörte nun mal nicht dazu.

Die Straßenbahn rumpelte um eine Kurve, dann blieb sie am Endbahnhof stehen. Hier hörte die Plattenbausiedlung auf, dahinter begann ein Kiefernwald. Die Motoren wurden abgestellt, die Türen öffneten sich. Toni stieg aus. Er war am Ziel seiner Reise angelangt.

Aus seiner Hosentasche zog er die Karte hervor, auf der

die Adresse notiert war. Nach dem Streit mit Tante Helga und Tante Kamilla war er noch mal in seine Wohnung zurückgekehrt und hatte verlangt: »Ihr sagt mir jetzt, wer mein Vater ist. Ich will wissen, wie er heißt und wo er wohnt. Sofort.« Und sie hatten es getan. Ohne zu zögern. Schweigend hatte Tante Helga einen Stift genommen und alles aufgeschrieben. Sie hatten also immer noch Kontakt zu ihm und wussten, wo er lebte.

Er wohnte in Berlin! War das zu glauben? Tonis Vater war in Berlin gewesen, die ganze Zeit über. Nur ein paar Kilometer Luftlinie von ihm entfernt. Da musste doch das Schicksal seine Hände im Spiel gehabt haben. Vielleicht war das ja der Grund gewesen, weshalb Toni schon immer unbedingt nach Berlin gewollt hatte. Eine Stimme hatte ihm das geflüstert, weil sein Vater hier lebte.

Eine Schönwetterwolke schob sich vor die Sonne. Toni überquerte die Straße. Er war angekommen. Vor ihm das Haus, in dem sein Vater wohnte. Der Hauseingang war voller Graffiti, eine Scheibe war eingeschlagen, und überall lag Müll herum. Toni studierte die Tafel mit den Namensschildern. Einige Namen waren überschrieben, mit Kaugummis verklebt und teilweise bis zur Unkenntlichkeit verkratzt. Doch da stand er, im achtzehnten Stockwerk: Gerd Kowalski.

Die Haustür war nicht verschlossen, und Toni konnte eintreten. Auch hier war alles voller Schmierereien, und es roch nach Urin. Der Fahrstuhl war außer Betrieb, so blieb ihm nichts anderes übrig, als das Treppenhaus zu nehmen. Es war ein langer Marsch bis ins achtzehnte Stockwerk, und oben angekommen, musste er erst einmal Luft holen. Vor ihm ein langer Korridor, an dessen Ende ein Fenster war. Dahinter der Himmel.

Was würde passieren, wenn sein Vater ihn sah? Würden

sie sich erkennen, wenn sie sich gegenüberstanden? Würde er intuitiv wissen, dass es sein Sohn war, der da vor ihm stand? So wie das Schicksal Toni intuitiv nach Berlin hatte gehen lassen?

Schließlich stand er vor der Tür seines Vaters. Seine Hände zitterten. War er überhaupt zu Hause? Es gab nur eine Möglichkeit, das herauszufinden. Er klopfte.

Drinnen Geräusche. Husten, dann schlurfende Schritte. Tonis Herz raste. Jetzt ging die Tür auf, und er stand vor ihm.

Ein fetter alter Mann mit gebeugtem Rücken, im Unterhemd, mit bläulich weißer Haut und Haarbüscheln auf den Schultern. Das Gesicht ungesund rot und mit den Zügen einer Kröte, ein schmutziger Zigarettenstummel im Mundwinkel, gelbe Zähne, eine Alkoholfahne. Und kalte Augen. Kalte, böse, abweisende Knopfaugen.

»Was willst du, Bürschchen?«, krächzte er und hustete.

Der erste Eindruck zählt, heißt es ja. Doch Toni wollte sich davon nicht beeindrucken lassen.

»Was du hier willst, verdammt noch mal!«

Komm schon, Toni. Improvisationstheater.

»Entschuldigen Sie die Störung. Ich komme vom Quartiersmanagement. Wir führen bei den Bewohnern dieses Viertels eine Befragung durch.«

Er betrachtete Toni angewidert.

»Ich hab keine Zeit für solchen Schwachsinn.«

Trotzdem blieb er in der offenen Tür stehen. Und Toni wusste auch, weshalb. Er sah es an seinem Gesicht, und er konnte es in der Wohnung riechen: Einsamkeit.

Toni machte also weiter. »Es geht um die Wohnqualität und um die Angebote, die das Quartiersmanagement für ...«

»Zur Wohnqualität kann ich dir was sagen«, grunzte der Alte. »Seit hier alles voll von stinkenden und Wodka saufenden Russen ist, kannst du dir die Wohnqualität in den Arsch schieben. Diese Scheißausländer sind schuld daran, die richten hier alles zugrunde. Aber das wollt ihr ja nicht hören, ihr verweichlichten Sozialfuzzis. Wenn du mich fragst, Bürschchen, sollte man die alle an die Wand stellen, die Scheißrussen. Und dann können wir wieder über Wohnqualität reden.«

Wie hässlich er war. Seine Augen traten hervor, wenn er sprach, sie waren giftig und voller Hass. Toni wusste nicht, was er sagen sollte. Da war nur noch seine Rolle, die ihn aufrecht hielt.

»Aber wurden Sie schon auf die Angebote aufmerksam gemacht, die das Quartiersmanagement ...«

»Angebote!«, spuckte er aus. »Eure Scheißangebote könnt ihr euch genauso in den Arsch schieben. Was hier fehlt, ist eine ordentliche Kneipe. Wo man seinen Sprit bezahlen kann. Und vor allem eine, wo keine Russen sind. Dann wäre schon einiges gewonnen.«

»Geplant ist eine Begegnungsstätte für ältere Menschen, wo Sie ...«

»Ach, leck mich am Arsch mit deiner Scheiße. Verpiss dich einfach, du elende Schwuchtel.«

Er sah Tonis Bestürzung. Ein triumphierendes Gelächter, das schließlich in einem Hustenanfall unterging.

»Glaubst du, man sieht es dir nicht an? Dass du ein warmer Bruder bist? Ha, einen Kilometer gegen den Wind. Euch sollte man gleich mit an die Wand stellen, wenn du mich fragst.«

Toni spürte nichts. Er war ganz ruhig. Als würde er schweben. Weit über allem. Über seinem Leben.

Der böse Mann hatte sich offenbar eine andere Reaktion erhofft. Er spuckte aus, murmelte: »Blöder Spinner«, und schlug ihm die Tür vor der Nase zu.

Toni blieb allein zurück. Es wurde still. Er sah zum Fenster, ganz am Ende des Flurs. Draußen waren jetzt Schäfchenwolken. Reine, erhabene Wolken.

Der Weg zurück in die Stadt dauerte ein halbes Leben. Toni ließ die Stadtlandschaften an sich vorbeiziehen. Er fuhr bis zum Alexanderplatz. Hier musste er aussteigen.

Er stand noch immer neben sich, als er auf den belebten, sonnigen Platz taumelte. Neben der Weltzeituhr posierte ein Schauspielschüler auf einem Podest in der Rolle der silbernen Statue. Toni lächelte. Das erinnerte ihn an seine eigene Ausbildung. Der Typ war als Statue extrem überzeugend, da hatte er schon andere gesehen. Er zog ein Zwei-Euro-Stück heraus und warf es in den Hut. Die mechanische Verbeugung, die folgte, war die einer Marionette. Da war nichts Menschliches zu erkennen. »Du bist gut«, sagte er. »Ganz große Klasse.« Doch wie es sich für eine Statue gehört, gab sie nicht einmal ein Blinzeln zurück.

Toni sehnte sich ganz furchtbar nach Micha. Aber er wagte nicht, sich bei ihm zu melden. Wollte der ihn überhaupt sehen? Was, wenn er ihm weitere Vorwürfe machte? Toni würde das nicht ertragen können, nicht heute.

Er ging weiter und setzte sich an den Brunnen. Wasser plätscherte, da waren Punks mit ihren Hunden, Mütter mit Kinderwagen, an denen kleine Sonnenschirmchen angebracht waren, Liebespaare, die Arm in Arm vorbeischlenderten, und Teenies auf Skateboards. Was war das nur für ein wunderschöner Sommertag. Toni hätte am liebsten losgeheult.

Ein alter Mann mit Nickelbrille und albernem Hut stellte am Brunnen ein paar Plastiktüten ab, die er mit sich herumschleppte. Dann seufzte er, strich sein Jackett glatt, ein abgetragener und für die Jahreszeit viel zu warmer Flickenteppich, und setzte sich neben Toni. Dem gelang es nicht, rechtzeitig wegzugucken. Sie hatten kurzen Blickkontakt, und schon sprach der alte Mann ihn an.

»Ist das nicht ein herrlicher Tag? Ein Tag für Verliebte. Noch einmal jung sein, was? Aber wem sage ich das? Sie stehen ja in der Blüte Ihrer Jahre. Verzeihen Sie einem alten Dummkopf.«

»Ja, natürlich.«

Toni lächelte unbestimmt und wandte sich ab. Hoffentlich reichte das aus, um ihn loszuwerden.

»Sie sehen aber nicht sehr glücklich aus. Und das an einem solchen Tag.«

»Hören Sie, ich möchte nicht unhöflich sein, aber …«

»Ach was, Sie sind doch gar nicht unhöflich. Im Gegenteil. Sie haben Glück, dass Sie mich treffen.« Er reichte ihm die Hand. »Ambrosius von Weinstadt. Freut mich sehr.«

Toni sah sich genötigt einzuschlagen.

»Ich bin Lebensberater«, sagte der Mann mit einem stolzen Lächeln. »Spezialisiert auf alle Lebenslagen, alle Probleme. Sicher kann ich Ihnen weiterhelfen.«

»Ich weiß nicht. Ich … mein Gott, so spät ist es schon? Ich muss jetzt wohl …«

»Sagen Sie mir, was Ihr Problem ist. Sie werden sehen, ich kann Ihnen helfen.« Er rückte näher heran. »Na, kommen Sie. Raus mit der Sprache.«

Toni betrachtete diesen lächelnden Mann, der weit entfernt in seiner eigenen Welt zu sein schien. Allerdings war das wohl der einzige Mensch auf der Welt, mit dem er im Moment reden konnte. Versuchen konnte er es ja.

»Was würden Sie einem raten, der keine Familie mehr hat?«

Ein Hundeblick. »Sind sie gestorben?«

»Nein. Sie haben nie gelebt. Na ja, irgendwie schon, aber

nicht für mich. Meine Familie war gar nicht meine Familie, das habe ich gerade erst erfahren. Und ich glaube auch nicht, dass die mich je gewollt haben. Und meine biologische … Also, meine Mutter ist lange tot. Und meinen Vater … na ja, den habe ich heute kennengelernt. Und er ist … er ist so, dass ich wünschte, ich hätte nie von ihm erfahren.«

»Oh.« Der Alte dachte nach. »Es gibt viele Familien. Jesus bietet dir seine Liebe an, er ist Familie für uns alle. Jesus ist die Liebe, und er ist in dir, jederzeit. Du musst ihn nur willkommen heißen.«

Toni wandte sich ab. Na toll. Er war so dünnhäutig, dass er fast versucht war, darüber nachzudenken. Das war typisch für diese Bibelfreaks, sie hatten ein gutes Gespür dafür, wenn einer schwach und verletzlich war. Dann konnten sie ihm das Messer ohne Gegenwehr zwischen die Rippen jagen.

»Liebe ist die Frucht des Heiligen Geistes«, beharrte er, doch Toni hörte gar nicht mehr zu. Die Stimme des Alten wurde unsicher. »Ähm … nun ja, dann … Buddha! Buddha spricht von der allumfassenden Liebe. Du musst ein offenes Herz haben und dich berühren lassen. Du musst …«

Toni sah verdutzt auf. Der Mann hielt inne.

»Ach … Buddha auch nicht? Na ja, der Prophet Mohammed, der hat … wie soll ich sagen … Ich meine, die Liebe ist das Herz des Islams. Die Liebe ist …«

Toni war fassungslos. Der alte Mann wurde zunehmend nervös. Er rückte die Nickelbrille zurecht und sah Toni Hilfe suchend an.

»Aphrodite vielleicht? Aphrodite und Eros? Oder Freya, die germanische Göttin der Liebe?«

»Nein, verflucht. Ich bin nicht religiös.«

»Ach so.«

»Wem geben Sie denn bitte Lebensberatung?«

»Na, allen, die Hilfe brauchen.« Er richtete sich wieder auf. Auch das Lächeln kehrte zurück. »Das können Hausfrauen und Professoren sein. Handwerker und Vorstandsvorsitzende. Es kommen alle zu mir, die meine Hilfe wollen. Ich habe Rat für jeden.«

Toni bezweifelte, dass es eine gute Idee war, mit diesem Typen zu reden. Er wollte so schnell wie möglich zu einem Ende kommen. »Also gut. Und was raten Sie mir?«

Er runzelte die Stirn. »Mal sehen. Mein Sohn ist gestorben, da war er achtzehn. Bertold. Mit dem Auto frontal gegen einen Baum gefahren. Er hatte zwei Komma sieben Promille im Blut. Er muss unfassbar viel getrunken haben. Er war in der Disco gewesen. Er hätte gar nicht mehr fahren dürfen.«

O Gott, dachte Toni. Was passiert denn jetzt? Das freundliche Lächeln war weg. Eine andere Art von Wahnsinn schlich sich in sein Gesicht, eine, die nicht mehr harmlos wirkte.

»Das tut mir sehr leid«, sagte Toni benommen.

»Das muss es nicht. Wir haben damals schon nicht mehr miteinander gesprochen. Bertold hatte seine Lehre abgebrochen, deshalb durfte er nicht mehr zu uns kommen. Ich hab ihm gesagt: Ich habe keinen Sohn mehr. Seine Mutter hat natürlich geweint. Aber ich bin hart geblieben. Also war es gar nicht so schlimm, das mit dem Autounfall.«

Toni begriff. Das mit der Beratung hatte er sich nur ausgedacht, damit Toni nicht verschwand.

»So ein Idiot. Er hätte nicht mehr fahren dürfen, verstehst du? Das war typisch für ihn. Er machte nie, was man von ihm erwartete. Er war eine einzige Enttäuschung. Das habe ich immer gesagt: eine Enttäuschung. Und jetzt ist er tot.« Er fixierte Toni. »Er sah genauso aus wie du. Weißt du das? Genau wie du.«

»Sorry, aber ich hab keine Zeit mehr.«

Er sprang auf und wollte sich davonmachen, doch der Mann war blitzschnell. Er packte ihn am Arm. Sein Griff war wie Stahl.

»Wo willst du denn hin, Bertold? Erkennst du deinen Vater nicht mehr?«

Grauen erfasste Toni. Er fühlte sich wie gelähmt.

»Und was soll das Gerede von deiner Familie und deinem Vater, der gar nicht dein Vater war? Denkst du, nur weil du bei uns Hausverbot hast, bin ich nicht mehr dein Erzeuger?«

Toni riss sich los. Mit aller Kraft. Er stürzte davon. Der Typ schrie ihm etwas hinterher, doch er verstand kein Wort davon. Ein paar Leute sahen sich verwundert um, aber Toni achtete nicht auf sie. Er rannte immer weiter, bis er den S-Bahnhof erreicht hatte. Der Mann war ihm nicht gefolgt.

Was war denn das gewesen? Toni atmete durch. Aber er war ja selbst schuld. Was hatte er denn gedacht? Dass dieser schräge Vogel eine Art König der Fischer war, von dem er Weisheiten vermittelt bekam? Am Ende noch Erleuchtung erfuhr? Schön blöd.

Er musste irgendwohin, wo er in Sicherheit war. Wo er sich ausruhen und seine Wunden lecken konnte. Wo er vor solchen Typen sicher war. Irgendwohin, nur nicht in seine Wohnung.

Die nächste Krisensitzung fand in Kaylas Küche statt. In ihrer hoffnungslosen und verfahrenen Situation hatten sich Helga und Claire nicht anders zu helfen gewusst, als Kayla um Hilfe zu bitten. Und Kayla war gekommen. Natürlich. Sie war sofort zum Zoo gefahren, hatte die beiden Schwestern eingeladen und zu sich nach Hause gebracht. Als Erstes hatte sie ihnen etwas zu essen gekocht und darauf bestanden, dass sie ein wenig zu sich nahmen. Nervennahrung: Spaghetti carbonara.

Während des Essens analysierten die Schwestern ihre Lage.

»Dass Ebba ohne ein Wort verschwindet, wundert mich am meisten«, sagte Claire. »Das ist doch gar nicht ihre Art.«

»Da muss was passiert sein«, stimmte Helga zu. »Anders kann ich mir das nicht vorstellen.«

»Und Immi … Erst geht sie nicht ans Telefon, und jetzt hat sie es abgestellt.«

»Vielleicht ist ja ihr Akku leer.«

»Ja, aber wieso macht sie sich dann nicht vorher bemerkbar? Sie wusste doch, wie spät es ist. Und dass wir am Busbahnhof stehen.«

»Bestimmt geht es beiden gut«, meinte Helga. »Sie sind nur … Ach, ich weiß auch nicht, was passiert sein könnte.«

»Zuletzt waren sie am Theater, da haben wir noch mit ihnen gesprochen. Vielleicht sollten wir da mal hinfahren und uns umsehen.«

Kayla beteiligte sich nicht an dem Gespräch. Sie fuhr stattdessen den Laptop hoch und ging ins Internet. Dann rief sie ein Programm auf und gab ein paar Befehle in die Maske ein.

»Am meisten Sorgen mache ich mir um Kamilla«, sagte Helga. »Ich will mir gar nicht vorstellen, wo die jetzt gerade herumirrt.«

»Ach, von der hören wir bestimmt als Erstes«, meinte Claire. »Wenn sie einen Mitarbeiter von der Bahn trifft, wird sie ihn ansprechen. Der kann uns dann anrufen.«

»Ja, aber hätte das nicht schon längst passieren müssen? Sie ist seit über einer Stunde weg.«

Kayla machte sich mit einem Räuspern bemerkbar. Sie zeigte ein triumphierendes Lächeln.

»Um Kamilla müsst ihr euch schon mal keine Sorgen machen. Wir fahren gleich los und holen sie.«

»Wie bitte?«

»Aber wie kannst du …?«

Kayla konnte sich ein Augenzwinkern nicht verkneifen. Sie drehte den Laptop schwungvoll zur Seite, und dann konnten Claire und Helga einen Blick auf den Bildschirm werfen. Ein Straßennetz war zu erkennen, mittendrin ein blinkender Punkt, begleitet von leisem Piepen.

»Seht ihr den Punkt?«, fragte sie. »Das ist Kamilla. Sie ist ganz in der Nähe vom Bahnhof Zoo.«

Nun waren die beiden völlig perplex.

»Aber wie …?«

Kayla genoss ihren Auftritt. »Es ist reiner Zufall«, erklärte sie dann. »Ich hab vergessen, den Peilsender aus ihrer Handtasche zu holen.«

»Den Peilsender?«

»Aus ihrer Handtasche?«

»Na ja, ihr erinnert euch doch, wie Kamilla zum Bäcker gegangen ist. Da hattet ihr doch Angst, sie könnte verloren gehen. Aber Kamilla hat darauf bestanden, alleine zu gehen. Sie hat sich davon nicht abbringen lassen.«

Claire und Helga sahen sie ungläubig an.

»Also habe ich ihr heimlich einen Peilsender in die Handtasche gelegt, damit sie nicht verloren gehen kann. Ich habe ein GPS-System, und der Sender war zufällig in meiner Brusttasche.«

Kayla lächelte bescheiden. Nicht mehr lange, und die beiden würden ihr zu Füßen liegen.

Claire war die Erste, die ihre Sprache wiederfand.

»Aber wieso hast du überhaupt ein GPS-System?«

»Damit hat sie ihre letzte Freundin überwacht«, sagte eine Stimme. Alle drehten sich um. Lutz stand in der Küchentür.

»Kayla wollte beweisen, dass die wieder was mit ihrem Exmann hatte. Da hat sie ihr den Peilsender unters Auto geklebt. So konnte sie beweisen, dass ihre Freundin fremdgegangen ist.« Er reckte sich. »Mannomann, da war hier vielleicht was los, kann ich euch sagen. Da flogen ziemlich die Fetzen.«

Kayla warf ihm böse Blicke zu, aber Lutz bemerkte das gar nicht. Was er bemerkte, war das Essen auf dem Tisch. Er bekam große Augen.

»Oh, hast du was gekocht? Seid ihr schon fertig? Ist das alles übrig?«

»Das mit meiner Ex ist eine lange Geschichte«, versuchte Kayla zu relativieren. »Da haben sich beide Seiten nicht sonderlich mit Ruhm bekleckert. Und ja: Ich habe auch ein paar Sachen gemacht, auf die ich nicht sonderlich stolz bin. So ist das in der Liebe. Man lernt aus seinen Fehlern.«

Lutz hörte gar nicht mehr zu. Er hatte sich längst einen Teller geschnappt und schaufelte ihn voll. Mit eiskaltem Herzen beobachtete Kayla, wie dieser kleine Verräter die restlichen Spaghetti aufaß.

»Schmeckt super, Kayla«, sagte er mit vollem Mund. »Echt.«

Helgas Handy machte sich bemerkbar. Sie sah aufs Display und wechselte mit Claire bedeutungsvolle Blicke. Dann holte sie Luft, stand auf, ging zum Fenster und nahm das Gespräch entgegen.

»Nein, Wolli, ich wollte mich gerade melden. Wirklich. Nein, hör mir bitte zu …«

»Ihr Mann«, erklärte Claire. »Er … er ist ein bisschen

schwierig. Helga durfte nur auf diese Reise mitkommen, wenn sie ihn über jeden Schritt auf dem Laufenden hält.«

»Aber sie ist doch mit ihren Schwestern unterwegs. Was soll denn da passieren?«

»Es geht nur darum, dass er sie nicht kontrollieren kann. Normalerweise darf sie kein Schritt tun, wenn er nicht dabei ist.«

Kayla beobachtete, wie Helga sich zu rechtfertigen versuchte. Was war das bloß für ein Typ, dieser Mann? So eine Klassefrau wie Helga hatte der doch gar nicht verdient.

»Und Helga macht das mit«, stellte Kayla fest.

»Er ist ein richtiger Kontrollfreak«, sagte Claire. »Und eifersüchtig bis dorthinaus. Sie hätte einen Besseren verdient.«

Kayla wartete, bis Helga das Gespräch beendet hatte, sich wieder zu ihnen setzte und fragte: »Und jetzt? Wie geht es weiter?«

»Jetzt holen wir Kamilla«, sagte Kayla.

»Ich bleibe am besten hier«, meinte Claire. »Einer sollte da sein, falls Ebba oder Immi auftaucht.«

»Also gut. Dann machen Helga und ich uns auf den Weg zum Zoo. Vielleicht kleben wir einen Zettel an Tonis Tür mit der Info, dass du gegenüber bist. Wenn die beiden …«

Schon wieder klingelte ein Telefon. Alle sahen sich nur fragend an. Es klingelte wieder.

»Ach so.« Lutz begann in seiner Tasche zu kramen. »Ich habe unser Schnurlostelefon mit rübergenommen, falls sich einer bei uns meldet. Man weiß ja nie.«

Er zog es hervor und ging ran.

»Ja? … Ähm, ja klar, hier ist Toni Müller. Am Apparat. Worum geht es denn? … Ich verstehe … ja … ach so … gut, dann vielen Dank.«

Während des Gesprächs hatte sich ein Schatten über sein

Gesicht gelegt. Alle blickten ihn erwartungsvoll an. Er ließ das Telefon sinken.

»Was ist? Jetzt sag schon!«

»Das war die Polizei. Sie haben Tante Immi.«

Sie teilten sich auf. Lutz und Claire fuhren zur Polizei, um Immi aus dem Gewahrsam zu befreien. Kayla packte Helga in ihren Wagen und machte sich auf den Weg zum Bahnhof Zoo. Micha wurde schnell noch hinzugerufen, damit einer im Basislager die Stellung halten konnte, danach ging es los. Als sie aufbrachen, versank die Sonne gerade hinter den Mietshäusern. Es wurde Nacht in Berlin.

»Deine Schwester hat also eine Anzeige wegen Hausfriedensbruchs am Hals«, stellte Kayla fest, als sie den Motor anließ. »Kannst du dir einen Reim darauf machen?«

»Nein, Immi ist noch nie mit dem Gesetz in Konflikt gekommen. Sie ist auch diejenige von uns, der ich es am wenigsten zutrauen würde.«

»Irgendwo muss sie eingestiegen sein. Aber weshalb?«

»Das kann nur ein Missverständnis sein. Und sie war ja auch allein, als die Polizei sie festgenommen hat. Von Ebba keine Spur.«

Kayla warf ihr einen Seitenblick zu. »Ihr Müller-Schwestern seid nicht ohne, scheint mir.«

Helga saß auf dem Beifahrersitz, den Laptop auf dem Schoß, und beobachtete das Blinken des Positionsmarkers.

»Kamilla bewegt sich nicht vom Fleck. Wo kann sie nur sein?«

»Vielleicht ja in einem Café oder einem Restaurant. Ich glaub, da ist ein McDonald's an der Stelle, wo's blinkt.«

Helga lachte. »Da kennst du aber Kamilla schlecht. Die würde im Leben keinen Fuß in einen McDonald's setzen.

Und sie würde es sich dort erst recht nicht stundenlang gemütlich machen und Cappuccino schlürfen.«

»Vielleicht ist da auch was anderes. Wir werden es ja gleich sehen.«

Helgas Handy klingelte. Kayla registrierte mit einiger Befriedigung, wie peinlich es Helga in ihrer Gegenwart war, dass offenbar schon wieder ihr Mann anrief. Sie sah nur kurz aufs Display und drückte dann das Gespräch weg. Als es erneut klingelte, stellte sie das Gerät ganz ab.

»Es tut mir leid«, murmelte sie.

»Unsinn. Was soll dir daran leidtun?« Kayla ließ den Blick auf der Straße ruhen. »War das dein Mann?«

»Ja.« Sie zögerte, dann gestand sie: »Ich habe ihm nicht gesagt, dass wir in Berlin gestrandet sind. Dann würde er sich sofort auf den Weg machen. Er denkt, der Bus hat ein bisschen Verspätung, und es geht jeden Moment los.«

»Ich verstehe.«

»Er versaut mir den ganzen Urlaub«, brach es aus Helga hervor. »Er muss sich überall einmischen. Ich wünschte, er würde …« Sie stockte. Offenbar war ihr bewusst geworden, wie sie gerade von ihrem Ehemann sprach. »Ach, vergiss das bitte.«

Kayla nickte. Sie tat, als konzentrierte sie sich aufs Fahren, und steuerte den Wagen über die Oberbaumbrücke.

»Ich würde dir gerne was zeigen«, sagte sie.

Dann fuhr sie seitlich an den Straßenrand, stellte die Warnblinkanlage an und sprang aus dem Wagen. Sie führte Helga zum Brückengeländer. Vor ihnen das glitzernde Wasser der Spree. Die Sonne färbte den Himmel blutrot, dünne Wolkenfäden zogen am Himmel. Und dann die Stadt: Kreuzberger Hinterhöfe, Antennen, Türmchen, die Schornsteine der Gaswerke, dahinter der Fernsehturm.

»Es ist wunderschön«, sagte Helga.

»Ja.« Kayla atmete die warme Abendluft ein. »Gib mir mal dein Handy.«

»Was?«

»Gib schon her.«

Helga reichte es ihr, und Kayla wog es in der Hand.

»Es könnte ins Wasser gefallen sein«, meinte sie.

Helga sah sie erschrocken an. Aber da war noch etwas anderes in ihren Augen: Begeisterung.

»Oder einer könnte es im McDonald's geklaut haben, während ihr auf den Bus gewartet habt.«

»Nein, das können wir nicht machen. Du bist verrückt.«

Sie sah es in ihren Augen. Helga war einverstanden. Sie würde so etwas niemals selbst tun. Das wäre gar nicht ihr Stil. Aber wenn es jemand anderes machte …

Kayla holte aus, vorsichtshalber zögerte sie noch einen Moment, aber da kein Protest folgte, warf sie das Gerät in hohem Bogen über das Geländer. Mit einem leisen Plumps landete es im Wasser.

»Und? Wie fühlst du dich jetzt?«, wollte Kayla wissen.

Helga dachte nach. »Gut.«

»Sollen wir weiterfahren?«

»Nein, lass uns noch ein bisschen bleiben.«

Sie blieben, bis die Sonne untergegangen war. Kayla stellte vorsichtshalber das Warndreieck auf und öffnete die Motorhaube. Dann standen sie Schulter an Schulter am Brückengeländer und erlebten schweigend die Schönheit des Moments.

Anschließend ging es weiter zum Bahnhof Zoo. Dort wartete eine Überraschung auf sie. Wo sich Kamilla hätte aufhalten müssen, war nur ein breiter Bürgersteig. Weit und breit keine Spur von ihr.

»Aber wie kann das sein?«, fragte Helga.

»Sie ist noch unter der Erde. Im U-Bahn-System. Sie ist gar nicht hochgekommen.«

»Du meinst ...?« Helga sah verstört auf den Bürgersteig. »Du lieber Gott, was ist nur mit ihr passiert?«

»Keine Sorge, Helga. Wir finden sie. Warte kurz.«

Kayla öffnete den Kofferraum und zog einen Rucksack heraus. Dann hakte sie sich bei Helga unter, und gemeinsam gingen sie zum nächsten U-Bahn-Aufgang.

Unten war der Feierabendverkehr zwar vorbei, dennoch herrschte Betriebsamkeit. Eine Reisegruppe mit Rollkoffern zog vorüber, Geschäftsleute mit gelockerten Krawatten, ein gepierctes Mädchen. Kayla zog einen Kompass hervor.

»Hier lang«, sagte sie. »Nach Norden.«

Sie durchquerten die Halle und erreichten den Gang, der zur gesuchten Position führte. Hier wurde es ruhiger. Doch von Kamilla war immer noch nichts zu sehen. Geflieste Wände, Werbeplakate, Graffiti, das war alles.

»Seltsam«, meinte Kayla. »Helga, versuch dich zu erinnern. Hat Kamilla irgendwas gesagt? Wollte sie irgendwo hin?«

»Aufs Klo. Sie musste mal. Aber hier sind keine Toiletten, oder?«

Da entdeckten sie das verwitterte WC-Schild.

»Aber das kann doch nicht sein«, meinte Helga. »Das ist doch ein Scherz, oder?«

»Sieht zumindest so aus.«

Vielleicht war hier unten tatsächlich mal eine Toilette gewesen, aber dem Schild nach zu urteilen war sie seit Ewigkeiten nicht mehr in Betrieb.

»Sieh mal dort.« Kayla deutete auf eine fleckige Tür. Sie hatte dieselbe schmutzig gelbe Farbe wie die Fliesen und war daher beinahe unsichtbar.

»Nein, Kayla. Vergiss es. Kamilla würde niemals …«

Trotzdem lief Kayla hinüber und versuchte die Tür zu öffnen. Doch sie war verschlossen.

»Ohne ihr Desinfektionsset geht sie nicht mal bei mir aufs Klo. Eher würde sie sterben, als … Ich mein, guck dir das doch mal an. Da würde sogar ich es mir verkneifen.«

»Mag sein, dass Kamilla tatsächlich nicht da drin ist. Aber ihre Handtasche ist es bestimmt.«

Kayla blickte sich um. Etwas abseits entdeckte sie eine BVG-Angestellte, die mit einem riesigen Schlüsselbund an der Hüfte zur Haupthalle ging.

»Warte hier. Ich bin gleich wieder da.« Und sie lief los. »Entschuldigen Sie! Hallo!«

Die Frau blieb stehen und drehte sich um.

»Sorry, dass ich Sie hier so anquatsche, aber ich hab ein Problem. Wissen, Sie, meine Freundin muss dringend aufs Klo. Da vorne ist doch eine Toilette, oder?«

»Schon, aber da sollte Sie lieber nicht hingehen. Bringen Sie sie nach oben zu den Bahnhofstoiletten, die sind tiptop in Ordnung. Die hier unten sind ein Albtraum. Ist die Tür nicht auch verschlossen?«

»Deshalb frage ich ja.«

»Nein, glauben Sie mir, das ist nix. Die Toiletten da waren früher mal öffentlich, aber das ist schon lange her. Jetzt wurden sie eine Zeit lang den Bauarbeitern zur Verfügung gestellt, die an der U2 arbeiten. Dadurch standen sie ein paar Tage offen, und die übelsten Leute haben sich dahin verirrt. Zum Glück sind die Türen wieder zu, und wenn Sie mich fragen, wäre es das Beste, man würde den Eingang zumauern lassen.«

»Gut, ich verstehe. Dann bring ich sie nach oben. Danke für den Tipp.«

Kayla kehrte zurück. Sie nahm den Rucksack und kramte

einen kleinen Gegenstand hervor. »Also gut«, sagte sie. »Du hältst Wache?«

»Was hast du denn da?«

»Einen Dietrich.«

»Was? Woher ...?«

»Weißt du, Helga, da, wo ich aufgewachsen bin, musste man einfach ein paar Dinge beherrschen. Frag besser nicht weiter nach.«

Das tat Helga auch nicht. Dafür leuchteten ihre Augen vor Bewunderung. Es dauerte nicht lange, da sprang die Tür auf. Ein dunkler Korridor war zu sehen. Das Licht funktionierte nicht mehr, der Strom war offenbar schon abgestellt worden. Kayla zog zwei Taschenlampen aus dem Rucksack.

»Möchtest du lieber hier warten?«, fragte sie.

»Und mir das entgehen lassen? Auf keinen Fall!«

Im Licht der Taschenlampen folgten sie dem Korridor bis zur Toilettentür. Die war ebenfalls verschlossen. Helga hämmerte dagegen.

»Kamilla? Bist du da drin?«

Sie lauschten. Ein kaum wahrnehmbares Wimmern.

»Das ist sie! Schnell, Kayla. Wir müssen zu ihr!«

»Also gut. Gib mir Licht.«

Im Schein von Helgas Taschenlampe knackte Kayla auch dieses Schloss. Die Tür schlug auf. Sie liefen hinein. Die Lichtkegel tasteten den Raum ab. Schmutzige Fliesen, tropfendes Wasser, aus der Angel gehobene Türen, eine Ratte, die vor ihnen in die Dunkelheit floh.

»Kamilla? Bist du hier?«

Ein blasses Gesicht mit dunklen, starren Augen blitzte vor Kaylas Taschenlampe auf.

»Ich hab sie.«

Kamilla hockte neben der Schranke am Boden. Sie sah

grauenhaft aus. Die Frisur war völlig zerzaust, ihre Brille hing schief im Gesicht. »Helga … Helga …«

»Mein Gott, Kamilla!«

Helga ließ die Taschenlampe fallen und stürzte auf sie zu. Nahm sie in den Arm und versuchte zu trösten.

»Ich … ich …«, begann Kamilla.

»Scht. Alles ist gut. Wir bringen dich hier raus.«

»Ich …«

»Es ist alles gut, mein Engel. Wir sind jetzt hier. Hörst du? Es kann nichts mehr passieren. Wir sind bei dir.«

»Ich …«

Helga merkte: Es half nichts. Es musste gesagt werden. Der Schrecken, den Kamilla erlebt hatte, musste in Worte gefasst werden. Keiner konnte ihr das abnehmen. Kamilla hob mühsam den Kopf, das Kinn zitterte, doch sie nahm alle Kraft zusammen, um das Grauen, das ihr widerfahren war, laut auszusprechen: »Ich bin in die Kloschüssel gestürzt.«

»Und dann haben sie Fingerabdrücke von mir genommen. Ist das nicht aufregend? Wie bei einem Schwerverbrecher, sage ich euch. Da sitzt man auf einer Holzbank, man wird bewacht von Uniformierten, und die verstehen überhaupt keinen Spaß, also wirklich, und dann kommt ein Mann von der Spurensicherung, du liebe Güte, der konnte vielleicht böse gucken, aber ich hatte ja keinen Ausweis bei mir, der war nun mal in meiner Handtasche.«

Alle saßen um den Tisch versammelt und lauschten Immis Geschichten. Alle außer Kamilla. Die war jetzt schon seit über einer Stunde im Badezimmer, und man hörte immer noch die Dusche rauschen.

Lutz hockte neben Tante Immi und strahlte sie an. Er war der Einzige, der ihre Begeisterung vorbehaltlos teilte.

»Und dann bist du in eine Gefängniszelle gekommen?«, fragte er. »In eine *richtige* Gefängniszelle?«

»Ja, wenn ich es doch sage! Und zwar zu einer anderen Frau, so einer richtig großen mit Tätowierungen und Narben im Gesicht. Zum Fürchten sah die aus, aber soll ich euch was sagen? Das war eine *unheimlich* sympathische Person. Ja, man lernt ja solche Menschen sonst gar nicht kennen. Und die Rosie, also wirklich, auf die lass ich nichts kommen.«

»Weshalb saß die denn?«, fragte Kayla skeptisch.

»Gesagt hat sie, wegen Raub und schwerer Körperverletzung. Aber ich glaube, die wollte mich nur auf den Arm nehmen, die Rosie. Wollte wohl mal sehen, ob sie mich schockieren kann. Die hat mir sogar ihre Tätowierungen gezeigt. Ich sage euch, so etwas habe ich noch nicht gesehen: Der ganze Körper war voll davon. Das muss ja unglaublich wehgetan haben. Wirklich beeindruckend. Und eine hatte sie hier am Auge, das war eine Träne. Die hat sie sich selbst gemacht, sagt die Rosie, als sie das letzte Mal im Gefängnis war.«

»Aber hattest du denn gar keine Angst?«, wollte Claire wissen.

»Ach, Unsinn. Was soll denn einer so alten und so dicken Frau wie mir schon passieren? Und die Rosie hat gesagt, ich wäre ein Pfundsmädel. Ich sag euch, mit der kann man bestimmt Pferde stehlen gehen.«

»Im wahrsten Sinne des Wortes«, murmelte Kayla.

»Viel schlimmer war der Polizist, der mich dann befragt hat. Der war einer wie aus dem Fernsehen, wie bei diesen amerikanischen Serien, wo die Männer immer so laut werden und losprügeln und alles. Du liebe Güte, hat der sich aufgeplustert. Der dachte wohl, er könnte mich kleinkriegen. Aber ich hab einfach nichts gesagt. Mal sehen, wer von uns das länger aushält, habe ich gedacht. Ach, ich wünschte, die Rosie hätte das gesehen!«

»Aber wieso hast du ihm nicht einfach erklärt, was passiert war?«, fragte Helga. »Du hast doch nichts getan.«

»Diesem Heini? So weit kommt es noch. Außerdem sieht man das doch immer im Fernsehen: Wenn die Verdächtigen erst anfangen zu reden, ist alles vorbei. Nur die, die auf stur schalten und sagen: ›Ich will meinen Anwalt‹, das sind die, die davonkommen.«

»Aber du hast ja überhaupt nichts verbrochen! Es war doch alles ein Missverständnis.«

»Das konnte der ja nicht wissen, dieser Kampfhund. Außerdem habe ich ihm schließlich alles gesagt, ich weiß gar nicht, was du willst. Sonst wären wir jetzt nicht hier.«

Immi war dem Taschendieb am Hermannplatz in ein Mietshaus gefolgt. Der Dieb war plötzlich weg gewesen, aber eine Wohnungstür hatte einen Spaltweit offen gestanden, und sie hatte sich hineingeschlichen. Es war das Hinterzimmer eines Ladenlokals gewesen. Teppiche wurden dort verkauft, aber Immi hielt das für Tarnung. Sie hatte sich dort versteckt und wollte erst gehen, wenn sie den Taschendieb mit seiner Beute gesehen hatte. Doch es dauerte nicht lange, da stürmte die Polizei das Hinterzimmer. Der Ladenbesitzer, der natürlich weder was von einem Taschendieb noch von Immi wusste, hatte Geräusche gehört, ihren Schatten gesehen und es mit der Angst zu tun bekommen.

»Wenn doch wenigstens der Dieb geschnappt worden wäre«, sagte sie. »Aber der ist wohl über den Hinterhof abgehauen. Ich hab ihn einfach verloren.«

Kamilla tauchte auf. Sie trug Kaylas Morgenmantel und hatte sich ein Handtuch um die Haare gewickelt. Zwar wirkte sie noch immer sehr erschöpft, aber sie sah wenigstens wieder wie ein Mensch aus, und das war das Wichtigste. Als sie eintrat, wurde es still am Küchentisch. Alle wirkten besorgt.

»Und?«, fragte Helga. »Geht es dir wieder einigermaßen?«

Kamilla nickte tapfer. »Ja, es geht. Irgendwie muss es das ja.«

»Ich werde morgen einen Kumpel von mir anrufen«, sagte Micha. »Der ist Anwalt. Wir wollen doch mal sehen, ob wir die BVG nicht verklagen können.«

Sie gab alles, um ein Lächeln zustande zu bringen.

»Das ist lieb von dir, Micha.«

Dann ließ sie sich kraftlos auf einen Küchenstuhl sinken.

»Wenn ich doch wenigstens mein Desinfektionsset hätte«, sagte sie. »Ich kann immer noch nicht glauben, dass das jetzt auf dem Weg nach Papenburg ist.«

»Ja, leider«, sagte Claire. »Wir haben keinen Gedanken an die Koffer verschwendet, als der Bus losgefahren ist. Wir haben nur an euch gedacht.«

»Dafür haben wir jetzt etwas anderes für dich.« Helga lächelte geheimnisvoll und legte eine Handvoll Tabletten in unterschiedlichen Größen und Farben vor Kamilla auf den Tisch.

Die blickte verwundert auf. »Was ist das?«

»Das, mein Engel, ist ein Geschenk für dich. Alle Pillen zusammen sind so was wie ein Breitbandantibiotikum. Die töten alles, was in dir drin sein könnte. Alle Bakterien und alle Bazillen.«

»Du lieber Himmel.« Kamilla konnte den Blick nicht von den Tabletten lösen. »Wo habt ihr die denn her? Die sind doch allesamt verschreibungspflichtig.«

»Kayla hat die besorgt«, sagte Helga. »Das hat gar nicht lange gedauert. Sie war nur eine halbe Stunde weg.«

Jetzt sah Kamilla doch auf. »Du, Kayla? Aber woher …?«

Sie lächelte verlegen. »Na ja, sagen wir, ich hab ein paar Kontakte.« Sie nahm Kamillas Hand und drückte sie. »Hauptsache, es geht dir bald wieder besser. Das ist mir Belohnung genug.«

»Ach, Kayla.« Kamilla kämpfte mit den Tränen.

»Sag nichts. Nimm sie einfach.«

Ein Glas Wasser wurde gereicht, und alle beobachteten mit einem Lächeln, wie Kamilla die Tabletten nach und nach schluckte.

Als sie fertig war, seufzte sie und sagte: »Und jetzt müssen wir nur noch Ebba finden.«

Ebba. An die hatte keiner mehr gedacht.

Im gleichen Moment hämmerte es gegen die Tür.

»Das wird doch nicht …«

»Keine Ahnung. Sieh nach.«

»Ich gehe schon.«

Claire sprang auf und lief in den Flur. Sie zog die Tür auf, und tatsächlich: Es war Ebba.

»Ihr glaubt nicht, was mir alles passiert ist«, sagte sie. »Aber das Wichtigste zuerst: Ich habe Immis Handtasche gefunden.«

Als sie in die Küche trat, war sie völlig erstaunt, Immi am Küchentisch zu sehen. »Ich dachte, du steckst in Gott weiß was für Schwierigkeiten! Wenn ich gewusst hätte, dass du hier herumsitzt und gemütlich plauderst! Also wirklich.«

Ebba war nämlich den ganzen Nachmittag am Hermannplatz herumgeirrt. In ihrer eigenen Handtasche hatte sie ein Gruppenfoto gefunden von einem Ausflug, den die Schwestern im Frühjahr gemacht hatten. Sie hatte Immi mit einem Kugelschreiber umkringelt, war damit von Marktstand zu Marktstand gelaufen und hatte es jedem unter die Nase gehalten. Doch keiner konnte sich erinnern, sie gesehen zu haben. Erst als sie die umliegenden Geschäfte abgeklappert und mit einem Teppichhändler gesprochen hatte, kam Licht in die Sache. Immi war offenbar bei ihm eingebrochen – weshalb auch immer – und danach von der Polizei festgenommen worden. Auf dem Weg zur Polizeiwache war Ebba noch einmal über den Hermannplatz gegangen und war dabei förmlich über Immis Handtasche gestolpert. Das Geld war natürlich weg gewesen, aber die Unterlagen für Toni waren alle noch drin.

»Auf der Polizeiwache hat man mir gesagt, du seiest nicht mehr da, Immi. Also bin ich weiter zum Zoo gefahren, aber auch da war keiner mehr, und dann dachte ich, am besten probiere ich es hier. Und meine *Beine* tun mir weh, ihr macht euch keine Vorstellung. Ich hab doch schon wieder Wasser in den Beinen, und dann bin ich den ganzen Tag in der Stadt unterwegs auf der Suche nach euch. Das hat mir fast den Verstand geraubt. Und alles nur, Immi, weil du mich ohne ein Wort hast stehen lassen. Dabei verschwendet keine von euch auch nur einen Gedanken daran, wo ich abgeblieben sein könnte.«

»Aber warum haben Sie Ihr Handy denn nicht aufgeladen?«, fragte Lutz. »Dann hätte es doch überhaupt keine Probleme gegeben.«

Ebba fixierte ihn. Sieh an, dieser Dreikäsehoch hatte also auch noch eine Meinung.

»Ach, Sie sind auch hier? Ich muss Sie wohl übersehen haben. Sie arbeiten doch angeblich in der Gastronomie. Wäre das dann jetzt nicht die Zeit für Sie?«

Ohne eine Antwort abzuwarten, wandte sie sich wieder den Schwestern zu. »Wie auch immer«, seufzte sie. »Wir sollten das Gute an der Sache sehen. Jetzt, wo wir den Bus verpasst haben und bis morgen bleiben müssen, können wir die Zeit nutzen und mit Toni sprechen. Vielleicht bringen wir die Sache ja doch noch in Ordnung. Ist der denn inzwischen wieder aufgetaucht?«

Betretenes Schweigen am Tisch.

»Was ist los? Habt ihr ihn nun gesehen oder nicht?«

Kamilla und Helga wechselten schuldbewusste Blicke.

»Also, das war so …«, begann Kamilla.

»Na ja, Toni war halt hier …«

»Toni war hier?«, rief Ebba. »In der Wohnung?«

»Genau. Wir haben ihn aber nicht gesehen.«

»Er war hinter uns in der Tür.«

»Und dann hat er uns belauscht.«

»Belauscht?«, fragte Ebba. »Ja, und weiter?«

»Toni hat gehört, wie wir über Curt gesprochen haben.«

»Dass Curt niemals auf ihn zukommen würde und dass Toni den ersten Schritt machen muss.«

»Und dann haben wir gesagt, dass wir Toni dazu bringen müssen, auf Curt zuzugehen, weil Curt die ganze Geschichte noch nicht verarbeitet hat.«

»Na ja, und jetzt denkt er, diese Reise hat gar nichts mit ihm zu tun, sondern wir haben das nur wegen Curt gemacht.«

»Und er ist uns dabei völlig egal.«

Ebba konnte es nicht fassen. »Aber was redet ihr denn auch für einen Unfug? Da muss ja ein völlig falsches Bild entstehen.«

»Wir haben ihn ja nicht gesehen.«

»Wir dachten, wir wären alleine.«

Ebba dachte nach. So einfach wollte sie sich nicht geschlagen geben. Bisher war sie noch immer an Herausforderungen gewachsen.

»Das soll uns nicht daran hindern, die Sache in Ordnung zu bringen«, sagte sie. »Ganz im Gegenteil. Jetzt müssen wir es erst recht angehen.«

»Aber wie willst du das machen?«, fragte Claire.

»Ganz einfach.« Ebba stand auf und nahm sich das Schnurlostelefon. »Curt muss her.«

Während sie nach nebenan ging, um in Ruhe mit ihm zu sprechen, blieben die anderen in der Küche zurück. Claire setzte sich in einen Sessel. Immer wieder drifteten ihre Gedanken zu Rainer. Was, wenn es ein Zeichen ist?, fragte sie sich. Wenn das Schicksal sie nicht ohne Grund in Berlin hatte stranden lassen?

Obwohl Ebba nebenan telefonierte, war ihre Stimme so laut, dass in der Küche kein Gespräch mehr möglich war.

»Nein, Curt, jetzt hörst du mir mal zu! Natürlich ist Toni dein Sohn. Du hättest diesen blöden Test niemals machen sollen ... Ach, Unsinn. Für uns hat sich danach nichts geändert. Überhaupt nichts. Toni gehört zur Familie, wie jeder andere auch ... Ja, ja, ja. Lüg dir ruhig in die Tasche ... Nein, Curt. Weißt du eigentlich, was du dem Jungen damals angetan hast? Er brauchte seinen Vater, besonders nach Sabines Tod. Aber du warst viel zu sehr mit dir selbst beschäftigt! ... Meine Güte, Curt! Du mit deiner verfluchten Starrsinnigkeit! Wen willst du denn bestrafen? Dich selbst? ... Nein, Curt, du hörst mir mal zu! Du setzt dich jetzt in dein Auto und ... Curt! Verflucht noch mal, ich befehle dir jetzt ... Curt! ... Curt?«

Offenbar war das Gespräch zu Ende. Ebba kehrte zurück, das Gesicht zur Faust geballt, und legte das Telefon zurück auf den Tisch. Keiner wagte etwas zu sagen. Sie wandte sich ab und ging wieder nach nebenan.

Verunsicherte Blicke wurden gewechselt.

»Ich geh schon«, sagte Claire. »Wartet hier.«

Sie klopfte zaghaft an die Tür und trat ein. Ebba saß auf dem Sofa, die Arme eisern verschränkt und den Blick starr zu Boden gerichtet.

»Was hat er gesagt?«, fragte Claire vorsichtig.

»Ach! Dieser Sturkopf!«

»Er kommt also nicht?«

»Nein. Er badet lieber in Selbstmitleid. Idiot.«

Ebba atmete tief durch. Dann raffte sie sich auf.

»Na, was soll's. Gehen wir wieder nach nebenan. Das bringt ja nichts, wenn ich hier sitze und schmolle. Wir sollten uns besser überlegen, wie wir zurück nach Papenburg kommen.«

»Warte, Ebba. Ich würde gerne mit dir reden.«

»Was gibt es denn?«

Claire setzte sich zu ihr. Es kostete sie einige Überwindung, das Thema anzusprechen. »Ich hab heute Rainer gesehen.«

Ebba blickte sie erstaunt an. Sie schwieg. So, wie seit Jahrzehnten alle zu diesem Thema geschwiegen hatten.

»Nicht ihn selbst«, schob Claire hinterher. »Aber sein Haus. Ich hatte gar keine Kopfschmerzen. Henrik hat seine Adresse im Internet ausfindig gemacht, und dann sind wir hingefahren. Ich … ich hab mich nicht getraut zu klingeln.«

Claire dachte nach. Wie formulierte sie das jetzt am besten? Wie konnte sie Ebba klarmachen, was ihr durch den Kopf ging?

»Geh zu ihm«, sagte Ebba.

»Wie bitte?«

»Geh zu ihm.« Sie lächelte. »Wir kommen hier heute eh nicht mehr weg. Frühestens morgen Vormittag fahren wir zurück nach Papenburg.«

»Aber Toni …«

»Toni will nichts mehr von uns wissen. Und Curt hat sich dagegen entschieden hierherzukommen. Was sollst du hier mit uns rumsitzen und jammern? Fahr zu Rainer. Soll ich dich hinbringen?«

»Nein.« Ihr Herz klopfte bis zum Hals. »Nein, ich fahre alleine. Sagst du den anderen, ich hätte mich hingelegt? Ich will nicht … falls … du weißt schon. Sie sollten dann nichts davon erfahren.«

Ebba nickte. »Soll ich wirklich nicht mitkommen?«

»Nein. Ich muss das alleine machen.«

»Gut. Dein Geheimnis ist bei mir gut aufgehoben.«

Claire stand auf. Ihr wurde schwindelig.

»Falls …«, begann Ebba. »Na ja, du weißt schon. Bitte ruf mich an, damit ich dich abholen kann. Versprichst du mir das?«

»Das verspreche ich. Danke.«

Claire nahm all ihren Mut zusammen. Dann warf sie Ebba ein Lächeln zu, schlich durch den Flur und verschwand zur Tür hinaus, ohne dass jemand aus der Küche sie bemerkte.

Ebba kehrte in die Küche zurück. Alle betrachteten sie.

»Curt kommt nicht«, sagte sie. »Dieser sture Hund gibt einfach nicht nach.«

»Das haben wir uns schon gedacht«, erwiderte Helga. »Da kann man wohl nichts machen.«

»So ist es«, meinte Ebba. »Wir sollten uns überlegen, wie wir nach Hause kommen. Vielleicht können wir morgen mit dem Zug fahren.«

»Ich könnte im Internet für euch nachsehen«, bot Micha an.

Ein Telefon klingelte. Kayla sprang auf. »Das ist meins.«

Dann drehte sie den anderen den Rücken zu und nahm das Gespräch entgegen.

»Wo ist denn Claire?«, fragte Helga.

»Sie hat sich nebenan hingelegt. Die Kopfschmerzen von heute Morgen sind wohl wiedergekommen.«

»Das wundert mich nicht. Sie hat die ganze Zeit so seltsam abwesend gewirkt. Dann ist es wohl schlimmer geworden?«

»Sieht ganz so aus«, sagte Ebba. »Wollen wir hoffen, dass sie sich erholt.«

»Können wir denn etwas für sie tun? Vielleicht möchte sie einen Tee?«

»Ich glaube, das Beste ist, wir lassen sie in Ruhe. Sie möchte einfach ein paar Stunden nicht gestört werden.«

Kayla kehrte an den Tisch zurück. »Ratet mal, was ich gerade erfahren habe!« Sie wartete einen Moment, als wollte sie die Spannung steigern. Dann sagte sie: »Ich weiß, wo Toni ist.«

Schweigen. Damit hatte keine mehr gerechnet.

»Er ist in seinem Lieblingsklub und lässt sich dort volllaufen. Ich habe ja heute Morgen eine Reihe von Leuten instruiert, mich anzurufen, sobald sie irgendwas von Toni sehen oder hören. Nun ja, und das da gerade am Telefon war einer von ihnen.«

»In seinem Klub?«, fragte Micha. »Das hätte ich mir eigentlich denken können.«

»Aber …« Die Schwestern wandten sich jetzt alle zu Ebba. »Aber was machen wir denn nun?«

Ebba dachte darüber nach. Hatte es denn überhaupt noch Sinn, mit Toni zu reden? Oder sollten sie die Sache besser ruhen lassen? Nach Hause fahren und Gras drüber wachsen lassen? Ein andermal mit Toni sprechen und ihm dann alles erklären?

Sie fasste einen Entschluss.

»Also gut. Hört zu: Dies ist unsere letzte Chance. Wir werden mit Toni sprechen. Wir haben nichts zu verlieren. Aber wenn wir es richtig anstellen, dann gelingt es uns vielleicht am Ende doch noch, die Familie zu retten.«

Sie stand auf und klatschte in die Hände. »Also auf ein Neues! Macht euch fertig. Claire lassen wir hier, die soll sich in Ruhe erholen. Lutz, Sie bleiben nebenan am Telefon und rufen uns an, falls sich was Neues ergibt. Micha, du holst am besten …«

Sie sah sich um. »Wo ist denn Micha?«

Was hatten die denn gedacht? Dass er Toni in den Rücken fallen würde? Ihm gegen seinen Willen etwas aufzwingen? Was wäre er denn dann für ein Liebhaber?

Micha nahm mit jedem Schritt mehrere Stufen. Gleich würden sie sein Fehlen bemerken. Die hatten sich ja leicht täuschen lassen. Er war doch nur dabei gewesen, um Toni selbst zu finden. Und es hatte funktioniert: Er kannte jetzt seinen Aufenthaltsort.

Auch wenn er Tonis Tanten mochte – er wusste, wem seine Loyalität gehörte. Nicht die Tanten sollten entscheiden, was für ihn richtig war. Toni selbst sollte das tun.

Er lief hinaus auf die Straße und blickte sich nach einem Taxi um. Es zählte jede Minute. Er musste vor den Tanten im Klub sein.

11. Kapitel

Unter der Oberfläche war er immer noch da, dieser alte Schmerz, den sie damals empfunden hatte. Dabei war sie mit zwanzig Jahren ein ganz anderer Mensch gewesen. Einer, der kaum noch etwas mit der heutigen Claire zu tun hatte. Sie war impulsiv und abenteuerlustig gewesen. Furchtlos und neugierig. Doch das alles war schon so lange her. Es hatte sich so viel geändert in den Jahren.

Vielleicht wäre es besser, die alten Geschichten ruhen zu lassen. Einfach weiterzugehen und sich nicht umzudrehen. Zu Hause waren ihre Kinder, die Bäckerei, das vertraute ruhige Leben. Dort war alles gut. Maja, ihre Älteste, wünschte sich ein Kind mit ihrem Freund. Dann wäre wieder Kindergeschrei im Haus, und Claire hätte alle Hände voll zu tun, um ihre Tochter zu entlasten. Sie wäre dann Oma.

Stattdessen stand sie jetzt vor diesem hell erleuchteten Häuschen und fühlte sich wie Aschenputtel, das nicht zum Ball geladen war. Ein seltsames Aschenputtel, dachte sie, mit aschgrauem Haar und Altersflecken auf den Händen.

Sie blieb am Gartenzaun stehen und bewegte sich nicht. Auf der Terrasse standen ein paar Windlichter. Leise Musik war zu hören und das Zirpen von Grillen. Vor den Fenstern hingen Mückennetze, ein Vorhang wehte im Wind.

Das ist doch Unsinn, sagte sie sich. Jetzt klingelst du, oder du verschwindest wieder.

Sie gab sich einen Ruck und ging zur Tür. Auch wenn sie

sich dünnhäutig und verletzlich fühlte. Sie ging, und mit jedem Schritt schmolzen die Jahre, bis sie schließlich die Klingel drückte und wieder einundzwanzig war. Frisch verliebt und voller Zuversicht. Die Welt lag ihr zu Füßen.

Die Tür öffnete sich. Ein alter Mann erschien auf der Schwelle. Etwas gebeugt, mit weißem Haar und buschigen Augenbrauen. Er war es. Hinter den Falten und der grauen Haut konnte sie es genau erkennen: seine Grübchen, die vorwitzigen grünen Augen, den spöttischen Mund. Tatsächlich, da war er, der Lausejunge, der Revoluzzer, der Romantiker, der Weltenveränderer, der Kiffer, der Draufgänger – ihre große Liebe.

Claire war wie erschlagen. Sie konnte nichts sagen.

Rainers Augen wurden groß. »Claire?«

Er hatte sie erkannt. Jetzt kämpfte sie mit den Tränen. Du liebe Güte, wie lächerlich das war. Sie konnte doch jetzt nicht weinen.

»Claire? Bist du das?«

Sie nickte. Lächelte. Blinzelte eine Träne weg.

»Hallo, Rainer.«

»Claire, mein Gott! Wie …? Was …?« Ein ersticktes Lachen. »Ich werd verrückt. Was machst du hier? Wie bist du …? Ich …« Wieder dieses Lachen. Er strich sich durchs Gesicht. »Mein Gott, jetzt komm doch erst mal rein.« Er trat zur Seite. »Komm rein.«

Und so kehrte Claire Müller nach beinahe vierzig Jahren zurück in das Leben von Rainer Bördemann.

»Was machst du in Berlin?«, fragte er. »Wie bist du hierhergekommen?«

»Ich besuche Toni, meinen Neffen. Ich bin mit meinen Schwestern hier. Ich … ach herrje, ich hätte mich anmelden sollen.«

»Ach was, das spielt keine Rolle.« Er sah sie an wie eine Erscheinung. »Mein Gott, ich kann es immer noch nicht glauben. Claire. Du hier bei mir.«

»Ich wusste gar nicht, ob du mich überhaupt sehen willst.«

»Ich dich nicht sehen wollen? Claire …« Es sah aus, als wollte er sie in den Arm nehmen. Doch er tat es nicht. Sie spürte, dass es ihm nicht anders ging als ihr. Er war aufgeregt und völlig durcheinander.

»Ich freu mich, Claire. Wirklich. Ich freu mich sehr, dass du hier bist.«

Er stand unschlüssig herum, dann sagte er: »Komm doch mit auf die Terrasse. Möchtest du ein Glas Wein?«

Er führte sie durchs Wohnzimmer. Claire blickte sich um. Alles war so gemütlich. Helle Möbel, ein riesiges Sofa mit zahllosen Kissen, überall Pflanzen. Es wirkte behaglich und einladend. Ein richtiges Zuhause. Dann ging es weiter auf die Terrasse. Rundherum war ein Blütenmeer. Dunkle Holzmöbel, der Boden aus Terrakotta und dahinter im Zwielicht der Garten mit den Obstbäumen.

Sie spürte einen Stich. Es hätte ihr Zuhause sein können. Der Verlust wurde übermächtig. Die vielen Jahre ohne Rainer. Das Gute in ihrem Leben, ihr Mann, ihre Kinder, alles war jetzt weit entfernt. Sie spürte nur noch den Verlust.

»Rainer, ich …« Sie musste weg von hier. Sie konnte es nicht mehr ertragen. »Gehen wir ein bisschen?«

»Ein Spaziergang? Gerne. Sollen wir in die Stadt fahren? Wie viel Zeit hast du überhaupt?«

»Wir fahren morgen zurück. Heute Abend habe ich nichts mehr vor.«

Er lächelte. Das Erwähnen ihrer Rückfahrt schien ihn traurig zu machen. Er versuchte sich nichts anmerken zu lassen, löschte die Windlichter und holte die Autoschlüssel.

»Also gut. Komm mit. Ich zeig dir die Stadt.«

Während der Fahrt waren sie noch zu aufgewühlt, um über sich und ihre Gefühle zu sprechen. Claire erzählte von Toni. Die ganze Geschichte. Das war unverfänglich und neutral, und so gewöhnten sie sich wieder daran, miteinander zu reden.

»Er ist bestimmt ein großartiger Junge«, sagte Rainer.

»Ja, schon.«

»Ihr werdet wieder zueinanderfinden, da bin ich ganz sicher.«

Dann schwieg er eine Weile.

»Wieso bist du damals in Papenburg geblieben?«, fragte er schließlich. »Darf ich dich das fragen? Ich hätte ... alles für dich gegeben.«

Eine Schrecksekunde lang herrschte Stille im Wagen.

»Ich dachte, du wolltest mich nicht. Du hast mich doch nie gefragt, ob ich mitkommen wollte.«

»Aber ... ich wollte dich nicht drängen. Ich wollte dich nicht erpressen. Du solltest die Wahl haben. Dich frei entscheiden.«

»Aber warum hast du denn nie was gesagt? Irgendwas? Nur, dass du mich gewollt hättest. Das wäre doch keine Erpressung gewesen.«

»Ich dachte, es wäre klar gewesen, dass ich dich haben wollte ... Ja, was denn sonst?«

Die Erkenntnis lastete schwer zwischen ihnen. Dann tat Rainer, was er schon immer getan hatte, wenn eine Situation ihn überforderte. Er begann zu lachen. Er lachte und lachte, so sehr, dass der Wagen ins Schlingern geriet. Und Claire – sie saß einfach daneben und lachte mit. Sie konnte gar nicht anders. Was sollte man auch sonst tun in so einem Moment?

»Schön, dass du da bist«, sagte Rainer schließlich.

Claire hätte gern seine Hand genommen. Aber das schien immer noch unmöglich. Beide scheuten die Berührung.

»Ja, ich finde es auch schön. Ich bin froh, dass wir den Bus verpasst haben.«

Rainer spazierte mit ihr über die Museumsinsel. Durch die Säulengänge der Alten Nationalgalerie, vorbei am Berliner Dom und an der Spree entlang. Die Nacht war voller Lichter, das Wasser glitzerte, die Luft duftete nach Sommer, und irgendwo spielte ein Saxofon. Es war eine Nacht für Verliebte.

Während sie durch die Stadt spazierten, redeten sie. Sie hatten viel Zeit. Erzählten sich ihr Leben. Alles, was in den vergangenen vierzig Jahren passiert war. Irgendwann verloren sie die Scheu und berührten sich. Zuerst fassten sie einander an, ganz zaghaft, dann gingen sie Arm in Arm, und schließlich schlenderten sie eng umschlungen am Wasser entlang.

Rainer erzählte von seinem Leben in Berlin. Die Siebziger in der geteilten Stadt, die politisierte Jugendbewegung, seine Erfahrungen mit Drogen, das Experimentieren mit unterschiedlichen Lebensmodellen. Dann die Achtziger, die Zeit der besetzten Häuser und der Straßenkämpfe, in der er als Journalist bei der »taz« arbeitete und mit zwei Frauen gleichzeitig zusammenlebte. Der Mauerfall und das neue Berlin. Und schließlich seine Arbeit als Drehbuchautor fürs Fernsehen und der bescheidene Wohlstand, zu dem er es damit gebracht hatte.

Claire lauschte seiner Lebensgeschichte, die auch ihre hätte sein können. Und während er redete, war es, als hätte sie ein zweites Leben geführt: in den Siebzigern und Achtzigern, in dieser wilden Zeit in Westberlin. Weit weg von

Papenburg und zusammen mit Rainer irgendwo in Kreuzberg. Zusammen mit der Liebe ihres Lebens.

»Weißt du, was ich mir damals für uns erträumt habe?«, fragte sie irgendwann. »Ich habe mir ausgemalt, wir würden ein Leben führen wie in Fellinis ›La dolce vita‹. Ich wäre Schauspielerin gewesen, mit großen Engagements beim Film, und du wärst ein Journalist, Tag und Nacht unterwegs für deine Reportagen. Ich habe mir vorgestellt, wir wären Bohemiens gewesen und in der ganzen Welt daheim. Wir hätten alles gemeinsam gemacht, Partys, meinetwegen auch Drogen, Liebe und Rock 'n' Roll. Wir hätten alles ausprobiert und keine Grenzen gekannt. Das war mein Traum. Für uns beide.«

»Ach, Claire.«

Jetzt waren sie sich ganz nah. Sie blieben stehen und hingen der verlorenen Zeit nach, ihrem verlorenen Leben. Alles, was hätte sein können, teilten sie in diesem stillen Moment. Trotz der Trauer wusste Claire nicht, wann sie das letzte Mal so glücklich gewesen war.

Hinter ihnen war das Rote Rathaus. Claire entdeckte den Poseidonbrunnen. Eine große Fontäne wurde von Strahlern beleuchtet, das Wasser rauschte, und die feuchten übergroßen Statuen glitzerten im hellen Licht.

Es war das süße Leben.

Plötzlich löste sie sich aus der Umarmung und lief zum Brunnen. Streifte die Sandalen ab und stieg vorsichtig über den Rand ins Becken. Das Wasser war eiskalt. Aber das störte sie nicht. Sie war jetzt Anita Ekberg, bewegte sich wiegend, aufreizend, genoss ihre Bühne, tauchte unter die Fontäne, ließ das Wasser über ihren Körper laufen, drehte sich dann zu Rainer und lachte, lachte.

»Marcello!«, rief sie. »Come here!«

In der Straßenbahn ging es zu wie in einer fahrenden Schankwirtschaft. Partyleute auf dem Weg zu Klubs und Diskotheken. Bierflaschen wurden herumgereicht, Musik plärrte aus kleinen Lautsprechern, es herrschte überall gute Stimmung. Gestylte Frauen, hübsche Männer. Wo man hinsah, schöne und blutjunge Menschen. Kayla hatte ihre liebe Mühe, alle Tanten im überfüllten Zug unterzubringen.

Als sie eintraten, wurde das Durchschnittsalter um Jahrzehnte gehoben. Doch keiner nahm Notiz von ihnen. Auch das lautstarke Herumdiskutieren der Schwestern störte niemanden. Es ging im allgemeinen Geräuschpegel unter. Kayla stellte sich hinter sie, um sie vor angetrunkenen und herumstolpernden Jugendlichen zu schützen.

»Ich weiß immer noch nicht, was wir Toni sagen sollen, wenn wir ihn treffen«, meinte Helga.

»Wir machen ihm klar, dass er zur Familie gehört«, sagte Ebba. »Ganz einfach.«

»Genau«, fügte Kamilla hinzu. »Wie jeder andere von uns auch.«

»Ganz egal, was mit Curt ist?«

»Na ja, besser wär's natürlich gewesen, er wäre gekommen.«

»Aber das ist er nun mal nicht. Und ich hab auch keine Lust mehr, weiter darüber zu sprechen.«

»Wir müssen Toni eben so überzeugen.«

»Richtig. Wir gehören schließlich genauso zur Familie wie Curt.«

»Meint ihr, er war bei seinem wirklichen Vater?«

»Das wollen wir mal nicht hoffen.«

»Und wenn doch?«

»Keine Ahnung.«

»Wie Gerd heute wohl aussieht?«

»Meint ihr, er sieht immer noch so umwerfend aus?«

»Nein. Ich glaube nicht, dass ihm das Altern gutgetan hat.«

»Na ja, wir sind alle nicht schöner geworden.«

»Höchstens Claire. Sie sieht doch immer noch blendend aus.«

»Schon. Aber ihr wisst, was ich meine. Schönheit, für die man nichts tun muss, vergeht.«

»Und wenn sonst nichts da ist …«

»… dann sieht man das Innere.«

»Na, und das ist bei Gerd nicht so schön.«

»Wie er wohl reagieren würde, wenn Toni ihm sagt, er sei sein Vater?«

Zwei Wachdienstmitarbeiter mit Hunden schoben sich durch die feiernden Menschen. Sie achteten nicht auf die Fahrgäste, plauderten gemütlich miteinander und streichelten nebenbei ihre Tiere. Als würden sie dazugehören und sich ebenfalls einen schönen Abend machen wollen.

»Gerd wird ihn wahrscheinlich fortgejagt haben.«

»Oder er hat sich überlegt, ob bei Toni Geld zu holen ist.«

»Meinst du wirklich?«

»Ja, was denn sonst?«

»Der arme Junge.«

»Ich hab ja schon damals gesagt, Curt hätte niemals diesen blöden DNA-Test machen dürfen.«

»Du meinst, alles schön unter den Teppich kehren, Ebba? So wie es immer gemacht wurde?«

»Nein, natürlich nicht. Ich meine nur …«

Die Bahn ruckelte durch eine Kurve, und es kam Bewegung in die Leute. Nicht alle hielten sich rechtzeitig fest, einige stolperten in andere Menschen hinein, Bier wurde verschüttet, ein Frauenschrei. Der guten Stimmung tat das keinen Abbruch. Und Kayla stand wie ein Schutzwall vor den Schwestern.

»Ich weiß immer noch nicht, was wir Toni sagen sollen«, beharrte Helga.

»Dass er zur Familie gehört, und basta.«

»Ich weiß nicht, Ebba. Dieses *und basta*, das ist schon mal schiefgegangen.«

»Ach was! Wir ...«

Die Straßenbahn hielt, Türen öffneten sich, und ein paar Fußballfans kamen herein. »Nur nach Hause, nur nach Hause gehn wir nicht«, grölten sie, das Vereinslied vom Hertha BSC. Die jungen Menschen im Zug sahen sich missmutig um. Gesichter, die zu fragen schienen: Was machen denn diese Prolls hier? Gibt's denn keinen Türsteher? Darf hier jeder rein?

»Kayla?«

»Wie bitte?«

Sie hatte gar nicht mitbekommen, dass Ebba sie angesprochen hatte.

»Was meinen Sie? Sie kennen Toni doch auch.«

»Ähm ... ich?« Sie hätte sich lieber rausgehalten aus der ganzen Sache.

»Ja. Sagen Sie uns, was wir machen müssen.«

»Na ja. Sagen Sie ihm einfach, dass Sie ihn lieben.«

Auf diese Idee war Ebba natürlich nicht gekommen.

»Ach, Unsinn. Das weiß er auch so.«

»Sind Sie da sicher?«

»Wir haben ihn schließlich durchgefüttert, ihn herumgereicht und zur Schule gebracht. Seine halbe Kindheit hindurch wurde er von uns versorgt.«

»Ja, schon. Aber vielleicht ...«

»Und das ist noch nicht alles! Claire hat ihn mit der Schauspielerei unterstützt. Ohne Claire wäre er niemals Schauspieler geworden.«

Kayla gab auf. Einen anderen Rat hatte sie nicht.

»Dumm, dass Claire nicht dabei ist«, meinte Immi. »Sie wüsste, wie man das am besten anstellen kann.«

»Wir hätten sie vielleicht doch wecken sollen«, gab Kamilla zu bedenken.

»Ach was! Sie hatte Kopfschmerzen und brauchte ihre Ruhe. Wir werden Toni auch so überzeugen.«

Die Straßenbahn hielt wieder. Kayla blickte hinaus.

»Das ist unsere Station«, sagte sie. »Wir sind da.«

Hektik brach aus. Alle drängten zur Tür. Kayla wechselte beim Aussteigen einen Blick mit Ebba. Die sah Kayla an, als wollte sie sagen: »Pfff! Liebe.« Dann wandte sie sich ab und trat auf die Straße.

Der Alkohol tat seine Wirkung. Toni fühlte sich wie in Watte gepackt. Er saß am Tresen und starrte in seinen Longdrink. Um ihn herum tanzende Körper, vibrierende Bässe, flackernde Lichter.

Hinter der Bar stand Ben, ein alter Kumpel. Sie hatten mal im selben Laden gekellnert, und so etwas verbindet. Ben ließ ihn aufs Haus trinken, die ganze Zeit schon. Er war nett genug, nicht zu fragen, was los war. Stattdessen präsentierte er seinen atemberaubenden nackten Oberkörper, flirtete mit den Gästen und kehrte immer wieder zu Toni zurück, wobei er sich sehr, sehr sexy gab. Das war wohl seine Art, Trost zu spenden, und Toni war ihm dankbar dafür.

Trotzdem. Das alles konnte nur unzureichend über das Gefühl hinwegtäuschen, der einsamste Mensch auf der ganzen Welt zu sein. Gestern hatte er erfahren, dass seine Familie gar nicht seine Familie war. Und heute hatte er den verbliebenen Rest seiner richtigen, biologischen Familie kennengelernt: seinen Vater. Ein versoffenes, rassistisches und homophobes Arschloch. Ein hässlicher, hasserfüllter alter Mann.

Und diese andere Familie, die ihm bis gestern noch furchtbar auf die Nerven gegangen war, sie fehlte ihm nun, mehr als alles andere. Unbegreiflich.

Ben beugte sich zu ihm. »Und, Toni? Noch einen Gin Tonic?«

»Gerne. Du bist ein Schatz, Ben.«

Er zwinkerte ihm zu und verschwand.

In diesem Moment legte sich eine Hand auf Tonis Schulter. Er drehte sich um. Es war Micha.

Toni war perplex. Und dann hin und her gerissen. Er wollte Micha am liebsten in die Arme fallen. Aber da war ja noch dieser Streit. Micha hatte ihm einiges vorgeworfen, und das meiste zu Recht. Wo standen sie jetzt eigentlich? Wie ging es weiter? Weshalb war er hier? Und wie hatte er ihn überhaupt gefunden?

Auch Micha wirkte verunsichert. Ängstlich sogar. Toni konnte sich keinen Reim darauf machen. Doch schließlich wagte Micha es, ihm die Hand an die Wange zu legen.

»Toni, verzeihst du mir?«, fragte er.

»Ich … dir?«

»Es tut mir schrecklich leid, dass ich nicht für dich da war. Ich will …«, Micha schien mit den Tränen zu kämpfen, »… alles anders machen.«

Die folgende Umarmung war wunderbar. Toni spürte, er war nicht allein. Die Welt hatte sich gar nicht gegen ihn verschworen. Ganz im Gegenteil. Das Wichtigste von allem, der wichtigste Mensch in seinem Leben, stand neben ihm. Obwohl Toni das gar nicht verdient hatte.

»Micha, wenn du immer noch mit mir zusammenziehen möchtest …«

»Nein, hör auf. Vergiss das.«

»Doch, wirklich. Ich will es. Ich …«

»Nicht jetzt. Das spielt keine Rolle. Ich will dich so, wie du bist. Vergessen wir alles andere.«

Micha löste sich aus der Umarmung und sah Toni an.

»Deine Tanten sind noch in der Stadt.«

Toni rückte von ihm ab. Der intime Moment war vorüber.

»Das sind nicht meine Tanten.«

»Es sind gute Menschen, Toni. Die sind nicht verkehrt. Wie auch immer. Sie möchten mit dir reden. Willst du das?«

»Ob ich …? Das fragst *du* mich?« Was hatte das alles zu bedeuten? Hatten seine Tanten Micha vorgeschickt? War er deshalb hier? »Nein, ich glaube nicht, dass ich mit ihnen reden möchte. Ich bin noch völlig durcheinander. Ich will das erst mal sacken lassen.«

»Gut.« Micha sah sich um. »Komm, verschwinden wir von hier.«

»Was? Wieso denn?«

»Sie müssten jeden Moment hier eintreffen.«

»Aber …«

Micha deutete zum Tresen. »Wie's aussieht, hat Ben bei Kayla angerufen. Sie hat alle instruiert, ihr Bescheid zu geben, wenn sie dich sehen.«

Ben? Toni war fassungslos. Ben hatte Kayla einen Tipp gegeben? Diese falsche Schlange. Sie waren doch einmal Waffenbrüder gewesen. Und jetzt hatte er ihn ohne Not verraten. Da drehte Ben sich um und lächelte. Diese billige Barschlampe.

»Komm schon«, sagte Micha. »Wenn du deine Tanten nicht treffen willst, müssen wir uns beeilen.«

Vor ihnen lag ein bunkerartiges Gebäude. Eine lange Menschenschlange hatte sich vor dem schmalen Eingang gebildet. Kayla war an der Schlange vorbei zum Türsteher gegangen. Sie wechselte ein paar Worte mit ihm, deutete auf die Schwestern und winkte sie schließlich herbei. Der Türsteher, ein düster und gefährlich aussehender muskelbepackter Mann, nickte ihnen stumm zu und ließ sie ungehindert ins Innere treten.

Es war ein seltsamer Moment für die Müller-Schwestern, als beträten sie eine geheime Welt. Vor ihnen eine riesige Halle. Zuckende Lichter, stampfende Musik. An den Seiten beleuchtete Bars, dahinter Metalltreppen, nackte Betonwände, Balustraden. Und überall Menschen. Unendlich viel nackte Haut. Sich bewegende muskulöse Körper. So etwas hatte noch keine von ihnen zuvor gesehen. Ein seltsames Schauspiel. Schweigend und mit großen Augen blickten sie sich um.

»Also gut, wir teilen uns auf«, sagte Kayla. »Toni muss hier irgendwo sein. Wenn wir ihn gefunden haben, bringen wir ihn nach draußen. In zwanzig Minuten treffen wir uns vorm Eingang.«

Sie wies den Schwestern Bereiche zu, in denen sie suchen sollten. Sie selbst würde sich gemeinsam mit Helga in der Lounge umsehen. Da wäre Toni am wahrscheinlichsten zu finden, meinte sie.

»Hat jede verstanden, was sie machen soll? Gibt es noch Fragen?«

Entrücktes Kopfschütteln. Nicht einmal Ebba fand ihre Sprache wieder. Kayla betrachtete die Schwestern skeptisch, offenbar überlegte sie, ob es nicht vielleicht doch besser wäre zusammenzubleiben. Aber dann lächelte sie nur und sagte: »Na, dann würde ich sagen: Los geht's.«

Immi stieg die Metalltreppe hinauf. Sie würde auf der Empore nach Toni suchen. In diesem Klub erregte sie Aufsehen. Die Leute blickten ihr hinterher. Eine Frau jenseits der fünfzig war hier so auffällig wie ein bunter Hund. Dazu kam, dass die Treppe ziemlich eng war und kaum einer an ihrem dicken Körper vorbeikam. Sie lächelte tapfer, entschuldigte sich ständig, versuchte die teils abfälligen Blicke zu ignorieren und kämpfte sich weiter. Sie musste Toni finden.

Oben angekommen, musterte sie die Menschen auf der Empore. Rotierende Strahler, blinkendes Licht, aufsteigender Nebel. Und die laute Musik tat das ihre dazu: Für Immi sahen hier alle gleich aus. Sie tastete sich an der Wand entlang und versuchte, den Klubgästen ins Gesicht zu blicken. Wenn Toni dabei war, würde sie ihn schon erkennen.

Doch schon nach einiger Zeit musste sie zugeben, dass sie komplett die Orientierung verloren hatte.

Kamilla überblickte die Tanzfläche. Ein Meer von Menschen, die zum Rhythmus der Musik tanzten. Wie ein einziger Organismus, der sich wellenartig vor und zurück bewegte. Kamilla fühlte sich nicht gut. Vielleicht hätte sie doch lieber zu Hause bleiben sollen. Aber sie hatte ja darauf bestanden mitzukommen. »Es geht mir wieder gut«, hatte sie gesagt. »Ich fühle mich fit, ganz ehrlich.« Doch hier, bei dem schnellen Rhythmus, der lauten Musik und den vielen Menschen, wurde sie nervös. Sie fühlte sich bedrängt. Als wollte sich dieses Wesen auf der Tanzfläche gleich erheben und sie verschlingen. Außerdem bekam sie sonderbare Blicke zugeworfen. Oder bildete sie sich das ein? Sie drängte sich durch die Masse. Nackte Haut, Schweiß, die unterschiedlichsten Gerüche. Ihr Atem ging schneller. Toni. Sie sollte ja nach Toni Ausschau halten. Das hätte sie beinahe vergessen.

Ein langer, hoher Ton legte sich über die Bässe, auf der Tanzfläche wurde gejubelt, Arme wurden in die Luft gerissen. Kamilla verlor den Halt. Sie krallte sich an das, was sie kannte: Ein unsichtbares Raster legte sich über die Tanzenden. Planquadrate erschienen. Und Kamilla begann zu zählen.

Ebba ging an den Garderoben vorbei und steuerte einen Durchgang an. Dahinter war eine weitere Halle, in der eine andere Art Musik lief. Kayla hatte ihr den Unterschied erklärt, doch Ebba hatte gar nicht verstanden, wovon sie redete.

Sie wollte dies alles so schnell wie möglich hinter sich bringen. Ebba mochte diesen Ort nicht. Er war ein einziges Sündenbabel. Sie wollte niemandem einen Vorwurf machen, das war nicht ihre Art. Trotzdem hatte sie ihre Überzeugungen, und dieses schmutzige und unanständige Verhalten hier lehnte sie aus tiefstem Herzen ab.

Im Durchgang kam ihr ein Pärchen entgegen. Ein tätowierter Junge mit rasiertem Schädel und tellergroßen Ohrringen, die eher wie Folterinstrumente aussahen. Daneben ein Mädel, das beinahe nichts anhatte. Ein durchsichtiges Fähnchen bedeckte die notwendigsten Stellen, der Rest war nackte Haut. Sie schmiegte sich an ihn, als wollte sie jeden Moment stehen bleiben und in aller Öffentlichkeit kopulieren. Ebba wusste gar nicht, wo sie hinsehen sollte.

Da rempelte der Tätowierte sie auch schon an.

»Passen Sie doch auf, wo Sie gehen!«, herrschte Ebba ihn an.

Der junge Mann sah sie mit großen Augen an. Ebba beachtete ihn nicht weiter und ging in den Nebenraum. Unmöglich, diese Leute.

»Wer hat denn die Gouvernante hier reingelassen?«

Das machte Ebba nun doch wütend. Sie drehte sich um.

»Was meinen Sie denn mit Gouvernante, bitte sehr? Ich bin einfach ein ganz normaler Mensch, auch wenn ich hier die Ausnahme bin. Stört Sie das etwa?«

Doch der Mann suchte offenbar keinen Streit. Er trat den Rückzug an. »Schon gut, ich wollte Sie nicht angreifen.«

Das halb nackte Mädchen verdrehte die Augen.

»Keine Angst«, fuhr Ebba die beiden an. »Ich habe weder Interesse an Ihnen noch an diesem …«, sie suchte nach dem passenden Wort, »… Etablissement. Ich suche nur meinen Neffen, und dann bin ich schon wieder weg.«

»Ist ja gut, wir haben es verstanden.«

Sie wandten sich ab und gingen zu den Garderoben.

»Meine Güte, was für eine Mistkrähe«, flüsterte das Mädchen. »Der arme Neffe, der kann einem echt leidtun.«

»Sie sollten sich was schämen, Sie schamlose Person. Laufen hier rum wie eine billige Schlampe und beleidigen anständige ältere Menschen. Ist das die Jugend von heute? Dann ist es wirklich ein Trauerspiel.«

Die Leute drehten sich neugierig nach ihr um, und sie erntete einige böse Blicke. Ebba war klar, dass sie sich hier besser nicht so aufspielte. Trotzdem hatte es gutgetan, dieser Göre die Meinung zu sagen.

Sie drehte sich um und ging weiter. Sie würde Toni schon finden. Und wenn sie sich erst mit ihm versöhnt hatte, würde sie mal ein Wörtchen mit ihm reden, wo er sich am Wochenende so herumtrieb.

Kayla ging mit Helga in die Lounge. Helga sah sich neugierig um. War das die Welt, in der Kayla zu Hause war? Wie sehr sich das von allem unterschied, was sie bisher in Papenburg gesehen hatte. Oder in Oldenburg. Aber Kayla bewegte sich hier so selbstverständlich, als wäre das ihr Wohnzimmer.

Sie ging zur Theke und sprach mit einem Barkeeper. Dann kehrte sie zurück und nahm Helga zur Seite.

»Toni ist schon gegangen, wir sind zu spät. Micha war hier, er hat ihn mitgenommen.«

»Micha? Dann ist er also tatsächlich hergefahren?«

»Ja, sieht ganz so aus. Er wollte Toni wohl vor euch warnen.« Kayla seufzte. »Wir haben ihn verpasst.«

»Dann war alles umsonst«, sagte Helga.

Sie blickte sich um. Hieß das, sie würden jetzt wieder gehen? Dabei fand sie doch alles so aufregend hier. Sie wäre gern noch ein bisschen geblieben. Wolfgang würde sie nie wieder mit den Schwestern fortlassen, so viel stand fest. Nicht, nachdem sie ihr Handy in die Spree geworfen hatte. Eigentlich sollte sie diese letzten Stunden in Berlin ja genießen. Vielleicht würde so eine Gelegenheit nie wiederkehren.

»Was hältst du davon, wenn ich uns was zu trinken hole?«, fragte Kayla, als hätte sie ihre Gedanken gelesen. »Der Barkeeper da ist ein Kumpel von mir. Er hat ein paar geheime Cocktails auf Lager, bei denen verschlägt es dir die Sprache. Ich könnte dich mit ihm bekannt machen.«

»Aber Toni …«

»Toni ist eh über alle Berge. Wir sind zu spät. Ihr werdet ihn heute Nacht nicht mehr finden. Nicht, wenn er nicht gefunden werden will.«

»Du meinst …«

»Ganz genau«, sagte Kayla. »Ich meine, wir genehmigen uns jetzt erst mal einen anständigen Drink. Und dann sehen wir weiter. Schließlich haben wir noch die ganze Nacht vor uns.«

Kamilla dröhnte der Kopf. Es war unmöglich, die vielen Körper in diesem zuckenden Organismus zu zählen. Sie fühlte sich verloren, und langsam stieg Panik in ihr auf. Das dahinten waren Zwanzigergruppen, insgesamt hundertvierzig. Sie fürchtete aber, dass ihr welche durch die Lappen gegangen waren. Oder dort drüben: Waren in das bereits gezählte Kästchen schon wieder neue Menschen eingedrungen? Sie stolperte zurück und rempelte gegen eine Säule. Benommen blickte sie sich um.

Das war gar keine Säule. Es war ein Mann. Ein Riese. Kamilla, die mit ihren eins achtzig alles andere als eine kleine Person war, reichte ihm gerade mal bis zur Brust.

Sie sah auf. Ein bärtiges Gesicht. Er schien sich über sie zu amüsieren. In seiner Hand brannte eine bauchige Zigarette. Die sah genauso aus wie die von Henrik.

»Ist das eine Haschzigarette?«, fragte sie.

Er grinste. »So ist es.«

Sie dachte an das Gefühl, das sich bei ihr eingestellt hatte, nachdem sie von Henriks Zigarette probiert hatte. Da hatte sie sich ganz leicht und entspannt gefühlt. So unbedarft, dass ihr dummerweise das größte Familiengeheimnis herausgerutscht war. Trotzdem. Es war ein großartiges Gefühl gewesen, und wenn sie den Zwang loswerden wollte, die Tänzer zu zählen, genügte vielleicht schon ein kleiner Zug davon.

»Sagen Sie, dürfte ich vielleicht einmal daran ziehen?«

Sein Grinsen wurde breiter. »Aber sicher.«

Er reichte ihr die Zigarette, und Kamilla nahm einen tiefen Zug. Zu tief, denn sie musste furchtbar husten. Also nahm sie noch einen Zug, diesmal vorsichtiger. Und es funktionierte.

»Bist du das erste Mal hier?«, fragte der Mann.

Er wollte sie wohl auf den Arm nehmen. Kamilla spürte, wie sie sich entspannte.

»Was wäre, wenn ich Nein sagen würde?«, fragte sie keck.

»Dann würde ich dich für eine Hochstaplerin halten.«

Sie lachte ein perlendes Lachen. Dann fragte sie: »Darf ich noch mal?«

So plötzlich, wie der Türsteher hinter Ebba aufgetaucht war, hatte sie keine Gelegenheit gehabt zu reagieren. Und im nächsten Moment war sie auch schon ein paar Meter zur Seite gedrängt worden.

»Na, hören Sie mal! Was denken Sie sich dabei?«

»Kommen Sie mit«, sagte er kühl. »Leisten Sie keinen Widerstand.«

Als wäre er ein Polizist und Ebba ein räudiger Taschendieb.

»Ich muss Sie doch sehr bitten! Ich … Aua!«

Er hatte sie am Handgelenk gepackt und schob sie weiter vor sich her. Ebba konnte nichts dagegen tun, sein Griff war wie Stahl. Er war ein Bär von einem Mann.

»Ich habe nichts verbrochen. Lassen Sie mich los.«

Doch innerlich hatte sie längst aufgegeben. Der Mann war stärker als sie, und er war es gewohnt, Leute hinauszubefördern.

Bestimmt hatte sich dieses Flittchen mit dem tätowierten Freund über sie beschwert. Ebba hatte einen Fehler begangen. Sie hätte sich mit den Leuten hier nicht anlegen dürfen.

»Also gut, ich gehe ja. Aber lassen Sie mich los. Ich komme freiwillig mit.«

Doch nichts. Sie blickte in ein unbewegtes Gesicht. Eine Maske der Entschlossenheit. Als hätte Ebba randaliert oder um sich geschossen.

»Ich gehe alleine!«, versuchte sie es noch mal. Aber keine Chance.

Am Eingang sah sie Toni. Er ging gerade ins Freie, gefolgt von Micha.

»Toni! Toni!«

Der drehte sich um, entdeckte sie – und erstarrte. Völlig perplex verfolgte er, wie seine Tante an ihm vorbei nach draußen geschoben wurde.

»Lass dich hier nie wieder blicken«, brummte der Türsteher und setzte Ebba ab. »Hast du gehört? Du hast hier Hausverbot.«

Toni sah fassungslos zwischen ihm und Ebba hin und her. Dann schüttelte er den Kopf, gab Micha ein Zeichen und wandte sich zum Gehen.

»Toni! Lauf nicht weg! Du bleibst, wo du bist!«

Der vertraute Befehlston hatte noch immer Erfolg. Wenn auch nur instinktiv, jedenfalls drehte sich Toni zu ihr um.

Ebba klopfte sich die Hände ab und zog ihre Bluse glatt, die unter den Griffen des Mannes gelitten hatte. Sie war außer sich vor Wut. Hausverbot. Was bildete sich dieser Vogel eigentlich ein?

»In diesem schmutzigen Bordell verbringst du deine Wochenenden? Ich muss mich doch sehr über dich wundern, Toni Müller. Ich hatte gedacht, wir hätten dir mehr Anstand und Benehmen beigebracht. Du solltest dich was schämen!«

Es sah aus, als wollte er etwas sagen. Doch dann winkte er nur genervt ab, drehte sich um und ging weiter.

»Bleib stehen, wenn ich mit dir rede!«

»Und weshalb? Was hast du mir schon zu sagen? Gar nichts.«

»Ich habe dir sehr wohl was zu sagen, junger Mann. Und

dein Ton gefällt mir überhaupt nicht. Bei allen Problemen, die wir miteinander haben, brauchen wir nicht so einen Ton anzuschlagen. Hast du das verstanden?«

»Dir kann völlig egal sein, was ich für einen Ton anschlage. Du hast mir nämlich nichts mehr zu sagen. Wir haben nichts miteinander zu tun. Wir sind nicht verwandt.«

»Ach was, natürlich sind wir das! Was redest du für einen Unsinn! Du bleibst mein Neffe und aus.«

»Hör doch auf mit deinen Lügen. Ich war heute bei meinem Vater. Ich weiß, wer mich gezeugt ...«

»Ach, dieser Idiot! Dein Vater ist Curt. Bei all seinen Fehlern und bei allem, was man gegen ihn sagen kann. Er ist immer noch besser als dieser Gerd Kowalski.«

»Besser? Darum geht es also? Wer besser ist? Euren Curt könnt ihr schön behalten. Als Vater brauche ich den nicht.«

Ebba wollte was erwidern, doch Toni fuhr ihr über den Mund. »Jetzt lasst mich doch in Ruhe! Was soll das überhaupt? Ich kenne jetzt die Wahrheit. Warum verschwindet ihr nicht endlich aus meinem Leben?«

»Mein Gott, wir lieben dich!«, herrschte sie ihn an. »Wir lieben dich, und wir wollen dich nicht verlieren. Ist das denn so schwer zu verstehen?«

Stille. Da waren nur die Bässe, die aus dem Klub drangen. Ebba und Toni starrten sich wortlos an. Beide atmeten schwer, als hätten sie gerade einen Boxkampf hinter sich gebracht.

Die Eingangstür öffnete sich, und eine Gestalt kam herausgelaufen. Es war Kamilla. Sie entdeckte Toni und Ebba auf dem Vorplatz und kam mit ausgestrecktem Arm auf sie zugelaufen. Erst da erkannte Ebba, dass es ein Handy war, das Kamilla vor sich her trug. Ihr Gesicht war schreckensstarr.

»Da war Rainer dran«, sagte sie. »Weißt du noch? Rainer Bördemann aus Papenburg.«

»Ja, und weiter?«, fragte Ebba.

»Claire. Sie ist im Krankenhaus. Die Ärzte sprechen von Unterkühlung mit Verdacht auf Lungenentzündung. Wir sollen sofort kommen.«

12. Kapitel

Vor ihnen lag ein langer Krankenhausflur. Alles war in Neonlicht getaucht, der typische Geruch von Krankheit und Reinigungsmitteln lag in der Luft. Toni nahm Michas Hand. Das machte es leichter. Er war froh, ihn an seiner Seite zu haben. Er war froh, dass zwischen ihnen alles in Ordnung war. Micha sagte nicht viel, doch er wich ihm auch nicht von der Seite. Folgte ihm wie ein Schatten, wie um ihm zu zeigen, dass er nicht allein war.

Tante Ebba, Tante Kamilla und Tante Immi folgten ihnen. Nur Tante Helga war nicht dabei. Sie hatten versucht, sie im Klub wiederzufinden, aber nachdem ihr Handy am späten Nachmittag gestohlen worden war, hatte sich das als schwierig herausgestellt, zumal auch bei Kayla niemand ranging. Aber da die ja mit Tante Helga unterwegs war, machte sich keiner große Sorgen. Kayla würde schon auf Tante Helga aufpassen, da konnte gar nichts passieren.

In einer Sitzgruppe vor Tante Claires Krankenzimmer hockte ein alter Mann mit weißem Haar. Er hatte das Gesicht in den Händen vergraben. Erst als er Toni und die Tanten bemerkte, blickte er auf.

Tante Ebba trat auf ihn zu. »Rainer?«

»Hallo, Ebba.« Ein müdes Lächeln. »Ist ganz schön lange her, nicht wahr?«

»Das kannst du wohl sagen. Was ist denn passiert? Was habt ihr gemacht?«

»Wir waren am Brunnen vorm Roten Rathaus. Wir waren … ach, ist ja auch egal. Jedenfalls ist Claire ins Wasser gestiegen. Es war doch so eine warme Nacht. Ich hab mir nichts dabei gedacht. Es … sie war wunderschön.«

»Ins Wasser?«, fragte Tante Ebba. »Wie Anita Ekberg in ›La dolce vita‹?« Sie sah zu Claires Krankenzimmer. »Ach, Claire …«

»Ich hätte ihr das nicht erlauben dürfen«, sagte Rainer. »Ich hätte sie niemals in den Brunnen steigen lassen dürfen. Das Wasser war ja ziemlich kalt.«

»Nein, nein, Rainer.« Tante Ebba lächelte traurig. »Ist schon gut. Es war nun mal Claires Traum. Du hast dir nichts vorzuwerfen.«

Eine Schwester verließ das Zimmer und schloss behutsam die Tür. Die Tanten umzingelten sie sofort.

»Ihre Schwester weiß, dass Sie hier sind«, sagte sie. »Ich habe es ihr gesagt.«

»Können wir denn zu ihr? Nur ganz kurz?«

»Aber nur eine Person. Und nur für zwei oder drei Minuten. Sie braucht jetzt Ruhe.«

Die Schwestern blickten sich kurz an, dann sagte Ebba: »Ich gehe.«

»Nein«, sagte die Schwester. »Sie möchte mit einem Toni sprechen. Ist er hier?«

Toni trat vor. »Mit mir?«

Ebba legte ihm die Hand auf die Schulter und drückte sie. »Geh ruhig, Junge.« Dann ließ sie los, und Toni ging zur Tür. Er massierte sich die Schulter. Da würde morgen wohl ein blauer Fleck sein. Leise trat er ins Zimmer.

Tante Claire lag auf ihrem Bett. Ein Infusionsbeutel tropfte. Sie war sehr blass und doch wunderschön. Als sie ihn sah, lächelte sie schwach. »Toni.«

Er hockte sich ans Bett. »Tante Claire, was machst du denn nur für Sachen?«

»Ich hatte schon Angst, ich sehe dich nicht mehr«, sagte sie.

Er fühlte sich plötzlich schuldig. Wie hatte er sie überhaupt wegstoßen können? Nach allem, was sie gemeinsam erlebt hatten?

»Doch, natürlich bin ich da. Ich ...« Er stockte.

»Habt ihr euch wieder vertragen?«, fragte Tante Claire.

»Na, so in etwa. Glaub ich zumindest.«

Sie lächelte. »Du musst heute nichts entscheiden. Lass nur die Tür offen, das ist alles, worum ich dich bitte.«

Nun wurden die Schuldgefühle übergroß. Er nahm ihre Hand.

»Tante Claire, es tut mir so leid. Ich wollte nicht ...«

»Nein, nein, nein. Entschuldige dich nicht. Du hast guten Grund, wütend auf uns zu sein. Aber du sollst nur eines wissen: Was wir getan haben, haben wir nur getan, weil wir glaubten, es wäre das Beste für dich.«

Sie hustete schwach. Das Atmen schien ihr Mühe zu bereiten.

»Geht's dir nicht gut, Tante Claire? Soll ich die Schwester rufen?«

»Nein.« Sie klammerte sich an seine Hand. »Glaubst du mir das, Toni? Dass wir nur dein Bestes wollten?«

»Ja, natürlich.«

Sie wirkte erleichtert. Toni lächelte sie an. Jetzt war es wieder wie früher. Nur er und Tante Claire.

»Wer ist überhaupt der junge Mann da draußen?«

Ein Leuchten in ihren Augen. »Rainer.«

»Aha. Rainer also?«

»Darf eine alte Frau nicht auch ihre Geheimnisse haben? Du wirst ihn mögen«, sagte sie.

»Davon bin ich überzeugt.«

Tante Claires Lächeln fror ein. Sie schien plötzlich keine Luft mehr zu bekommen.

»Tante Claire? Tante Claire!«

Sie reagierte nicht.

Toni sprang auf, drückte wie wild den Notfallknopf, dann riss er die Tür auf und schrie nach der Schwester.

Menschen in weißen Kitteln liefen herbei, Ärzte wurden gerufen, überall herrschte Hektik, Claire wurde an Gerätschaften angeschlossen, schließlich weggefahren. Fliegende Kittel im Aufzug, dann war sie fort.

Tante Ebba trat vor und packte die letzte verbliebene Krankenschwester.

»Was ist denn passiert? Was ist mit ihr?«

»Das können wir nicht sagen. Wie es aussieht, hat Ihre Schwester ein akutes Lungenversagen. Wir bringen sie auf die Intensivstation. Mehr kann ich jetzt nicht sagen. Sie müssen warten.«

Tante Claire fiel ins Koma. Sie schwebte zwischen Leben und Tod. Keiner konnte sagen, ob sie es schaffen würde. Ihnen blieb nichts übrig, als in den Aufenthaltsraum zu gehen und zu warten.

Endlose Stunden vergingen. Toni war irgendwann losgegangen, um heiße Getränke zu besorgen. Getränke, die nicht aus diesen furchtbaren Automaten im Warteraum stammten. Die Kantine hatte zwar schon geschlossen, aber mithilfe eines Flirts mit einem Pflegeschüler war es ihm gelungen, hineinzukommen und für alle frischen Kaffee zu kochen. Er kehrte mit einer großen Kanne Kaffee zurück und einem heißen Kakao für Tante Immi, die nicht so viel Koffein vertrug.

»Du bist ein Engel, Toni«, sagte Tante Immi und wäre fast

in Tränen ausgebrochen. Auch Tante Ebba nahm ihre Tasse dankbar entgegen. Sie strich Toni mit ihrer rauen, schwieligen Hand über die Wange. »Danke, min Jung.«

Rainer saß etwas abseits und sah aus, als würde er meditieren. Toni näherte sich vorsichtig.

»Möchten Sie auch eine Tasse Kaffee? Der ist ganz frisch.«

Rainer blickte auf und lächelte.

»Du kannst mich ruhig duzen. Ich nehme gerne einen.«

Toni goss ihm eine Tasse ein.

»Bist du ein Freund von Tante Claire?«

»Was denkst du?«

»Ich weiß nicht. Tante Claire sagt, eine Frau hat ihre Geheimnisse.«

»Damit hat sie dann wohl recht.«

Er nahm die Tasse entgegen. Toni setzte sich zu ihm.

»Du bist Schauspieler, habe ich gehört?«

Toni verzog das Gesicht. »Ich weiß gar nicht, ob ich mich noch so nennen darf. Ich hab seit Ewigkeiten kein Engagement mehr gehabt, das diesen Namen verdient.«

»Aber du warst auf der Ernst-Busch-Schule?«

»Ja, schon.«

»Aber dann gehörst du zu den besten Schauspielern, die dein Jahrgang hervorgebracht hat.«

»Das hilft mir im Moment auch nicht weiter. Im Moment versau ich jedes Casting. Gerade erst war ich bei einem Abenteuerfilm von der Titania Produktion. Da hab ich für die Hauptrolle vorgesprochen. Ich habe da wirklich …«

Toni stockte. Rainer sah ihn mit großen Augen an.

»Toni Müller«, rief er. »Das warst du, natürlich!«

»Ich … ich verstehe nicht.«

»Dein Vorsprechen für die Titania Produktion! Toni, der Actionheld! Das Video geht seit heute überall herum, alle in der Branche sprechen davon. Ich habe es noch nicht gesehen, deshalb …« Er schlug sich vor den Kopf. »Toni Müller! Natürlich. Das warst du.«

Toni sackte zusammen. Jetzt machte sich also das ganze Filmgeschäft auf seine Kosten lustig. Er würde nie wieder zu einem Casting eingeladen werden.

Rainer packte Toni am Arm und zog ihn zu sich heran.

»Du bist in aller Munde. Ich habe mit einem Freund gesprochen, der ist Produzent einer Knastserie, wo gerade für den Pilotfilm gecastet wird. Er sagte, er wollte diesen Toni Müller unbedingt kontaktieren.«

»Für eine Rolle?«, fragte Toni ungläubig.

»Ja! Die suchen noch einen Schauspieler für einen schwulen Häftling. Er meinte, du wärst perfekt für diese Rolle.«

Toni war benommen. Eine Rolle. Das musste er erst mal sacken lassen. Außerdem war da immer noch Tante Claire. Er konnte sich nicht freuen, solange ihr Zustand sich nicht besserte.

Eine der behandelnden Ärztinnen tauchte auf, doch sie hatte keine guten Neuigkeiten.

»Ihr Zustand ist unverändert«, sagte sie. »Sie sollten nach Hause gehen und etwas schlafen. Morgen früh können wir bestimmt mehr sagen.«

Doch keiner wollte von hier fort. Sie würden alle bleiben und warten. So lange, bis sie wussten, ob Tante Claire überleben würde.

Kurz vor drei Uhr nachts tauchte Wolfgang auf, der Mann von Tante Helga. Er hatte sich ins Auto gesetzt und war losgefahren, kurz nachdem Tante Helgas Handy geklaut worden war und er sie nicht mehr erreichen konnte. Er hatte beschlossen, persönlich nachzusehen, was da los war in Berlin. Kurz hinter Magdeburg hatte er dann von Tante Ebba erfahren, was in der Zwischenzeit passiert war: Tante Claire lag im Koma, und sie waren alle im Krankenhaus versammelt. Die letzten zweihundert Kilometer hatte er offenbar dazu genutzt, seine Wut auf Tante Helga verrauchen zu lassen, denn als er jetzt in den Aufenthaltsraum trat, waren in seinem Gesicht nur Mitleid und Sorge zu erkennen. Und seine erste Frage galt Tante Claire.

»Die Ärzte können nichts sagen«, meinte Tante Ebba. »Sie wissen nicht, ob sie es schafft.«

»Du liebe Güte.« Er ließ sich kraftlos auf einen Stuhl sinken. »Du liebe Güte.«

Dann blickte er sich um und fragte: »Und wo ist Helga?«

Die Tanten wechselten einen Blick.

»Sie ist noch nicht wieder hier«, sagte Tante Immi vorsichtig.

Wolfgang starrte sie an. »Noch nicht … wieder … hier?« Sein Gesicht verdunkelte sich.

»Es ist meine Schuld«, meldete Toni sich zu Wort. »Wir haben uns gestritten, und ich bin einfach abgehauen.« Er berichtete in knappen Sätzen, wie die Tanten sich auf die Suche nach ihm gemacht hatten, um sich zu versöhnen. Wie Tante Helgas Handy dabei geklaut worden war und sie sich anschließend verloren hatten.

»Sie haben meinetwegen Tante Helga aus den Augen verloren. Sie weiß noch nicht einmal, dass Tante Claire im Krankenhaus liegt.«

Wenn Toni glaubte, Wolfgang würde jetzt einen Wutanfall bekommen, dann irrte er sich. Ganz im Gegenteil. Er wirkte völlig verzweifelt. Die Sorge um seine Frau brachte ihn beinahe um.

»Heißt das, sie ist jetzt ganz allein irgendwo da draußen?« Er sprang auf. »Wir müssen sie suchen.«

»Kayla ist bei ihr«, sagte Toni beruhigend. »Das ist meine

Nachbarin. Glaub mir, Tante Helga ist in guten Händen. Bei Kayla wird ihr nichts passieren. Darauf kannst du dich verlassen.«

Alle redeten durcheinander. Die Tanten bestätigten wortreich, dass mit Kayla zu rechnen sei: eine patente Frau, die sich nicht übers Ohr hauen lasse; wenn Kayla bei ihr sei, dann sei Helga so sicher wie die Bank von England, wirklich, da müsse Wolfgang sich keine Sorgen machen.

»Aber wir können sie doch nicht einfach ... Wir müssen sie doch suchen.«

Aber die Tanten redeten weiter: Auf Kayla sei Verlass, sie werde Helga schon sicher zurückbringen, er solle einfach abwarten.

Schließlich sackte Wolfgang wieder auf seinen Stuhl. Ihm fiel wohl nichts Besseres ein.

»Also gut. Warten wir.«

Die Zeit verstrich ohne Neuigkeiten über Tante Claires Gesundheitszustand. Inzwischen zog die Morgendämmerung herauf, und in den Parkanlagen des Krankenhauses zwitscherten die Vögel. Tante Ebba reckte sich, sie ging zur Tür, offenbar um die Toiletten aufzusuchen.

»Bin gleich wieder da«, sagte sie und riss die Tür auf.

Beinahe wäre sie in den Mann hineingerannt, der vor ihr im Flur auftauchte. Tante Ebba blieb stehen.

»Curt. Da bist du ja.«

Tatsächlich, er stand in der Tür. Toni hatte ihn seit mehr als zwei Jahren nicht mehr gesehen. Er sah älter aus. Grauer. Und heute Nacht wirkte er unendlich müde.

Dabei war es erst ein paar Stunden her, dass Tante Ebba ihn angerufen hatte. Er war in Rekordzeit von Papenburg nach Berlin gefahren.

»Ich habe noch gar nicht mit dir gerechnet«, sagte Tante Ebba.

»Die Autobahnen waren alle frei. Wie geht es Claire?«

Tante Ebba schüttelte den Kopf. »Unverändert. Wir wissen immer noch nichts.«

Sein Gesicht war wie versteinert.

»Komm herein und setz dich zu uns, Curt. Die Ärztin kommt, sobald sie etwas weiß. Das hat sie uns versprochen.«

Er blickte sich um. Sah seine Schwestern, Wolfgang, dann Toni. Es war das erste Mal, dass sie sich sahen und beide wussten: Curt war nicht sein leiblicher Vater.

Sie standen voreinander und maßen sich mit Blicken. Keiner ließ sich in die Karten blicken. Lieber blieben sie nüchtern und verschlossen.

»Hallo, Toni.«

Toni nickte. »Hallo.«

»Den Besuch von deinen Tanten hast du dir sicher anders vorgestellt.«

»Allerdings, in vielerlei Hinsicht.«

»Wir haben uns lange nicht gesehen«, sagte Curt. »Wie geht es dir?«

»Ich mache mir Sorgen um Tante Claire.«

»Ja, das tun wir alle.«

Curt zögerte. Es sah aus, als wollte er noch etwas sagen. Doch dann ging er weiter. Er begrüßte erst Wolfgang, dann Rainer.

»Bist du das etwa? Rainer Bördemann?«

Toni warf ihm noch einen Blick zu, dann wandte er sich ab. Er wusste nicht, was er von der ganzen Sache halten sollte. Lieber wäre ihm gewesen, er wäre Curt nicht begegnet.

Alle nahmen wieder Platz und warteten. Curt sprach leise mit Rainer, dabei sah er immer wieder zu ihm herüber. Toni konnte seine Blicke nicht deuten. Schließlich stand Curt auf, setzte sich zu ihm und sagte leise: »Wir müssen miteinander reden. Nicht jetzt, aber … sobald das alles vorbei ist.«

Er zögerte, dann wuschelte er Toni durchs Haar, stand auf und ging wieder zurück zum anderen Ende des Warteraums.

Toni blieb starr. Er wollte keine Gefühle zulassen. Doch unter der Oberfläche rumorte es. Curt wusste doch, was passiert war. Tante Ebba hatte es ihm gesagt: Das Familiengeheimnis war ausgeplaudert worden. Wieso wollte er dann noch mit ihm sprechen? Wieso diese zärtliche Geste? Und vor allem: Wieso interessierte das Toni überhaupt?

Draußen war es inzwischen hell geworden. Die Stadt erwachte zum Leben. Die Müllabfuhr tauchte vor dem Fenster auf, ein Wagen der Stadtreinigung, und die ersten Pendler waren unterwegs.

Im Morgenlicht sahen alle im Raum erschöpft aus. Kein Wunder. Seit Stunden taumelten sie zwischen Hoffnung und Verzweiflung, das hinterließ Spuren.

Tante Immi war eingenickt, den Kopf an Tante Ebbas Schulter gelehnt. Auch Toni spürte die Müdigkeit. Die Augen fielen ihm immer wieder zu. Als plötzlich Bewegung im Raum war, bemerkte er, dass er für ein paar Minuten eingenickt sein musste. Die Ärztin stand im Zimmer, alle hatten sich um sie versammelt. Toni sprang ebenfalls auf und kämpfte gegen den aufkommenden Schwindel.

»Und?«, fragte Tante Ebba. »Was können Sie uns sagen?«

Die Ärztin blickte in die Runde. Sie lächelte.

»Ihre Schwester hatte Glück. Sie ist über den Berg.«

Die Erleichterung war übergroß. Toni stieß einen Jubelschrei aus. Die Tanten fielen sich lachend in die Arme.

»Halleluja«, sagte Tante Immi.

13. Kapitel

Toni erwachte in Michas Armen. Sie lagen im Sessel, und ihre Körper waren ineinander verknotet. Ein Wunder, dass Toni überhaupt geschlafen hatte. Die Mittagssonne schien in seine Küche, und sein T-Shirt klebte am Körper. Er versuchte vorsichtig, sich von Micha zu lösen, ohne ihn dabei zu wecken. Da merkte er erst, wie verspannt er war. Der Sessel war wohl alles andere als ein bequemes Nachtlager für zwei Personen. Micha seufzte im Halbschlaf, rutschte im Sessel herum und tauchte wieder in seinen Träumen ab. Süß sah er aus, wie er da vor sich hin schlummerte. Irgendwie ganz unschuldig.

Am Küchentisch saß Tante Kamilla kerzengerade da und löste ein Kreuzworträtsel. Sie schenkte Toni ein warmes Lächeln und bewegte die Lippen zu einem stummen Guten Morgen. Dann flüsterte sie: »Ich hab dich doch nicht geweckt?«

Sie hatte wahrscheinlich kein Auge zugetan, wo es doch kein Zimmer gab, in dem sie allein war. Und der Schein einer Laterne fiel auch nirgendwo herein, stattdessen das grelle Sonnenlicht.

»Nein«, flüsterte er. »Wie spät ist es denn?«

»Schon nach elf. Ich frage mich, wie lange die alle noch im Bett liegen bleiben wollen.«

Um kurz nach sieben waren sie aus dem Krankenhaus gekommen. Toni hatte nicht das Gefühl, zu lange geschlafen zu haben. Er schlich durch den Flur zum Klo.

Die Türen standen offen, er konnte in jedes Zimmer blicken. Überall schlafende Menschen. Auf dem Sofa, in den Betten, auf dem Teppich. Es war wie nach einer wilden Party, bei der alle zu betrunken waren, um noch nach Hause zu fahren.

Toni schloss die Klotür hinter sich. Plötzlich wurde ihm klar, wie gut sich das anfühlte, all diese Menschen in seiner Wohnung zu haben. Es war zwar irgendwie seltsam, aber es konnte ruhig noch eine Weile so bleiben.

Nach und nach wachten alle auf, und es wurde lebendig. Tante Immi kaufte Brötchen, Tante Ebba kochte eine große Kanne Kaffee, und Rainer machte Rührei. Durch einen Anruf im Krankenhaus erfuhren sie, dass es Claire mit jeder Stunde besser ging. Sie brauchte jedoch Ruhe, um sich zu erholen, und deshalb wurde von Besuchen abgeraten.

Gerade hatten sich alle an den Frühstückstisch gesetzt, da klingelte es an der Tür, und im nächsten Moment standen Kayla und Tante Helga in der Küche.

»Da seid ihr ja alle«, begrüßte Helga die Runde. Sie entdeckte die Männer, die nicht hierhergehörten, und bemerkte das Fehlen von Tante Claire. »Ist etwas passiert?« Und dann: »Rainer? Bist du das?«

Toni bemerkte, dass es zwischen Kayla und Helga gehörig knisterte. Was genau zwischen den beiden vorgefallen war, wollte Toni lieber gar nicht so genau wissen. Auch die anderen Anwesenden schienen das zu spüren, nur Wolfgang stand offenbar völlig auf dem Schlauch.

»Helga, was für ein Glück, dass dir nichts passiert ist. Komm her, setz dich zu mir. Das war ja was mit deinem Handy. Ich hätte es mir gleich denken können.«

Tante Helga zögerte. Sie warf Kayla einen Blick zu, dann

löste sie sich widerwillig und setzte sich neben Wolfgang auf die Bank.

»Sie sind Tonis Nachbarin, nehme ich an?«, sagte der. »Da muss ich mich wohl bei Ihnen bedanken. Vielen Dank, dass Sie auf meine Frau aufgepasst haben. Mir haben alle hier versichert, dass Helga nichts passieren wird, wenn Sie bei ihr sind.«

»Kein Problem«, sagte Kayla grinsend. »War mir ein Vergnügen.«

»Aber jetzt sagt doch endlich, was passiert ist«, mischte sich Tante Helga ein. »Was machst du hier, Curt? Und wo ist Claire? Und … Herr im Himmel, Rainer! Wo kommst du denn her?«

Sie begannen zu erzählen. Erzählten alles, was in der vergangenen Nacht passiert war. Ein weiterer Stuhl wurde für Kayla an den Tisch gestellt, eine Kaffeetasse wanderte über die Köpfe hinweg, und das Frühstück ging schließlich weiter, als wäre nichts gewesen. Nur Toni schien die glücklichen Blicke zu bemerken, die Tante Helga heimlich Kayla zuwarf. Er konnte nur hoffen, dass Wolfgang weiterhin ahnungslos blieb.

Nach einer Weile war es wie bei einem typischen Familientreffen. Sie saßen gut gelaunt beisammen und erzählten sich die Anekdoten, die zu solchen Anlässen immer erzählt werden. Wie Tante Ebba sich mal ein Auto zu Schrott hatte fahren lassen, nur um einem Nachbarn zu zeigen, dass er ihr nicht ständig die Vorfahrt nehmen konnte. Von Tante Kamilla, die mal beim Weihnachtsbacken der Katholischen Frauengemeinschaft mit der ganzen Macht der Verzweiflung durchgesetzt hatte, dass alle ihre Nüsse zählten, die sie in den Kuchen gaben, nur damit Kamilla nachher keinen Kuchen essen musste, dessen Nussanzahl eine Quersumme von drei ergab. Oder von Tante Immi, die beim Manöver der britischen Armee im Emsland immer Berge von Pfannkuchen backte, damit die Soldaten mal was Ordentliches zu essen bekamen, und dann ihre völlig verängstigten Kinder mit Körben losschickte, um sich quer durchs Kriegsgebiet zu kämpfen.

Jeder von ihnen kannte diese Geschichten auswendig. Trotzdem lachten alle mit, trieben Späße und schlugen sich gegenseitig auf die Schulter. Es waren Geschichten, die das Zusammengehörigkeitsgefühl stärkten.

Irgendwann wurden die letzten Sachen zusammengepackt, und es ging hinunter zur Straße, wo die Autos standen. Schließlich mussten am nächsten Tag alle wieder arbeiten. Rainer versprach, sich um Tante Claire zu kümmern. Curt und Wolfgang hatten genügend Platz, um die Tanten bequem zurück nach Papenburg zu bringen, und sie packten alles, was nicht bereits im Bus war, in ihre Autos. Es war nun Zeit, Abschied zu nehmen.

Tante Immi drückte Toni an ihren riesigen Busen und wollte ihn gar nicht mehr loslassen. Dabei flüsterte sie: »Wenn du nächstes Mal nach Papenburg kommst, melde dich bei mir. Ich hab da noch ein paar wichtige Sachen für dich.« Schließlich packte sie sein Gesicht, drückte ihm einen Kuss auf die Stirn und löste sich mit tränennassen Wangen.

Dann kam Tante Kamilla, die ihn zwar ebenfalls liebevoll umarmte, deren prüfender Blick zuvor aber seine Kleidung nach Schmutz absuchte. Es folgte Tante Ebba, die ihn so hart umfasste, dass er beinahe aufgeschrien hätte. Und schließlich Tante Helga, die wie ein kleines Vögelchen in seinen Armen lag, erschöpft und glücklich von der Nacht, die hinter ihr lag.

Zuletzt trat Curt auf ihn zu. Er klopfte Micha auf die Schulter, murmelte: »Bist ein guter Junge«, und blieb dann vor Toni stehen. Die anderen traten ein paar Schritte zurück, damit die beiden in Ruhe miteinander reden konnten.

Curt blickte ihn nicht an. Er sah zur Seite und kniff die Augen zusammen, als fixierte er etwas am Horizont. Nein, solcherlei Gespräche waren Curt Müller noch nie besonders leichtgefallen.

»Es ist eine Menge schiefgegangen«, sagte er.

Toni wartete.

»Du hast es wohl nicht immer besonders gut bei mir gehabt.«

Toni zeigte keine Reaktion.

»Weißt du …« Curt holte Luft. »Ich konnte deine Mutter nicht halten. Das war meine Schuld.«

Meinte er damit, dass sie fremdgegangen war? Oder dass sie immer tiefer in ihre Krankheit geflohen war und am Ende den Tod gewählt hatte?

»Ich war ihr kein guter Mann.« Er blickte Toni an. Die Worte gingen ihm schwer über die Lippen. »Und dir war ich kein guter Vater. Ich wünschte, es wäre anders.«

»Du hast mir …« Weiter kam er nicht.

»Nein, Toni, sag jetzt nichts, bitte. Du musst erst über alles nachdenken. Die Wahrheit liegt auf dem Tisch, und das ist gut so. Wenn ich darf, komme ich wieder hierher. In ein paar Wochen vielleicht. Dann reden wir in Ruhe über alles.« Jetzt lächelte er. »Was meinst du: Bleiben wir eine Familie? Lässt du die Tür einen Spaltweit offen?«

Er dachte an Tante Claire im Krankenhaus. An das, was er ihr versprochen hatte.

»Ja«, sagte er. »Ich lasse sie offen.«

Er war kein Junge mehr. Er war jetzt ein Marienkäfer. Lebte auf Grashalmen und fraß kleine Blattläuse. Die Wiese war sein ganzes Universum. Er spürte es genau.

Dann trat er vor auf die Bühne. Die anderen Insekten waren nur verkleidete Kinder. Er konnte nicht erklären, worin der Unterschied bestand, aber so war es nun mal.

»Ich bin ein flugfähiger Käfer und ernähre mich von Blatt- und Schildläusen. Die Menschen mögen mich, weil ich in Gartenbau und Landwirtschaft so nützlich bin.«

Nach der Aufführung wurde er vom Publikum gefeiert. Alle wollten den Marienkäfer sehen. Er stand oben auf der Bühne und sah verwundert hinunter: Sie liebten ihn.

Zu Hause packte ihn sein Vater und warf ihn in die Luft. »Du warst der Größte!« Toni, der es liebte zu fliegen, lachte und kicherte. »Du hast es allen gezeigt! Du warst furchtlos!« Dann nahm sein Vater ihn in den Arm und betrachtete ihn voller Stolz: »Du bist mein Sohn.«

Ilse Gräfin von Bredow

Das Hörgerät im Azaleentopf

224 Seiten. Piper Taschenbuch

Die mittlerweile neunundachtzigjährige Autorin erzählt, wie es wirklich ist, nicht mehr die Jüngste zu sein. Denn auch wenn die Gesellschaft nur ein Ziel zu kennen scheint – so alt wie Methusalem zu werden – hat das Alter doch so seine Tücken ...

»Die Kunst, aus allem das Beste zu machen, beherrscht Ilse Gräfin von Bredow meisterlich. Ein vergnügliches Buch zum Schmökern.«
Hörzu

05/2682/01/L

Paulus Vennebusch

Giganten der Zärtlichkeit

Die unglaubliche Geschichte von »Die Papi's«. 272 Seiten. Piper Taschenbuch

Jürgen Schober und Manfred Trenk sind »Die Papi's« – und der lebende Beweis dafür, dass Begabung keine zwingende Voraussetzung für Erfolg ist: Mit viel Naivität, Glück und vom Spott aller objektiven Beobachter begleitet, werden die beiden zu Deutschlands erfolgreichstem Musik-Duo – und das mit haarsträubenden Titeln wie »Ein Stück weit geil«, »Null zu Eins für die Liebe« und »Sandro, der Junge mit den grünen Sandalen«! Auf ihrem Weg nach oben (und auch auf dem Rückweg) lassen sie kaum eine Peinlichkeit aus: eine vollkommen neue Qualität des Fremdschämens!

»Wer von Paulus Vennebusch einen seiner intelligenten, aberwitzigen und hochkomischen Sketche geschrieben bekam, konnte sich glücklich schätzen. Ebenso, wie jetzt die Leserinnen und Leser dieses Buches.«
Olli Dittrich
www.die-papis.de

05/2627/02/R

Charles Carillo

Sag bloß Mama nichts davon

Roman. Aus dem Englischen von Julika Brandestini. 384 Seiten. Piper Taschenbuch

Warum muss die Beziehung zwischen Vater und Sohn immer so schwierig sein? An einem einzigen Freitagnachmittag schlägt das Schicksal zweifach zu: Samuel Sullivan verliert seinen Job, und Jake fliegt von der Schule. Doch das sind eigentlich Peanuts, verglichen mit der wahren Herausforderung – Vater und Sohn müssen miteinander reden. Und das fällt Männern, insbesondere Vätern und Söhnen, bekanntlich nicht leicht. Deshalb treffen sie eine Abmachung: Sie wollen sich ein Wochenende lang schonungslos die Wahrheit sagen.

»Wie ein Hollywood-Familienfilm: Humorvoll, emotional und absolut Popcorn-tauglich.«
Brigitte

05/2617/01/L

Joachim Seidel

Himbeer Toni

Roman. 224 Seiten. Piper Taschenbuch

Dass alle ständig Witze über seinen Namen machen, ist für Anton »HimbeerToni« Hornig im Augenblick das geringste Problem. Samstag sollte Party sein, die 25-jährige Auflösung ihrer Band Remo Smash feiern, das war der Plan. Jetzt erzählt ihm seine geliebte Geliebte, dass sie Familie will. Und die alten Bandmitglieder haben ihre eigenen Pläne. Allen voran Herr Blümchen, der schon beim ersten Bier durchblicken lässt, dass da grundsätzlich was nicht mehr stimmt.

»Altpunk kriegt die Wehen, wer nicht mehr gut hören kann, soll lesen.«
Frank Schulz

»Wer Sven Regener liebt, dürfte sich auch für Seidel erwärmen.«
Prinz Hamburg

05/2462/02/R